红楼夜话

郝永勃——著

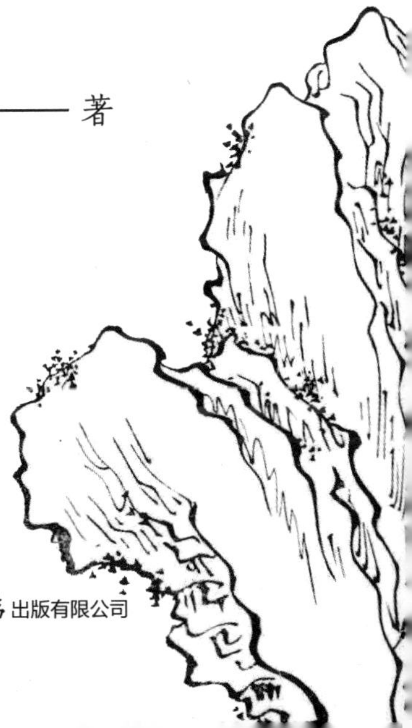

生活·讀書·新知 三联书店 生活書店 出版有限公司

图书在版编目（CIP）数据

红楼夜话 / 郝永勃著 . —北京 : 生活书店出版有
限公司 , 2018.5
ISBN 978-7-80768-237-0

Ⅰ . ①红⋯ Ⅱ . ①郝⋯ Ⅲ . ①《红楼梦》研究 Ⅳ .
① I207.411

中国版本图书馆 CIP 数据核字 (2018) 第 062667 号

责任编辑 刘 笛
装帧设计 罗 洪
责任印制 常宁强
出版发行 生活书店出版有限公司
（北京市东城区美术馆东街22号）
邮 编 100010
经 销 新华书店
印 刷 北京顶佳世纪印刷有限公司
版 次 2018年5月北京第1版
2018年5月北京第1次印刷
开 本 880毫米 × 1230毫米 1/32 印张11.5
字 数 244千字 图9幅
印 数 0,001—5,000册
定 价 48.00元
（印装查询：010-64052612；邮购查询：010-84010542）

目 录

卷二 十二金钗

卷三 红楼物语

小引

阅读《红楼梦》，是幸福的；创作《红楼夜话》，是幸福中的幸福了。

从文本入手，在寻找中发现，在区别中认同。真实穿越时空，至文本结束。

写作是一件隐秘而美好的事物。为什么我要写？为什么我不愿写？曹雪芹的南京，曹雪芹的北京，谁的五台山？曾经即永远。去过就是去过，没去过就是没去过。

灵光闪现，从去年夏天，到今年春天，从容地记，淡定地写。“红楼”人物，在纸上认识他们，在梦里想到他们，在现实中体会他们……写最熟悉的、最了解的、最感兴趣的，写了36篇，每篇6000多字。分为三卷：一、《红楼夜话》写眼中的贾宝玉、贾母、薛宝琴、邢岫烟、袭人、香菱、尤三姐、晴雯、鸳鸯、平儿、茗烟、紫鹃；二、《十二金钗》写心目中的林黛玉、薛宝钗、贾元春、贾迎春、贾探春、贾惜春、李纨、妙玉、史湘云、王熙凤、贾巧姐、秦可卿；三、《红楼物语》写印象中的王夫人、贾政、薛姨妈、赵姨娘、贾瑞、贾环、邢夫人、北静王、贾雨村、薛蟠、傻大姐、焦大。

每个人有自己的心路历程，每个人有自己的命运。将小说当历史看，将小说当新闻看，将小说当剧本看，视角不同，关注点也不同；将小说当诗歌读，将小说当绘画读，将小说当哲学读，阅历不同，共鸣点也不同。最终，小说还要被当小说读。

《红楼夜话》是一部诗化的随笔集。我想，以一个中年人内心的微弱火苗，点燃青年读者的灯——去读原著吧。作为中国人，不读《红楼梦》，像英国人不读莎士比亚。

《红楼梦》，这是一面镜子，让你照一照自己，认识自己是谁；这是一把尺子，让你量一量自己，知道自己的长短；这是一杆秤，让你称一称自己，明白自己的轻重。

读与写，既为自己，也为他人。一盏灯亮着，有追求，就有觉悟；有觉悟，又有了新的追求。

写在2016年3月27日

卷一　红楼夜话

贾宝玉最多情，也最无情

一

假如你曾经爱过，也曾经被爱过；假如你在年轻时有过梦想，假如你是一个正常的男人，那么你的身上一定多多少少有贾宝玉的影子。

得是一块玉，失也是一块玉。真与假，善与恶，美与丑，存在于比较中。

影子只能是影子。人的出身，人的血统，人的命运，在大观园的平台上，被高度浓缩。他的性格是他痛苦的根源。

一个人的一生，或长或短，可以爱很多次，但最爱只会有一次。曾经沧海，除却巫山。最多情的人，也往往是最无情的人。时间有限，精力有限。爱情，既是筛选别人的过程，也是被别人筛选的过程。而自己又能主宰自己多少的事物？

每一次的任性都是要付出代价的。人也只有在起伏中才能更深地体味人生的苦乐。“富贵不知乐业，贫穷难耐凄凉”——这是人之常情。从上一辈继承的财富来得容易，失去也不难——命该如此。

“女儿是水做的骨肉，男人是泥做的骨肉。”落花有意，流水无情。对女人过度地爱最终往往使男人遁入虚无。青春易逝，韶华不再。“蝴蝶总是要跟它的蛹决裂的”，拥有是暂时的，失落是注定的。女人与女人的区别，男人与男人的差距。水的清澈与浑浊，泥的干净与肮脏。骨肉之情，血脉相连。

了解贾宝玉，了解男人的一种角度；认识贾宝玉，认识人性悲悯的一面。

同一个贾宝玉既是曹雪芹笔下的贾宝玉，也是读者心目中的贾宝玉。所以，时代变化了，贾宝玉的形象也随着读者的认识发生变化了。

二

作为读书人，我感兴趣的是曹雪芹与贾宝玉的关系；作为写作者，我想知道曹雪芹是如何塑造贾宝玉的。

贾宝玉是涉世未深的曹雪芹，即王国维所说的“主观之诗人，不必多阅世。阅世愈浅，则性情愈真，李后主是也”。曹雪芹是曾经沧海、自我改造了的贾宝玉，百科全书式的人物，也即“客观之诗人，不可不多阅世。阅世愈深，则材料愈丰富，愈变化”。《人间词话》定义了诗人的差异。

贾宝玉是一个浪漫的诗人，在脂粉堆中成长，在女人的呵护下生存，他心智的年龄远远小于生理的年龄。梦幻、疯癫、呓语、好色、贪玩……他所学的知识，很多是诗歌给予他的。他聪明、敏感、悟性高，受感情支配，易于感情用事，不喜欢八股文、“四书五经”的说教，对科举制是厌倦的，是叛逆的诗人。这也折射出曹雪芹的人生观。大观园是诗人的乌托邦，是展示才华的平台。小说首先是一个人的心灵史，再次，正如巴尔扎克所说的“被认为是一个民族的秘史”。

如果《红楼梦》中没有诗，就像人没有灵魂。将小说中的诗歌删除，人物形象便不再鲜活；但离开了故事的背景，只看诗歌，就会像木心所说的“水草离开了水”。所以叙事的文字与诗歌浑然一体，谁也不能离开谁。

了解曹雪芹的身世越多，则能将贾宝玉的性格剖析得越深。小说是真实的虚构，也是虚构的真实。前提是自传，是建立在阅读之上的超越。感同身受，触景生情。曹雪芹在贾宝玉身上呈现了自己的命运。在叙述中，跟着人物的“悲欢离合”走，走着走着，就走不动了。经典中的留白，让想一试深浅的人去续吧。简单的故事好续，艺术的感觉、作家的风格难续。误读是难免的，读者审美眼光的高低深浅决定了他们对《红楼梦》认识的高低深浅。

三

女人是世界上最靓丽的风景。曹雪芹是爱女人的，他借贾宝玉这面镜子，照出了女人的神采、妩媚的风情、巧夺天工的魅力。《红楼梦》是刻画女性形象最成功的小说。对比《金瓶梅》，前者重精神层面的表达，是灵动的；后者侧重欲望的展示，是凡俗的。同样是写女人的高手，曹雪芹更多的是贵族气，兰陵笑笑生更平民化。

贾宝玉和女人的关系是复杂且多样的。贾母对他的爱，是无与伦比的长辈的宠溺与关爱；元妃是他亲姐姐，对他的爱是象征皇权的爱；母亲王夫人给予他的是博大、深邃的母爱；王熙凤是他亲舅舅的女儿，是他的表姐，一个能女人对他的关爱，是更切实、更具体的爱。

贾宝玉与林黛玉之间的爱，是一见钟情的爱。青梅竹马，宝玉为她刻骨铭心，为她走火入魔，为她失魂落魄——悲剧的爱情，“将美好的一切毁灭给人看”。但从另一角度审视，两个纯粹的诗人的结合，最终会幸福吗？只有过来人看得最清楚。当家族没落，他们靠什么来养活自己？悲剧人格，只是换一种方式上演悲剧。

选择是困难的，不选择更困难。贾宝玉和薛宝钗的婚姻，以世俗的眼光看，似乎是一种完美的结合。一个长得好、性格好、身体好的女人，又体贴、聪慧、善解人意，如此标致的女人难得。但宝玉不爱这个完美的女人，他处在两难中，要么是有，要么是无，除非时光静止在某个时段。与薛宝钗相近的女性是史湘云。曹雪芹在塑造这两个人物时，大概有一个影子在晃动，你中有我，我中有你，无疑都是一个好妻子的形象。既有性情的一面，又有包容的一面。美得可亲可爱，美得让人看不出嫉妒心。只有十分自信的女人，才能处处恰到好处。

那么秦可卿呢？说不清，道不明，隐秘的太虚幻境，是迷幻的梦。以那一种姿态诱导宝玉，灵与肉的挣扎与觉悟，让人看不透的红尘。还有宝玉与贴身大丫头袭人的“一夜情”，与丫头晴雯的另类之爱，决绝与眷恋，被曹雪芹渲染得淋漓尽致。生死之别，什么最终能够留下，给与不给，色即是空，空不一定是色。

花开有主，花落谁家？宝玉与女人有太多的爱。他爱花、赏花，又不能不面对花的枯萎、花的凋谢。女人如花，是写不尽的。

一个人的品格很大部分体现在他对待女人的态度上，不论地位高低，身份贵贱。贾宝玉是博爱的，近乎一视同仁地尊重女性；同时，又是用情专一的，他心里只有一朵花，那就是林黛玉，是早逝的玫瑰。

四

贾宝玉是一个偏女性化的男人，感性大于理性，活得很透明、很诗化，没有多少功利性，更谈不上为人处世的心机。

整个一部《红楼梦》，像是一个女儿国，除了贾宝玉，其他男人更像是女人的陪衬，绿叶衬托红花。他的思维区别于芸芸众生，别人看重的恰恰是他看轻的。他那与生俱来的优越感与现实带给他的失落感，形成巨大的反差。他躲进大观园中，又何尝不是在逃避现实。

贾政给他心理带来巨大的阴影，让他心存畏惧，有一种莫名的恐慌。作为父亲，贾政威严有余，爱心不足。曹雪芹的父亲曹頫是不是贾政的原型，不好妄自推断。久在封建官场上的人，一定有他端与装的习性，久而久之，人性化的东西少了，为官的习气重了，这并非不是普遍的现象。在蔡元培的笔下，“贾政者，伪朝之吏部也”。在俞平伯的眼中，“贾政者，假正也，假正经也”。

典型化的符号，这样的人，曹雪芹见得多了，写得很逼真。即使现在，也还能看到类似的人物出场。慈父生孝子，严父严得不是地方，也影响到贾宝玉性格的形成。这就不难理解他为什么有以水喻女、以泥喻男的论调。男人给他造成的更多是烦恼，女人给他创造的更多是快乐。

贾环，他那同父异母的弟弟。自卑的境地让贾环生出嫉恨，一环套一环地使坏心眼，上演兄弟相倾轧。代表了人性恶的一面。在权力、财富面前，同自己争来争去的，往往是离自己最近的人。皇室如此，王侯将相家也如此。

读过《金瓶梅》，再读《红楼梦》，薛蟠这个人，总叫人联想到西门庆，“不是风流是下流”。如此不堪之人竟成为宝玉的大舅子。一个贤淑的妹妹，一个无赖的哥哥。这也是后天的读书与不读书、读什么书的差异了。

有反面的形象，就有正面的。北静王，像贾宝玉的保护神，惺惺相惜，情同手足，在精神上有共鸣点。还有甄宝玉，几乎是宝玉的翻版，不仅长得神似，心灵也是相通的。

秦钟（寓意情种），秦可卿的弟弟，与宝玉情投意合，是密友，也是知音；美男子蒋玉函（后娶袭人），贾蓉、贾蔷、贾芸之流，是宝玉的陪客与玩伴。

歌德断言：“只要你告诉我，你交往的是些什么样的人，我就能说出，你是什么人。我只要知道你是干什么的，我就知道，你能成为什么样的人。”

五

浅阅读只是看看热闹而已，深阅读则能看出文化的传承。了解贾宝玉的前提是研究曹雪芹。从老子的无为、庄子的逍遥到陶渊明的“悠然见南山”、李煜的“一江春水向东流”、柳永的“今宵酒醒何处，杨柳岸，晓风残月”，再到纳兰性德的“今宵便有随风梦，知在红楼第几层”，“此夜红楼，天上人间一样愁”。

万物一理，聚散两依依。聚也罢，散也罢，人生就是聚和散的过程。聚得越热烈，散得越冷清。“霁月难逢，彩云易散。”美的事物稍纵即逝。谁说的“长达一刻钟的彩虹也就没人看了”。

曹雪芹让贾宝玉喜聚不喜散，是人之常情。但没有不散的筵席，好事不过三。本杰明·富兰克林说：“三天的娼妓令人倦，三天的阴雨叫人厌，三天的宾客讨人嫌。”明白了其中的道理，即是智者。

拥有贵族身份的贾宝玉，假如将他置于西方，那么就是拜伦诗中的唐璜。只是缺少行动力、冒险精神，显得虚弱了。这也是东西方文化的差异所造成的结果。拜伦说：“可怕的是，既不能和女人一起过生活，也不能过没有女人的生活。”所以诗人拜伦失去女人后选择做一名斗士，参加并领导希腊民族的解放运动。而曹雪芹在穷困潦倒中，只能借助于小说，预言了心灰意懒、极端苦闷的贾宝玉在遁入空门和走上仕途间做非此即比的艰难选择。

的确，“验证金子的是火，验证女人的是金，验证男人的是女人”。女人是一本大书，是变幻莫测的学问。透过女人看男人，所谓成功，所谓失败，也都离不开女人。对比曹雪芹与拜伦，前者是热爱女人，后者不无歧视女人；前者对女人是真心地依恋，后者只是和女人玩真实的游戏。爱情如花似玉，需要自己动手去培植，去雕琢打磨，才有可能成材、成器。

年轻是生命的原始资本，让爱情充满未知和可能。但时光经不起挥霍，过去的时光就那么过去了。有人感喟：“黄金时代，永远不是现在的时代。”是未来的时代吗？还是过去的时代？

六

缘分天注定，情为何物？“人到情多情转薄，而今真个悔多情。”曹雪芹不会没有读过这首纳兰性德的诗吧，这也适宜贾宝玉。金玉有缘，金玉无缘。从多情到薄情，只有一步之遥，直至无情。

贾宝玉究竟算是一个什么样的人？

鲁迅在《中国小说史略》中认为：“悲凉之雾，遍被华林，然呼吸而领会者，独宝玉而已。”先知先觉，预示着一个封建时代的终结，一个半封建半殖民地社会的开始。有位政治领袖的闲谈更绝，“贾宝玉是近代史上第一个大革命家”。

“面若中秋之月，色若春晓之花”[1]的贾宝玉，在不同人的眼中，寓意不同。真也假，假也真。“参差多态，乃幸福之本源。”当爱情结束了，痛苦也结束了。“万物于他如同乌有”，他是爱的精灵，他看透了婚前的女人多半是诗，婚后的女人有的成了赋，有的成了八股文，有的一文不文了。

人有什么办法呢？面对“可爱的人，不可信；可信的人，又不可爱”，何去何从？“死是容易的，活着却更难”，像宝玉那种人，索性只有出家一条路，还有别的路能走通吗？

爱他的人，越来越少。有的去世了，有的出嫁了，有的

1　本书所引《红楼梦》原文，除专门说明出处者外，均出自中华书局2005年版。

失联了。而需要他付出的、担当的，却是越来越多。他任性过了，迂就过了，而世俗的生活需要的是做事的能力。看看哈姆雷特，看看娜拉出走以后，经典的启示，在开放式的阅读中，在发散性的思考中，也许能提供更多的思路。做好自己，“像诗人那样创作，像市民那样生存”。

七

“多记印象，少发主见。”这是写贾宝玉札记的初衷，但写着写着就不由自主，借题发挥了。

假如大观园是贾宝玉的天堂，那么也是他人的地狱；假如他的自由恋爱达到目的，那么可能还是以悲剧收场；假如他还俗，假如他升官发财，假如他的子孙兴旺发达，繁衍传承到民国，又能怎么样?

发生的一切不存在假如，事后的聪明只是愚蠢的想象而已。一部伟大的小说为后人提供的是鉴赏的可能，是艺术的感染力，是美的享受空间。

曹雪芹在他那个时代，首先是一个抒情诗人，然后，才是一个叙事的天才小说家，同时还是个山水画家、书法家。他性格孤傲，纵酒赋诗。可惜他将许多秘密带入了坟墓，无从考证——他连后人也没有。

从有限的史料中，从无数的引申与阐述中，从他塑造的贾宝玉——这个典型人物中，体验一种极致的美。痴心妄想的叛逆者，反抗所谓的封建势力，只是一种本能而已；抵制所谓的传统礼法，只是一种任性而已；追求所谓的个性解放，只是一种觉悟而已。

“美永远不能真正了解他自己”，我们也不能真正了解曹雪芹，无法还原真实的贾宝玉。我们所能做的无非是像歌德预言的那样：“凡是值得思考的事情，没有不是被人思考过的；我们必须做的只是试图重新加以思考而已。”

而已，又是而已。

贾母
无为而无不为

一

贾母的象征意义大于她的实际作用。很难想象，连慈禧这样一手遮天的女人，竟喜欢上了《红楼梦》，不仅能背诵其中精彩的章节，还时常以贾母自居。

女人最了解女人。一个是老祖宗，一个是老佛爷。女人一旦有男人的性格，她们的能力往往会超过男人。既宽容又精明，既务实又超脱，既坚韧又柔情……她们从年轻一路走来，更懂得年轻人的需要。驾驭自我的能力，驾驭他人的能力，该松的时候松，该紧的时候紧；该严肃的时候严肃，该活泼的时候活泼；该慷慨的时候慷慨，该节俭的时候节俭。

一个人的威望从何而来？精神的感召力，强大的生命力，自身的影响力。福人自有吉相，她自己幸福，也给众人带来幸福；她愿意和年轻人在一起，年轻人也愿意和她在一起。她的心不老，她爱他们、疼他们，希望他们快乐，不苛求他们，不难为他们。慈禧自比贾母，并同意光绪皇帝的妃子瑾妃、珍妃姐妹的倡议，请画工在长春宫绘制壁画《红楼梦》。人在画中，也在梦中。但很难将她与贾母相提并论。她的威信来自杀戮，来自心狠手辣的血腥手段。贾母的威信出自博爱，出自仁义、慈祥，对亲人好，对其他人也好。但毕竟都是女人，也有相通的一面，只是一个人的思想行动不得不受自身位置的左右。也许慈禧很想过贾母那样的生活，能行吗？身居高处的孤独与寒冷、敏感与多疑，她相信谁？谁相信她？一个强势女人的悲剧。如果说贾母在整个宗族中是无为而治的话，那么慈禧在清朝末年只能是“有为而治”，而这“有为”却是加了引号的。

将《红楼梦》当作清朝的秘史或者野史来读，也未尝不可，不过是披了小说的外衣。末世的女人，只要她们活着，还能维持和延续，一旦她们死了，意味着土崩瓦解。古代的王朝，古代的政权，一旦女人主政的时候，危机四伏，结局往往都是悲惨的。

还是贾母活得自由自在。她不太管具体事，什么财啊、人啊，只要不触及她的敏感处，她才不操那份心。她知道自己的分量，一旦需要她出面，一定是面对众人处理不了的难题。她知道养生的秘诀是看得开、放得下，开心就好，快乐是最简单的补药。活得很通达，很明白，很幸福。

二

爱是一种美好的标志。爱得越多，生命散发出的魅力越多。的确，没有无缘无故的爱，也没有无缘无故的恨。

贾母爱宝玉为什么比其他人爱得更深？她从宝玉身上看

到了什么？好感一定有出处，想想吧，亲人如此，爱人如此，友人也是如此。本能之爱背后还有理性。宝玉为什么那么招人爱，那么惹人恨，也与贾母有关。爱唤起更多的爱，恨也会引起更多的恨，每个人有每个人的造化。

第二十九回“享福人福深还祷福　多情女情重愈斟情”，贾母领着众人去清虚观打醮，张道士与贾母的一席话，道出个中的缘由。“张道士道：‘前日我在好几处看见哥儿写的字，做的诗，都好的了不得。怎么老爷还抱怨说哥儿不大喜欢念书呢？依小道看来，也就罢了。’又叹道：‘我看见哥儿的这个形容身段，言谈举动，怎么就同当日国公爷一个稿子！’说着，两眼流下泪来。贾母听了，也由不得满脸泪痕，说道：‘正是呢！我养了这些儿子孙子，也没一个象他爷爷的，就只这玉儿象他爷爷。’”

像什么人很重要。不论是形似还是神似，人老了都会念旧。想起自己年轻时的往事，俱往矣，逝者如斯，不舍昼夜。老年人的泪比青年人的泪包含了更多的东西。过眼烟云，享再多的荣华富贵，都已经成为过去了。贾母与张道士是同一个时代的人，也是相互的见证者。那都是多少年以前的事了，年老的哪一个不希望在年轻一代身上看到自己的影子，生命以不同的方式得到延续。

感慨无量，悲喜交集。贾母比谁都清楚，富能过几代，不能过几代。宗族的兴旺与否，归根结底是看有无人才。与祖上比，是一代不如一代了。创业难，守业更难。不知哪一天，也会像诗中所写的“旧时王谢堂前燕，飞入寻常百姓家”。这也是社会发展的规律。

拿贾母与刘姥姥比，贾母是贵族的刘姥姥，刘姥姥是平民的贾母。生存是大智慧，贵族有贵族的难处，平民有平民的乐趣。造物主是公平的，谁也别想兼得，必须懂得有所失才能有所得。人需要自我调节，生存的艺术，随心所欲，随遇而安。一切顺其自然，强扭的瓜不甜。种瓜得瓜，种豆得豆；或种豆得瓜，种瓜得豆；抑或在贫瘠的地带，种什么也得不到什么，那就另当别论了。

三

贾母年轻时是金陵世勋史侯家的小姐，是地地道道的南方人。南方人比北方人懂得享乐，烟波秦淮，歌舞升平。她嫁到北方，作为贾府第二代袭封荣国公贾代善的夫人，儿孙满堂，她是辈分最高，也是威望最高的长者。她看似不主事，却是说了算的人。

第三十三回“手足眈眈小动唇舌　不肖种种大承笞挞”，贾政因听信贾环的谗言，痛打宝玉。倘若贾母不出面，那么后果不堪设想。她说话办事干脆利落：“先打死我，再打死他，岂不干净了！”闻其声，知其人。她说给贾政听的：“我倒有话吩咐，只是我一生没养个好儿子，却叫我和谁说去！”贾政跪下了。贾母话里有话：“去看轿！我和你太太、宝玉立刻回南京去。”那意思再明白不过了，留下你贾政领着赵姨娘、贾环过吧。

贾母的语言艺术，炉火纯青。“贾母又叫王夫人道：‘你也不必哭了，如今宝玉年纪小，你疼他；他将来长大，为官作宦的，也未必想着你是他母亲了。你如今倒不要疼他，只怕将来还少生一口气呢！’”贾母的语言具有穿透力，掷地有声，步步为营地敲打贾政。“贾政听说，忙叩头说道：‘母亲如此说，儿子无立足之地了！’”“贾政直挺挺跪着，叩头认罪。”

思路清晰，决策果断，处理事情天衣无缝，贾母在人们心目中的威望能不高吗？她处理事情令人心服口服。第四十六回“尴尬人难免尴尬事　鸳鸯女誓绝鸳鸯偶”，处理完贾政，贾赦又来找事了。贾赦居然相中了贾母的贴身丫头鸳鸯，想纳她为妾。他的妻子邢夫人要当红娘，迎合丈夫。凤姐早看出眉目高低，“老太太常说老爷：‘如今上了年纪，做什么左一个小老婆右一个小老婆，放在屋里？耽误了人家，放着身子不保养，官儿也不好生做去，成日和小老婆喝酒。’”媳妇借贾母的话评论自己的公公，也是一针见血。贾赦是坏，与贾环更像爷俩。当鸳鸯拒绝了他，他怒道：“‘自古嫦娥爱少年。’他必定嫌我老了，大约他恋着少爷们，多半是看上了宝玉，只怕也有贾琏。若有此心，叫他早早歇了，我要他不来，以后谁敢收他？……凭他嫁到了谁家，也难出我的手心；除非他死了，或是终身不嫁男人，我就伏了他！”恶霸思维，强盗逻辑。贾母护着鸳鸯，“贾母听了，气的浑身打战，口内只说：‘我通共剩了这么一个可靠的人，他们还要来算计！’”鸳鸯后来自尽的悲剧是由贾赦一手造成的。

四

人的快乐，人的痛苦，人的得失，很大程度上取决于对比。和他人比，和自己比，在不同的比较中，知差距，知兴衰，知道很多未知的道理。

曹雪芹深知对比的妙处。塑造贾母高贵的形象，需要有一个人去衬托，这个人就是刘姥姥。第三十九回“村老老是信口开河　情哥哥偏寻根究底”，刘姥姥进了大观园，她带来乡野之风，为大家添了乐趣，那无疑也是贾母最开心的一段时光。刘姥姥比贾母大好几岁，也都是七十多岁的人了。一个还在下地干活，一个早已安享晚年。用刘姥姥的话说：“我们生来是受苦的人，老太太生来是享福的，若我们也这样，那些庄家活也没人做了。”贾母叫她“老亲家”，又称“老亲戚”，感到很亲切，像是平等的。贾母道：“我老了，都不中用了，眼也花，耳也聋，记性也没了。……不过嚼得动的吃两口，睡一觉；闷了时，和这些孙子孙女儿玩笑一回就完了。”看上去，刘姥姥羡慕贾母，贾母也羡慕刘姥姥。一个依旧身体硬朗，一个已经年迈气衰；一个是来自民间的智者，有着底层的经验，一个是贵族的出身，有着上层的智慧；一个是处江湖之远，一个是居庙堂之高。但她们有共鸣，有共同的话题。因为刘姥姥的铺垫，贾母更体会到一种天伦之乐。刘姥姥知道，只要贾母高兴，大家都高兴；如果贾母生气，那么其他人也跟着受气。所以，她投其所好，哄得大家都很开心，也就各取所需了。

第四十回“史太君两宴大观园　金鸳鸯三宣牙牌令”，叫刘姥姥大开眼界，见识了大观园的荣华富贵。贾母吩咐凤姐：“再找一找，只怕还有；若有时，都拿出来，送这刘亲家两匹。”名叫“蝉翼纱”“软烟罗”等，是宫中府中用的锦纱。如果曹雪芹的祖上没有在江宁织造做过官，也就不会有这么细致的描写了。

懂得自嘲的人都不傻。你看，“贾母这边说声‘请’，刘老老便站起身来，高声说道：‘老刘，老刘，食量大如牛，吃个老母猪不抬头！’自己却鼓着腮帮子不语。众人先还发怔，后来一听，上上下下都哈哈大笑起来。”一唱一和，随处都有舞台，就看会不会演了。

五

比较是知人论事的一种方法。谁和谁比，有没有可比性？比高低，比贵贱，比亲疏，比远近，比多少，比轻重，比真假，比虚实，比有无，比美丑，比善恶，比勤懒，比阅历，比品行，比来比去，要么比上去了，要么比下去了。

薛宝钗是绝顶聪明之人，藏而不露。她们母女的对白，比出了凤姐与贾母的差距。薛宝钗说："我来了这么几年，留神看起来，二嫂子凭他怎么巧，再巧不过老太太。"薛姨妈答："凭他怎么经过见过，如何敢比老太太呢。"从另一个角度分析，薛姨妈的见识又在宝钗之上。

第五十四回"史太君破陈腐旧套　王熙凤效戏彩斑衣"，曹雪芹也有意将贾母与凤姐作比，最精彩的莫过于两个人讲笑话的桥段。而之前贾母对才子佳人小说的点评，足以看出贾母是"腹有诗书气自华"。是否可以理解为贾母是读了书的凤姐，知书达理；凤姐是没有读书的贾母，有时聪明，有时糊涂。前提是假如她们同龄。曹雪芹在创作时，注意了人物形象之间的相互投射。贾母是真读书，才看出"这些书就是一套子，左不过是些佳人才子，最没趣儿"。也能看出贾母鉴赏水平之高。

有幽默感是智慧的一种标志。贾母讲述"十房儿媳的故事"，精彩极了。写出来就是一篇小小说，也可以上《笑林广记》了。第十房小媳妇为什么聪明伶俐、心巧嘴乖，公婆最疼？用孙行者的话说，是喝了他撒的一泡尿了。“你们如今要伶俐嘴乖，有的是尿，再撒泡你们吃就是了。”贾母娓娓道来，大家都笑了。凤姐最敏感，笑道：“好的呀！幸而我们都是夯嘴夯腮的，不然，也就吃了猴儿尿了。”

聚会的场合，谁最擅长讲笑话，谁就是聚会的中心。贾母是在调侃凤姐吗？凤姐跟着又讲了一个“正月节聋子放炮仗”的段子，也蛮有意思的，贫嘴贫出乐趣来了。

有贾母在，大观园里其乐融融，节庆的气氛很浓，吃喝玩乐，老少轻狂，可谓是贾家最愉快的时光了。

六

盛极而衰。正所谓“暑极不生暑而生寒”，“福兮祸之所倚”。一个家族的命运像一个王朝的命运一样，走向自己的末路了。

贾母则是这个大家族的象征。第一百六回“王熙凤致祸抱羞惭　贾太君祷天消祸患”，高鹗将凤姐的病和贾母的悲放在一起类比，一个老人在极度的绝望中，“含泪祝告天地道：‘皇天菩萨在上，我贾门史氏，虔诚祷告，求菩萨慈悲。我贾门数世以来，不敢行凶霸道。我帮夫助子，虽不能为善，亦不敢作恶。必是后辈儿孙骄侈暴佚，暴殄天物，以致阖府抄检。现在儿孙监禁，自然凶多吉少，皆由我一人罪孽，不教儿孙，所以至此。我今叩求皇天保佑：在监的逢凶化吉，有病的早早安身。总有阖家罪孽，情愿一人承当，只求饶恕儿孙。若皇天见怜我虔诚，早早赐我一死，宽免儿孙之罪。’”这是一个德高望重的垂暮之人发出的最无助的声音。求人不行，求己也不行，最后只求告天地了。

至第一百七回“散余资贾母明大义　复世职政老沐天恩”，又看到一线希望了。贾母明智，知道一切都是身外之物，生不带来，死不能带走。人老了，一切都无所谓了。架子搭得越大，就越难支撑。“早已寅年吃了卯年的租儿了”，“躲过了风暴又遇了雨”，一年不如一年了。

贾母活得清醒，趁头脑还明白，该分的分，该送的送，该给的给。“正是生离果胜死别，看者比受者更加伤心。”贾母对自己的身后事，已考虑得清清楚楚、明明白白了。

七

贾母的境界是想以一己之力担荷众人之罪，能担得起来吗？嫁入贾家，享了多少别人享不到的福，也体验了大户人家的难处。一个大人物也像一艘大船，当它沉没的时候，有些人与物也会随之沉没。

第一百十回“史太君寿终归地府　王凤姐力诎失人心”，两个绝顶聪明与“巧”的人，又并列在了一起。贾母劝凤姐修福，还能来得及吗？她往年叫人抄《金刚经》送送人，也是修福的一种方式。人有信仰总比没有信仰要好得多。积德行善，以德报怨。贾母最放心不下的还是宝玉：“我的儿，你要争气才好！”

贾母安详地走了，她最贴心的大丫头鸳鸯也跟着她走了。也许在一个失去依靠的女孩子心目中，来世比现世更美好。我们有理由相信，她们曾经相濡以沫地度过了许多美好的光阴，她们有福了。

薛宝琴
生时只许嫁梅花

一

诗歌在许多人身上，只是曾经停留过；却在极少数人的写作中，保存了一生。

你不会知道明天的梦里有什么，也不清楚下一首诗从哪里开始。你读书，如果能唤起大脑的兴奋，那么就继续读下去，如果你感到昏昏沉沉，那么就放下书来，哪怕出去散散步、逛逛菜市场呢！写作也一样，不要勉强自己。

灵感是有的，她有可能离你很远，也有可能就在你的身边。你寻找，不一定能遇见；你不找，她突然降临了。

薛宝琴，是薛蝌的胞妹，宝钗的堂妹。她的出现就像一朵叫不出名字的花自然开放；又如一首诗，似乎不像她那个年龄的女孩子写的，却恰恰是她写的，不愿相信，又不能不相信。有的人，不写则已，写就写得登堂入室；有的人，学是学不来的。她是宝钗的另一种版本，是大观园的过客，不是参与者。距离保持得恰到好处，美由此产生。没有具体的爱，也

寶琴

没有世俗的烦恼；来也匆匆，去也匆匆，留下惊鸿一瞥。

曹雪芹写她的初衷何在，恐怕连高鹗也猜不透。她是一个诗谜，谜底已经消失了。有人说她是“黛玉形象的副本”，不知从何说起。

大观园最浪漫的时期，她到来了。短暂的聚会，如昙花一现，如海市蜃楼。她为诗会而来，有诗歌的地方，也有她；有花开的时辰，才见她。曹雪芹不愿让她承受世俗的痛苦，不愿让她纯洁美好的心灵染上尘埃。她像诗的信使，为诗而来；没有多少诗情画意的时候，她就离开了。

她如雨后彩虹，活在自由自在、我行我素的空间中。若她不愿要的，给她也不要；若她不想去的，约她也不去。她的美与生俱来，她的才华如影相随。她的可爱之处，不可企及，只能远远地看着。她快乐地来了，又快乐地走了。

二

宝琴已是名花有主。在她来大观园之前，就已许配都中梅翰林之子为婚。有些事情也是命中注定的。

小说没有安排她的命运，她的出场是为诗歌而来。曹雪芹为她起的名字，与自己的名字，有两个字的读音相同。这也许包含着某种深情。有人考证，她是曹雪芹现实中的女友，也许有一定道理吧。曹雪芹最擅长为人物的名字赋予一种特殊的含义，有时看名字，就能联想很多。有时名如其人，有时人如其名，有时风马牛不相及。

薛宝琴的好，曹雪芹不直接写，而是透过他人的眼去看，通过他人的嘴去说。

第四十九回“琉璃世界白雪红梅　脂粉香娃割腥啖膻”，最先开口的是宝玉：“更奇在你们成日家只说宝姐姐是绝色的人物，你们如今瞧见他这妹子，……我竟形容不出来了。老天，老天！你有多少精华灵秀，生出这些人上之人来！”他看得入迷了，薛宝琴有一种只可意会、难以言传的美。晴雯是直性子，拿她与岫烟、李纹、李绮比较，“他们里头，薛大姑娘的妹妹更好”。一个比一个会说，探春也有同感：“连他姐姐并这些人总不及他。”又说道：“老太太一见了，喜欢的无可不可的，已经逼着咱们太太认了干女孩儿了。老太太要养活，才刚已经定了。”最兴奋、最关心、最希望她留下来的要属宝玉了。

人靠衣裳马靠鞍，人的着装也能多少体现出一个人的品位。以貌取人，以着装取人，也有可取之处。在那个时代，官本位的思想更严重，服饰也是身份的象征。曹雪芹写得很细致，如果没有亲眼见过，写不到那个份上。你看，“宝琴来了，披了一领斗篷，金翠辉煌，不知何物。宝钗忙问：‘这是那里的？’宝琴笑道：‘因下雪珠儿，老太太找了这一件给我的。’”贾母疼宝琴，像疼宝玉。贾母的心里，是想把她许给宝玉。假如避开了黛玉和宝钗，娶了宝琴，宝玉的一生也许会有所改变。可惜没有假如，有的只是小说里的故事。

宝琴的到来就是快乐的节日。大家和和睦睦，宝钗叫湘云认宝琴做亲妹妹。“湘云又瞅了宝琴笑道：‘这一件衣裳也只配他穿，别人穿了实在不配。’”

三

诗歌是一个谜。为什么有人写诗，有人不写诗？为什么有人被称为诗人，有人一生与此无缘？人生也是一个谜。为什么与一个人相遇，与一个人相识，并有了交集，为什么与另一个人擦肩而过，再无来往？

你想猜，却猜不出。就像曹雪芹把宝琴写成了一个谜，一首朦胧诗，你怎么琢磨，也琢磨不透。什么意思，什么寓意，只有作家自己懂得。一代又一代的读者，是爱好者，也是局外人。认识一行诗，如同认识一个人。对诗的兴趣，转向人；对人的兴趣，也会转向诗。诗与人，相互不可分割。欣赏本身就是产生共鸣的过程，也是被吸引的过程。

断章取义，望名生义。将薛宝琴的名字再次拆开，将“宝”字抽出，剩下的“薛琴”即“雪芹”，那不是作者自己名字的谐音吗？是否可理解为薛宝琴是雪芹的宝贝。所以，有理由相信，薛宝琴的形象凝聚了许多内容：有曹雪芹自己的影子，有他现实中的女友和他钟爱的女性的影子。曹雪芹塑造薛宝琴的过程，也即加工、组合、提炼的过程。没有一个典型的人物形象只取材于一个原型。哪一个人的脸，哪一个人的身子，哪一个人的语言，哪一个人的穿戴，哪一个人的经历，哪一个人的记忆……同样是谜，连作家本人也不见得能交代明白。纪实、虚构、想象、修改、完善，一部小说诞生了。

宝琴与谁都不隔。第五十回“芦雪亭争联即景诗　暖香坞雅制春灯谜”，她灵感来得快，“绮袖笼金貂。光守窗前镜”“吟鞭指灞桥。赐裘怜抚戍”“林斧或闻樵。伏象千峰凸”“狂游客喜招。天机断缟带”“烹茶水渐沸”“埋琴稚子挑”“月窟翻银浪”“不雨亦潇潇”。即便将其他人的联诗删除，她自己的诗也能独立成篇，有自己的格局。

众人拾柴火焰高。诗歌的聚会，是诗人们最欢乐的时光。有交流，才有促进。诗也是媒介，曹雪芹对她高看一眼，同样《赋得红梅花》，她的诗明显高于邢岫烟、李纹的。那说明了她在曹雪芹心中的地位，这首诗无疑也是书中最优美的诗之一。

疏是枝条艳是花，春妆儿女竞奢华。
闲庭曲槛无余雪，流水空山有落霞。
幽梦冷随红袖笛，游仙香泛绛河槎。
前身定是瑶台种，无复相疑色相差。

诗中有画，画中有诗。你看“忽见宝琴披着凫靥裘，站在山坡背后遥等；身后一个丫鬟，抱着一瓶红梅。众人都笑道：‘怪道少了两个，他却在这里等着，也弄梅花去了。’贾母喜的忙笑道：‘你们瞧，这雪坡儿上，配上他这个人物儿，又是这件衣裳，后头又是这梅花，像个什么？’众人都笑道：‘就像老太太屋里挂的仇十洲画的“艳雪图”。’贾母摇头笑道：‘那画的那里有这件衣裳？人也不能这样好！’”。

天上人间，现实中的诗情画意，源于生活，又高于生活了。

四

小说的画面，历历在目，一切仿佛就发生在眼前，又如同置身梦里。她是画中的亮点，她从画中走来。

第五十一回“薛小妹新编怀古诗　胡庸医乱用虎狼药”，宝琴的才情展露无遗。她去过许多别人没有去过的地方，见多识广，以经过的各省内古迹为题，“做了十首怀古绝句，内隐十物”。真真假假，虚虚实实，既可以为真，也不必当真——这恰恰是文学艺术的魅力。并不是所有的问题都有答案，并不是所有的爱情都有结果。

她写赤壁：“赤壁沉埋水不流，徒留名姓载空舟。喧阗一炬悲风冷，无限英魂在内游。”写交趾：“铜柱金城振纪纲，声传海外播戎羌。马援自是功劳大，铁笛无烦说子房。”写钟山：“名利何曾伴汝身，无端被诏出凡尘。牵连大抵难休绝，莫怨他人嘲笑频。”写淮阴：“壮士须防恶犬欺，三齐位定盖棺时。寄言世俗休轻鄙，一饭之恩死也知。”写广陵：“蝉噪雅栖转眼过，隋堤风景近如何？只缘占尽风流号，惹得纷纷口舌多。”写桃叶渡：“衰草闲花映浅池，桃枝桃叶总分离。六朝梁栋多如许，小照空悬壁上题。”写王昭君墓：“黑水茫茫咽不流，冰弦拨尽曲中愁。汉家制度诚堪笑，樗栎应惭万古羞。”写马嵬坡：“寂寞脂痕积汗光，温柔一旦付东洋。只因遗得风流迹，此日衣衾尚有香。”借题发挥，由元稹《莺莺传》(或王实甫杂剧《西厢记》)，引申的《蒲东寺怀古》：“小红骨贱一身轻，私掖偷携强撮成。虽被夫人时吊起，已经勾引彼同行。”由汤显祖的《牡丹亭》而创作的《梅花观怀古》：“不在梅边在柳边，个中谁拾画婵娟？团圆莫忆春香到，一别西风又一年。”

诗歌是一门艺术，贵在感悟，贵在体察，贵在唤醒沉睡的记忆。猜谜可以，猜诗不可以。宝琴说，内隐十物。你可以看到更多，也可以更少。关键在于历史的积淀，在于美感，在于借古喻今。从中既能照见别人，也能照见自己。曹雪芹之所以不揭示谜底，是他认为答案并不重要。每个人有每个人的思考，如果答案只有一种，那还不如没有。

历史的遗迹里有多少人为的成分？经过风吹雨打，还残存着多少真实的气息？她的诗作背后站着一个曹雪芹。多少沧桑，多少难言之隐，也只是曹雪芹借薛宝琴之口抒怀而已。作为读者，大声地朗诵这十首诗，比默默地猜想，收获要多得多。

五

文化是多元的。最具创造性的年代，一定是开放的年代。百花为何齐放，百家为何争鸣？中西两种文化的碰撞，相互取长补短，相互交流促进。世界的美，在于姹紫嫣红，在于千变万化。

十七世纪前后的中国社会，处在转型期，欧洲国家竞相与我们通商。宝琴的父亲是官商，是较早与外国人有贸易往来的中国人。从第五十二回宝琴的一段自白中，不难看出她这方面的阅历："我八岁的时节，跟我父亲到西海沿上买洋货，谁知有个真真国的女孩子，才十五岁，那脸面就和那西洋画上的美人一样，也披着黄头发，打着联垂，满头带着都是玛瑙、珊瑚、猫儿眼、祖母绿，身上穿着金丝织的锁子甲，洋锦袄袖；带着倭刀，也是镶金嵌宝的。实在画儿上也没他那么好看。有人说他通中国的诗书，会讲'五经'，能做诗填词，因此我父亲央烦了一位通官，烦他写了一张字，就写他做的诗。"她父亲有超前意识，所谓"通官"，也即翻译官吧。那"女孩子"该是西洋女子了，珍宝是不是来自阿拉伯国家？倭刀是日本刀无疑。西洋背景的女子做出来的诗却是地地道道的中国味："昨夜朱楼梦，今宵水国吟。岛云蒸大海，岚气接丛林。月本无今古，情缘自浅深。汉南春历历，焉得不关心？”曹雪芹是开明的，他叫众人为她叫好：“难为他！竟比我们中国人还强。”人外有人，山外有山，天外有天。

宝琴给大观园带来许多新鲜的见闻，犹如打开了一道门，又推开了一扇窗，展示了外面更精彩的世界。她从外边走进来，探春有一天将从里边走出去。大开眼界，只有懂得世界有多么大，才知道大观园有多么小。

第五十三回，除夕祭祀宗祠，“傍边一席，命宝琴、湘云、黛玉、宝玉四人坐着”。不知为什么会在这样一个注重礼仪、等级规范的场合中这样排序，“只算他四人跟着贾母坐”。也许在贾母的眼里，是更喜欢宝琴的。

《红楼梦论赞》的作者涂瀛说：“薛宝琴为色相之花，可供可嗅，可画可簪，而卒不可得而种，以人间无此种也。……爰醒其意曰：‘玉京仙子本无瑕，总为尘缘一念差，姊妹是谁修得到，生时只许嫁梅花。’”

六

白雪红梅，雪是冬天的信使。雪落无声，却传递出美妙的信息。

宝琴不在《金陵十二钗正册》，也不在《副册》，她的无胜于有，超以象外。神龙见首不见尾，美得实实在在，又虚无缥缈。

曹雪芹已经将她塑造为最可爱的女性形象了。

在曹雪芹去世一百多年后的法国，有一位叫果尔蒙的诗人，创作了一首诗歌《雪》，由戴望舒译成了中文，有一种美感，深入人心。突发奇想，如果将诗中的“西茉纳”换成“薛宝琴”，一定别有一番滋味。如果曹雪芹能读到，不知道他会怎么想。读一读白话译诗，同样叫人陶醉。

薛宝琴，雪和你的颈一样白，
薛宝琴，雪和你的膝一样白。

薛宝琴，你的手和雪一样冷，
薛宝琴，你的心和雪一样冷。

雪只受火的一吻而消融，
你的心只受永别的一吻而消融。

雪含愁在松树的枝上，
你的前额含愁在你栗色的发下。

薛宝琴，你的妹妹雪睡在庭中。
薛宝琴，你是我的雪和我的爱。

这种内容上的嫁接和组合，将曹雪芹笔下的人物薛宝琴与果尔蒙的抒情对象西茉纳置换，开始也有一丝不习惯，但多朗诵几遍，慢慢也就适应了。雪是他们共同的心爱之物，爱人与物融为一体，如果果尔蒙地下有知，如此篡改他的诗歌、沿用他的诗句，他会做何感想？如果戴望舒还活着，他愿意有人这样引用他的译诗吗？

一切也像这谜一样，寻找不到谜底。

七

她像天外来客，“若藐姑射神人”，“似藐姑仙子”，“似隔省游学之生”，仿佛离我们很近，又很远。

琴瑟之交。宝琴者，“抱琴也”。高山流水，“人生得一知己足矣，斯世当以同怀视之”。

曹雪芹梦中的情人，现实中的女友，他已经将她写到美的极致了。八十回后，高鹗望尘莫及，无从写起，她也就渐渐淡出读者的视野了。

她的命运独好，她犹如我们记忆中最美的那一场雪，那一株梅花……雪终将化，花还会开。记得她的《西江月》：“汉苑零星有限，隋堤点缀无穷。三春事业付东风，明月梅花一梦。几处落红庭院，谁家香雪帘栊？江南江北一般同，偏是离人恨重。”那是曹雪芹的心声吧！

邢岫烟

绿叶成阴子满枝

一

幸福是一个模糊的概念。每一个人的追求不一样，理解也不一样。但不能否认，世上的幸福是有标准的。

罗素认可的幸福，是浪漫的爱情、美满的婚姻，再加上艺术。不论怎么说，婚姻的幸福是最大的幸福。别的是附加条件，婚姻不同，婚姻是先决条件。

人生不如意十有八九。《红楼梦》中，幸福的婚姻不多，家家有一本难念的经。在为数不多的幸福婚姻中，邢岫烟与薛蝌的，在贾母的撮合下，算是美满的了。

培根在《论婚姻》中说："在人生中，妻子是青年时代的情人，中年时代的伴侣，暮年时代的守护。所以在人的一生中，只要有合适的对象，任何时候结婚都是有道理的。"

岫烟与宝琴有缘，她们同时来到贾府。岫烟是因生计艰难来投奔邢夫人，宝琴是游历来看薛姨妈。后来，岫烟嫁给了宝琴的胞弟薛蝌。她懂事，"志气高朗"，有"超脱于尘世之外”的美，自然被薛姨妈相中了。

人和人通过交往了解对方的品行。不幸的婚姻，往往没有爱情作为基础，在盲目和草率中，被父母包办，谁也不了解谁，谁也不认识谁，合得来，合不来？当真心爱一个人，又被人爱，那是幸福的；当爱一个人，却不被爱，或被不爱的人爱，都是一种折磨。

看看大观园中的爱情与婚姻吧！有多少事与愿违，有多少门当户对，有多少人为此经历悲欢离合？又有多少爱情中的男女，最终步入婚姻？爱是一种感觉，婚姻是一种责任与义务。年轻时的冲动与激情，随着年龄的增长，转化为理智与成熟。宝玉是一面明镜，每一个男孩子都可以通过他，照照自己；黛玉、宝钗、宝琴和岫烟，各自也是一面镜子，每一个女孩子也可以对照着看看自己。人生来是为了幸福，不是为了痛苦。相较之下，岫烟的爱情与婚姻能够善始善终，是她自己修来的。人的性格好，人缘才会好；她识趣，她欣赏的人多，反过来欣赏她的人也多。

二

“人有两种生存方式，一种处处皆无奇迹，一种事事皆为奇迹。”在我看来，爱因斯坦的话，前半句指的是常人的生活，后半句指的是小说人物的人生。小说如果没有奇迹发生，也就不好看、不耐看了。

岫烟与薛蝌从偶然的相遇到喜结良缘，不能不说是一种奇迹。第四十九回，在进京的路上，岫烟跟着母亲，邢夫人的兄嫂，与领着妹妹宝琴的薛蝌相遇了，而目的地都是贾府。

那是薛蝌与岫烟的第一次见面，互生好感。还是引用爱因斯坦的话："这世上所做的一切，皆由因果的法则支配。所幸我们并不知晓这个法则。"

人多嘴杂，要安置好新来的姐妹，离不开凤姐这样的人。邢夫人将岫烟交与凤姐，"凤姐儿算着园中姊妹多，性情不一，且又不便另设一处，莫若送到迎春一处去，倘日后邢岫烟有些不遂意的事，纵然邢夫人知道了，与自己无干"。凤姐知道，搭配好了是双赢。迎春老实，与岫烟合得来。"凤姐亦照迎春分例，送一分与岫烟。凤姐儿冷眼敁敠岫烟心性行为，竟不像邢夫人及他的父母一样，却是个极温厚可疼的人。因此凤姐儿反怜他家贫命苦，比别的姊妹多疼他些。"

凤姐有强势的一面，也有可爱的一面。她对岫烟的态度恰恰折射出她的温情。反观可看出人与人的差异，有的人，总能唤起他人的善意；有的人，却总会引发敌意。可爱的岫烟唤起的自然是凤姐的可爱之情。"贫穷而听着风声也是好的"，活得有尊严，活得有情趣，活得纯真朴素。贫穷并不能掩盖人性之美。

在曹雪芹的眼里，邢岫烟是能与宝琴相媲美的女孩子。宝琴多外向，岫烟偏内向。她们心里都有阳光，都能给别人带来温暖。或许是为了保持一种平衡，既然让薛蟠找了夏金桂，那么这种母夜叉型的女人，不能再让薛蝌遇到了。也是什么人找什么人吧。情感关系中的物质条件固然重要，但相信大多数更看重的是人，不是物。否则，本末倒置的人生，往往只能以悲剧收场。

三

杂树生花，莺飞草长。每一个春天都是诗歌，每一种植物都有诗意，每一个记录下自己心意的人都是诗人。

大观园有诗歌生长的土壤，有阳光雨露，有蕴含灵感的氛围。在那里，凡是读书识字的皆能作诗。人的行为本身就有诗性存在。而且，女性的可爱程度，也与诗性的多少有关。

岫烟，曹雪芹为她起了一个充满诗意的名字。“云无心而出岫”，烟波浩渺，烟雨蒙蒙。岫烟，像文人的笔名。一个是落难的公子，一个是落难的小姐，惺惺相惜，这个名字用在她身上，包含着更多的祝福。

她既自信，又随和，写诗与做人都有境界。第五十回，与亲戚友人争联即景诗，她出手不凡：“冻浦不生潮。易挂疏枝柳”，与她们唱和，难分高低；“空山泣老鸮。阶墀随上下”，顺其自然，诗中有画面，有层次感，有声音的起伏。她写得有味道，写出了一种美感。

有情有趣的人就是诗。以“红梅花”命题写诗，宝钗点题，叫岫烟做“红”字，李纹做“梅”字，宝琴做“花”字。当宝玉从栊翠庵折了一枝红梅回来，她率先吟成《赋得红梅花》：

桃未芳菲杏未红，冲寒先喜笑东风。
魂飞庾岭春难辨，霞隔罗浮梦未通。
绿萼添妆融宝炬，缟仙扶醉跨残虹。
看来岂是寻常色，浓淡由他冰雪中。

想得开，看得透，写“红”写得恰到好处：写不到则浅，写过了就会变“紫”。“残虹”，语出江淹《赤虹赋》：“寂火灭而山红，馀形可览，残色未去。”写“红”写得形神兼备：“落红不是无情物，化作春泥更护花。”正如龚自珍在《书汤海秋诗集后》中所说：“诗与人为一，人外无诗，诗外无人。”岫烟的“浓淡由他冰雪中”不正是曹雪芹的心境吗？“人不可有傲气，但不可无傲骨。”在冰天雪地中，红梅花开，像火焰，在最寒冷的背景下，呈现出最热烈的场景。色彩的巨大反差，衬托出了红的血性之美，像马雅可夫斯基的一句诗：“红得像马赛曲。”

四

爱情是一种感觉，或长或短，取决于两颗心的共鸣；婚姻是一种责任和义务，也是一种归宿。不论是自由相识相恋也罢，经人介绍结合也罢，都是形式，目的在于过得幸福。少年夫妻老来伴，彼此有个照应。相互包容，执子之手，最浪漫的事，是和你一起慢慢变老。

如果说爱需要激情，那么婚姻则需要智慧。自我的完善与互相的修正，人生也是不断经营的结果。第五十七回，薛姨妈相中了邢岫烟，看重的是她的人品，想让她做儿媳，又觉得薛蟠配不上她，忽然想起侄子薛蝌未娶，“看他二人，恰是一对天生地设的夫妻，因谋之于凤姐儿”。凤姐又托贾母作保，贾母是一言九鼎，这一桩良缘也就定了。

薛姨妈眼中的邢岫烟“生的端雅稳重，且家道贫寒，是个钗荆裙布的女儿”。邢夫人想的是“薛家根基不错，且现今大富；薛蝌生得又好”。贫与富的结合，也会有幸福，关键取决于个人。

岫烟是一个很自觉、很内敛的人，能耐得住清苦，守得住寂寞，“为人雅重”。宝钗观察细微：“‘这天还冷的很，你怎么倒全换了夹的了？’岫烟见问，低头不答。”在未出嫁以前，姑妈邢夫人又出了个点子，叫她每月匀出一两银子，给她爹妈送去。岫烟自己手头紧，却又不愿沾迎春的光，给别人添麻烦，宁可委屈自己，也不难为别人。“迎春是个老实人，连他自己尚未照管齐全，如何能管到他身上，凡闺阁中家常一应需用之物，或有亏乏，无人照管，他又不与人张口。宝钗倒暗中每相体贴接济……”

薛姨妈会看人，宝钗会做人。岫烟有福了，薛蝌不仅长得好，善解人意，又有能耐。整部《红楼梦》里，像他那样的男人，打着灯笼也不好找，却让她遇到了，不能不说是一种奇缘。对比来看，薛蟠娶夏金桂，二人虽然门当户对，却是天壤之别，无幸福可言；宝钗嫁宝玉，看上去很般配，金童玉女，玉女金童，却以悲剧告终。冥冥之中，有一种看不见的力量，操纵着人的命运。谁不渴望美满的婚姻，谁不向往幸福的生活？但现实是冷酷的，常常不以人的意志为转移。

五

读书能读出感触，触景能够生情，也不失为一种美的感悟。

患得患失是人之常情，除非修炼到一种境界：宠辱不惊，不以物喜，不以己悲。那不是一件简单的事。

宝玉生性敏感，本质上是一个诗人。有些东西看似微不足道，却能触发他的思绪。第五十八回“杏子阴假风泣虚

凰　茜纱窗真情揆痴理”。在大观园中，因看到“一株大杏树，花已全落，叶稠阴翠，上面已结了豆子大小的许多小杏”，他有许多感慨，“又想起邢岫烟已择了夫婿一事：虽说男女大事，不可不行，但未免又少了一个好女儿，不过二年，便也要‘绿叶成阴子满枝’了；再过几日，这杏树子落枝空，再几年，岫烟也不免乌发如银，红颜似缟了……”时光飞逝，转眼物是人非。他想挽留住什么，又能挽留住什么呢？

人不能想得太远，未来怎么样，谁也不知道。花要开，花要败，花要结子，花从来不问为什么。女人也是，会年轻也会衰老，但少女有少女的美，妇人有妇人的风韵。每一个过程都不可替代，每一个阶段有每一个阶段的价值和意义。每一种花都很美，岫烟写过咏红梅的诗，再翻开《千家诗》，诵读杜小山的《寒夜》：“寒夜客来茶当酒，竹炉汤沸火初红。寻常一样窗前月，才有梅花便不同。”人生莫不如此，只在乎曾经拥有，别奢望天长地久。爱过、给予过、付出过，本身就是一种幸福。流连、爱慕、欣赏、也是一种美好的感受。

万物有缘，人更重一个缘字。什么样的人看重什么样的人，什么样的人喜欢什么样的人，什么样的人和什么样的人交朋友。第六十三回，通过岫烟与妙玉的交往，也能折射岫烟的不俗。她找妙玉说话去，宝玉听了都很惊讶，说妙玉“为人孤僻，不合时宜，万人不入他的目。原来他推重姐姐，竟知姐姐不是我们一流俗人”。看岫烟如何回答：“他也未必真心重我，但我和他做过十年的邻居，只一墙之隔。他在蟠香寺修炼，我家原寒素，赁屋居住，就赁了他的庙里房子，住了十年，无事到他庙里去作伴。我所认得的字，都是承他所授。我和他又是贫贱之交，又有半师之分。因我们投亲去了，闻得他因不合时宜，权势不容，竟投到这里来。如今又天缘凑合，我们得遇，旧情竟未改易，承他青目，更胜当日。”

曹雪芹讲别人的事，读来如同说他自己的事，真实不虚。人的气质，由内向外散发出的魅力。再看宝玉心中的岫烟：“怪道姐姐举止言谈，超然如野鹤闲云，原本有来历。”

六

人活着，不仅为自己，也要为别人着想，做有益的事，自身的价值才有所体现。

第九十四回，当宝玉莫名其妙地失去通灵宝玉，一种不祥的气氛笼罩着贾府。该找的地方都找了，还是没有找到，只有焦虑了。“邢岫烟道：‘若说那外头测字打卦的，是不中用的。我在南边闻妙玉能扶乩，何不烦他问一问？况且我听见说，这块玉原有仙机，想来问得出来。’”

这里就有魔幻现实主义的味道了。至第九十五回，岫烟在栊翠庵找到妙玉，求她扶乩。妙玉原本是不情愿的，“何必为人作嫁？”却还是碍于情面，经不住岫烟的劝说，破例做了一次。“叫道婆焚香，在箱子里找出沙盘乩架，书了符，命岫烟行礼祝告毕，起来同妙玉扶着乩。不多时，只见那仙乩疾书道：‘噫！来无迹，去无踪，青埂峰下倚古松。欲追寻，山万重，入我门来一笑逢。’”

参不透，解不了。“请的是拐仙。”一部书中包含着无数的谜，这是一个更大的谜，上升到哲学的命题：你从哪里来？你是谁？你到哪里去？又想起北岛译瑞典当代诗人拉斯·努烈的诗《这条路也许》：

这条路也许
不通向任何地方
但有人从那边过来

谁和谁？从这边到那边，在哪里分手，又在哪里相逢？生活充满了玄机，充满了不确定性。一次偶然的事件，有可能改变一个人的一生。

失玉，是不是又有“失欲”的含义？玉是有灵魂的，人物一理。失去了的，还能还原吗？在妙玉和宝玉之间，岫烟成了若隐若现的桥梁。走哪一条道，入哪一道门，进哪一间房，已命中注定了，只是人在年轻的时候看不清而已。

七

事物在发展变化中，不往好处变，就往坏处变。所谓的好坏，也是由人定的。

小说推进到第一百十八回，沿着曹雪芹的构思与设想，高鹗对岫烟的结局，借王夫人的话做了交代：“邢姑娘是我们作媒的，配了你二大舅子，如今和和顺顺的过日子……”同时，提及宝琴：“梅家娶了去，听见说是丰衣足食的，很好。”如果说《红楼梦》中有写美满的婚姻，那么岫烟和薛蝌的算得上其中之一。

套用列夫·托尔斯泰的话说：“幸福的家庭都是相似的，不幸的家庭各有各的不幸。”为什么不幸？为什么幸福？岫烟和宝琴是一把尺子，黛玉和宝钗是另一把尺子。量一量自己的尺寸，比一比自己的长短，不幸如何转化为幸福，幸福又如何转化为不幸？而男人在其中又扮演了什么角色？宝玉和薛蝌……他们也可充当镜子，照自己，也照别人。

追求幸福，以什么人为榜样？远离不幸，以什么人为参照？人活着，是为了幸福，不是为了受罪的。当岫烟和宝琴她们“绿叶成阴子满枝”的时候，有的人也像植物，已枯萎凋零了。

“岫烟”两个字分开讲，“岫”有山洞、巢穴的意思，“烟”是烟霞，是炊烟……仿佛看到山，看到云，看到美的人和事。

袭人

花气袭人知昼暖

一

也许没有谁比袭人更体谅贾宝玉了。人生离不开缘分。还有谁能像她那样，离宝玉最近，相处时间最久？

她为自己定准了位置。因为她侍候好了贾母，贾母才将她派给了宝玉。她尽心尽力地做好自己的事务。她没读过书，却明白道理，懂得说理。她真心希望宝玉好，也是为了自己好，以后能有个盼头。她活得很清醒，谁充当什么角色，谁扮演什么形象，谁是主角，谁是配角，谁是跑堂的，她看得一清二楚。她知道什么时候该说什么话，什么场合该做什么事。她是识时务的女人，不轻易感情用事。

她的性格决定了她的出路。在太虚幻境中，宝玉看见《金陵十二钗又副册》，在《又副册》里袭人仅次于晴雯，位列第二。一幅画："一簇鲜花，一床破席。"几句言词："枉自温柔和顺，空云似桂如兰；堪羡优伶有福，谁知公子无缘。"像她那样贤淑的女人，嫁给谁，谁就有福了。她懂事，有悟性，知道换位思考。不论做什么，都留有余地。

她姓花，名蕊珠。年幼时，父亲去世，另有母亲和一个哥哥，因为家庭贫困，被卖给贾府当了丫头。她服侍宝玉，服侍得到位。宝玉喜欢陆游的诗歌《村居书喜》："红桥梅市晓山横，白塔樊江春水生。花气袭人知骤暖，鹊声穿树喜新晴。坊场酒贱贫犹醉，原野泥深老亦耕。最喜先期官赋足，经年无吏叩紫荆。"宝玉从"花气袭人"受到启示，给她起了"袭人"这个名字。

知冷知热，知白知黑。和宝玉在一起的日子，是她最快乐的日子。宝玉的眼里几乎不存在等级。人是平等的，是自由的，没有什么主仆之别的观念，只是认为大家分工不同罢了。人的感情是相互的，滴水之恩，涌泉相报。她付出越多，他给予越多。他们之间，原本是主子和丫头的关系，但日久生情，只是还没有名分而已。

她面临的最大困境，是后来宝玉的出家。留与走，生与死，守候是无望的，死是不值得的。

她明智地选择了离开，然后出嫁。那个男人也是靠谱的，也在乎她。戚蓼生序本第二十八回总评，批："盖琪官虽系优人，后回与袭人供奉玉兄宝卿得同终始者，非泛泛之文也。"

善始善终。她活得好了，也没忘了旧日的主人。

二

从最初读《红楼梦》起，就没觉得她是个丫头。她和宝玉处成了一种特殊的关系，既有亲情，又有爱情，再加上私情，是其他人不可比的一种感情。

第六回“贾宝玉初试云雨情　刘老老一进荣国府”，说是“警幻”所授，也可理解为秦可卿“所授”，宝玉和袭人，就学着做了。那像是一次成人礼，宝玉和袭人由此长大了。

人生中有很多偶然的事件，是在意料之外的，发生也就发生了。但个人的感受，只有自己心知肚明。作为小说家曹雪芹好像什么都知道，他写两个人“云雨”过后的感受：“自此宝玉视袭人更与别个不同，袭人侍宝玉越发尽职。”人和人之间的关系有多重性，那一层关系，像一层窗纸，捅破了，两人之间的感觉也就不一样了。

袭人在宝玉的身边，知冷知热，体贴入微，让贾母、王夫人看着都放心。曹雪芹写她的次数也多。第十九回“情切切良宵花解语　意绵绵静日玉生香”，写出了宝玉对袭人的依恋，不舍得她走，不管是真走，还是假走，总之，不愿她走。同时，也写出了袭人的机智，“……赎身之论，故先用骗词以探其情，以压其气，然后好下箴规”。她有旺“夫”气，她劝宝玉的三条：一、不说狠话，过头话，像“等我化成一股轻烟，风一吹便散了的时候，你们也管不得我，我也顾不得你们了”，这样消极、悲观的话。二、好好读书上进，“别只管批驳诮谤”，叫什么“禄蠹”。三、“再不许吃人嘴上擦的胭脂了，与那爱红的毛病儿。”那的确是推心置腹的话，她是多么希望宝玉能有点出息，别一味地贪玩，她将来也能有个依靠，有点指望，安心地做一个妾。她活得很现实，这正是贾母、王夫人看重她的原因。

倘若人的痛苦主要是因为感情的倾斜与震荡，那么幸福便意味着平衡与和谐。她的存在给予宝玉一种稳定感。她那成熟的美，以奉献为主。“完善的感情就是美”，最了解宝玉的是她，长久的相处，吃在一起，住在一起，虽然他们是同龄人，但她懂事早，心理的年龄大，承担了呵护宝玉成长的角色。

三

人，不论你是谁，如果总有人管着，也就不会太出格。管的方式有多种，以情动人比借势压人更得人心。

宝玉一直像长不大的孩子，需要有人管，怎么管是一门艺术。第二十一回“贤袭人娇嗔箴宝玉　俏平儿软语救贾琏”，从几个人对待宝玉的态度，能感受到表达爱的不同方式。

黛玉是什么也不管，放任自流，只要宝玉高兴就好，兴趣相近，从不说规劝的话。湘云是直来直去地管。有一段描写，从中不难看出湘云的为人：“宝玉不答，因镜台两边都是妆奁等物，顺手拿起来赏玩，不觉顺手拈了胭脂，意欲往口边送，又怕湘云说，正犹豫间，湘云在身后伸过手来，‘啪’的一下将胭脂从他手中打落，说道：‘不长进的毛病儿，多早晚才改！’”读书至此，疑心曹雪芹的早年，是不是也嗜好吃胭脂，否则，怎么能写得如此传神。

袭人自己想管，管不过来，也想叫宝钗帮忙看管，又不直说，但话里有话。看曹雪芹如何去写：“忽见宝钗走来，因问：‘宝兄弟那里去了？’袭人冷笑道：‘“宝兄弟”那里还有在家的工夫！’宝钗听说，心中明白。又听袭人叹道：‘姊妹们和气，也有个分寸礼节，也没个黑家白日闹的！凭人怎么劝，都是耳旁风。’”透过宝钗的眼睛看袭人：“倒别看错了这个丫头，听他说话，倒有些识见。”宝钗是一个有城府的人，知人论事，在众姐妹之上，“慢慢的闲言中，套问他年纪家乡等语，留神窥察其言语志量，深可敬爱”。她们看问题，有相似的地方，一个更有知识，一个更有经验，她们都想管好宝玉，也无不是出于一种爱。

“只见袭人和衣睡在衾上”，宝玉也心疼她，“起来好生睡，看冻着了”。袭人也想用自己的行为感化他，“见他无晓夜和姊妹厮闹，若真劝他，料不能改，故用柔情以警之”。宝玉本性难移，却也想改。“宝玉见他娇嗔满面，情不可禁，便向枕边拿起一根玉簪来，一跌两段，说道：‘我再不听你说，就同这簪一样。’”说到这个份上，也能听出他对袭人的感情。

他着急，袭人也跟着着急；袭人是真心地服侍他。他对袭人有着深厚的依赖感，是对其他人所不具有的一种感情。

四

看人的长处，用人的长处，用人的人与被用的人，都会有成就感。与人打交道，扬长避短，展示亮点，易和对方产生共鸣。不擅长用人，也不为人用，即便有才能，又有何为？

袭人的出身和经历决定了她知道“经济”的重要。坐吃山空，没有物质的保障，人靠什么生存？宝玉和黛玉，没想那么多，从小饭来张口，衣来伸手，有别人供养着，没有危机感，所以玩性不减，任性而为。如果他们真的结合了，会怎么样？如果能像宋代的赵明诚与李清照那样，就算是美满了。可能吗？人活着，“经济”是第一要务，假如这一点做不好，别的都是虚的。宝钗和湘云，知道“经济”是基石，也知道人不能没有精神生活，只有相互依附，才有归属感。海市蜃楼是美的，但不长久；空中楼阁是好的，却不牢固。所以，小说中的浪漫爱情，不能不信，也不可全信。一旦放到现实生活中，就往往不是想象中的那样了。

在感情上，袭人离湘云和宝钗近，离黛玉和妙玉远。袭人知道湘云手巧，托她为宝玉做鞋。第三十二回“诉肺腑心迷活宝玉　含耻辱情烈死金钏”，当宝玉听到贾雨村来了不想见时，“湘云笑道：‘还是这个情性，改不了。如今大了，你就不愿读书去考举人进士的，也该常会会这些为官作宰的，谈讲谈讲那些仕途经济的学问，也好将来应酬庶务，日后也有个朋友。没见你成年家只在我们队里搅些什么？’”对照曹雪芹的传记，他年少时也是贾宝玉这样的公子哥儿。与蒲松龄比较，一个是贵族子弟，厌倦科举，一生与仕途无缘；一个是平民子弟，一味想考科举，一直考到七十多岁，还是名落孙山。真的像杜甫所说的“文章憎命达”吗？蒲松龄有一部《聊斋志异》，足以传千秋！曹雪芹有一部《红楼梦》，足以传万代！可历朝历代，贫困潦倒的文人当中，能有几个蒲松龄、曹雪芹这样的小说家？

在宝玉的眼里，除了黛玉不说“经济”上的“混账话”，别人都在说。他心里很烦，他其实是在逃避一种责任。在不谙世事的女孩群体中待着，像处于伊甸园之中，他有一种安全感。一旦成家，男人需要立业，女人需要持家，所谓“贫贱夫妻百事哀”，要过上好的日子，自然离不开“经济”这样“混账”的问题。

五

善意的管，如果管不了的时候，那么就会有另一种形式的管出现了。

当袭人的管教和湘云的劝说对宝玉失效时，就出现了贾环别有用心的“管”——打小报告，和贾政的管——狠狠地打。第三十三回“手足眈眈小动唇舌　不肖种种大承笞挞”，当父亲的能下此毒手，不可思议，也不难理解。贾政，“假正经”也。他没有反省，宝玉没有管好，他的责任最大。

“袭人满心委屈，只不好十分使出来。”“众人渐渐散去，袭人方进前来，经心服侍，问他端的……”

袭人是个有脑子的女人，分寸把握得好。她出于好心，知道好歹，但事与愿违，王夫人问话时她的回答，也是宝玉挨打的导火索。

她知道宝玉的病渐渐转好了。她知道贾政是什么人，也知道贾环是什么人，赵姨娘是什么人。该沉默的时候就沉默，“真话不全说，假话全不说”。明哲保身，她明白王夫人需要有台阶下，她需要表现得既懂人情世故，又讲理得体。想不到她能超越儿女情长，说出那样的话：“论理我们二爷也得老爷教训教训，若老爷再不管，不知将来做出什么事来呢。”

她不是一般的女人，她有自己的想法。她的话，引起王夫人的警觉，后来晴雯被逐等一系列的事，不能说与她无关。“那一日那一时，我不劝二爷？只是再劝不醒。偏生那些人又肯亲近他，也怨不得他这样，总是我们劝的倒不好了。”王夫人需要一个宝玉“不听话”的原因，而这个原因又必须与她自己无关，所以袭人的一番话刚好说到了王夫人的心里，她再顺水将舟推向有利于自己的方向，“我只想着讨太太一个示下，怎么变个法儿，以后竟还叫二爷搬出园外来住，就好了”。

她的“长久之计”提醒了王夫人，王夫人也愈发信任她：“你今既说了这样的话，我就把他交给你了，好歹留心，保全了他，就是保全了我，我自然不辜负你。”她有自私的一面，为自己想得多，为别的丫头想得少。后边发生的许多事，都能从这一回找到引子。宝玉的悲剧，也是其他女人的悲剧，而她们的悲剧，也是宝玉的悲剧。他们已经是命运的共同体了。

六

从那以后，袭人的形象似乎不像开始时那么鲜明了。她想努力地做好自己分内的事，向上走，但在王夫人的意识中，主子永远是主子，仆人永远是仆人，丫头永远是丫头。界限分明，袭人难以逾越主仆的分界线。

守着宝玉，照顾他的日常起居，劝说的话也少了，同时也没有多少新意。重复多了，就变成唠叨了。明智地活着，她并不愿只是做一个旁观者，她也是参与者。

她一直关注着宝玉的亲事。在宝钗和黛玉之间，她自然倾向于前者。妻妾之间的关系处好了，做妾的日子比较好过，处不好做妾的备受折磨。如果不识趣，没有自知之明，那么与赵姨娘也没有多大的区别。她不想做赵姨娘。第八十五回，宝玉对她说：“老太太与凤姐姐方才说话，含含糊糊，不知是什么意思？”她是一个多么聪明的女人，“也明知是给宝玉提亲的事，因恐宝玉每有痴想，这一提起，不知又招出他多少呆话来，所以故作不知。自己心上，却也是头一件关切的事”。一个人的命运牵扯到多少人的命运？

“夜间躺着，想了个主意：不如去见见紫鹃，看他有什么动静，自然就知道了。”从身边的人做起，寻找切入点。“原来袭人来时，要探探口气，坐了一回，无处入话。又想着黛玉最是心多，探不成消息，再惹着了他，倒是不好。又坐了坐，搭赸着辞了出来了。”袭人的精明之处在于，分寸拿捏得很准，做事留有余地。夹在是非之中，她又能怎样？只能是为自己打算吧。

爱上宝玉的女性大多没能善终，黛玉为之而死，宝钗为之守活寡，晴雯为之被驱逐而亡……而袭人为之守不能守、死不能死的时候，峰回路转，被琪官蒋玉函明媒正娶，过上了一种幸福的世俗生活。

都说“男怕选错行，女怕嫁错郎”，有时候也是命中注定。蒋玉函是宝玉的朋友，第九十三回，对他的描写：“面如傅粉，唇若涂朱；鲜润如出水芙蕖，飘扬似临风玉树。”“他向来是唱小旦的，如今不肯唱小旦，年纪也大了，就在府里掌班。头里也改过小生。他也攒了好几个钱，家里已经有两三个铺子，只是不肯放下本业，原旧领班。”他是一个好演员，“极是情种，非寻常戏子可比”。宝玉听他的戏入了迷，甚而想起为文之道：“《乐记》上说的是：‘情动于中，故形于声；声成文，谓之音。’所以知声，知音，知乐，有许多讲究。声音之原，不可不察。诗词一道，但能传情，不能入骨，自后想要讲究讲究音律。”两个人可谓知己了。

七

宝玉出家以后的事，袭人放手不管了。每个人有每个人的归宿，有的需要被别人安排，有的自己去寻找出路。

袭人付出得太多了。从曹雪芹到高鹗，写来写去，都希望她有个好的结局。

第一百二十回，她是处在矛盾中心。她算个“屋里人”，又没有“明路儿”，老实、本分人，那是薛姨妈、王夫人印象中的她。她是好心人，不愿连累他人。“我若是死在这里，倒把太太的好心弄坏了，我该死在家里才是。”但家中的哥哥嫂嫂对她又好，她不忍害了哥哥，还是委委屈屈地出嫁了。

她想不到嫁的竟是蒋玉函，他也没想到竟是袭人。“蒋玉函念着宝玉待他的旧情，倒觉满心惶愧，更加周旋；又故意将宝玉所换那条松花绿的汗巾拿出来。……始信姻缘前定。袭人才将心事说出。蒋玉函也深为叹息敬服，不敢勉强，并越发温柔体贴，弄得个袭人真无死所了。”

爱惜缘分，爱惜生命。恰恰应了前人过桃花庙时的诗：“千古艰难惟一死，伤心岂独息夫人！”

想起曹雪芹在第三回时说的话：“这袭人有些痴处：伏侍贾母时，心中眼中只有一个贾母；今跟了宝玉，心中眼中又只有一个宝玉。”那么，最终嫁了蒋玉函，心中眼中也应该只有一个蒋玉函了。

香菱

根并荷花一茎香

一

是什么花，已注定了的。种子落地，至于开不开花，不是自己能说了算的，还有许多条件。开了又怎样，不开又怎样？“花开花落两由之。”

香菱比一般的女孩子更单纯，她乐观地对待自己的苦命人生，如果那个时代有女诗人的话，她配得上这个称呼。她是从苦难中走过来的，不是为作诗而作诗，不是“为赋新词强说愁”，是真有愁。她的不幸让人同情，命运强加给她的不公，她却能以平和的心态对待，她同时也是一个令人敬重的女性。

也不知从什么时候开始，笔者不仅喜欢望文生义，有时看着人的名字，也会想入非非。她是甄士隐的女儿，本名英莲，谐音可读成“应怜”，曹雪芹有没有这一层意思，不得而知。因为她先后被拐卖给冯家和薛家，导致人命官司。后来，宝钗给她改名香菱。王希廉解释说：“莲花命名，大概用青、红、白、翠、紫、绿、玉等字。今取英字，与人独异。英者，落英也，莲落则菱生矣。”字典上“菱”的含义：“一年生草本植物，生在池沼中，根生在泥里，浮在水面的叶子略呈三角形，花白色。果实的硬壳大都有角，绿色或褐色，果肉可以吃。”再后来，薛蟠娶夏金桂为妻，香菱为妾，霸道的金桂又将她名字改为秋菱，去其香字，而“夏”与“秋”不合，害人者反被害，毒人者反被毒，夏金桂最终自己结束了自己的生命。香菱成为幸存者。在被扶正以后，香菱因难产而死，为薛家留下一子。

《金陵十二钗副册》中唯一写的就是她。画面：“一枝桂花，下面有一池沼，其中水涸泥干，莲枯藕败。”题诗：“根并荷花一茎香，平生遭际实堪伤；自从两地生孤木，致使香魂返故乡。”

也许曹雪芹最初的用意是让她屈死在夏金桂的手里，原稿毕竟不在了，高鹗的续作，讲究因果报应，他让夏金桂自作自受，“天理昭彰，自害自身”，让秋菱化险为夷，为薛家留下一线希望。

她本身就是一个真假难辨的谜，像一首叙事诗。她喜欢香菱这个名字，在第八十回时，她说：“不独菱花香，就连叶莲蓬，都是有一股清香的。”

二

香菱大有来头，在她身上寄托着曹雪芹的一片深情。重读第一回“甄士隐梦幻识通灵　贾雨村风尘怀闺秀”，甚至看到了曹雪芹的影子，在那里晃动。甄士隐是她的父亲，她被拐卖后，甄士隐也离家出走了。

甄士隐“即真事隐”（脂砚斋），“托言将真事隐去也”。曹雪芹即讲故事的那个隐身人。由他开头，“你中有我，我中有你”，“真中见假，假中见真”。或从假中看到真，或从真中看到假，虚虚实实地演义出小说来了。

姑苏城城中有一葫芦庙，“庙旁住着一家乡宦，姓甄名费，字士隐，嫡妻封氏，性情贤淑，深明礼义。家中虽不甚富贵，然本地也推他为望族了。因这甄士隐禀性恬淡，不以功名为念，每日只以观花种竹、酌酒吟诗为乐，倒是神仙一流人物。只是一件不足，年过半百，膝下无儿，只有一女，乳名英莲，年方三岁”。

曹雪芹借僧人之口，说出人物的命运。“看见士隐抱着英莲，那僧便大哭起来，又向士隐道：‘施主，你把这有命无运、累及爹娘之物抱在怀内作甚？’”这是一种不祥的预兆，“那僧还说：‘舍我罢，舍我罢！’”怎么开始，又怎么结尾。第一百二十回呼应了第一回。

僧人是清醒的见证者。那僧还有四句言词：“惯养娇生笑你痴，菱花空对雪澌澌；好防佳节元宵后，便是烟消火灭时。”小说写到某个关键的节点，曹雪芹会让僧道登场，指点迷津，对香菱是这样，对贾瑞是这样，对宝玉也是这样。

又叫那僧说准了。元宵节，英莲失踪，葫芦庙失火，甄家化为“一堆瓦砾场了”。曹雪芹晚年的境遇，是不是也是如此？“士隐乃读书之人，不惯生理稼穑等事，勉强支持了一二年，越发穷了。”一次大的变故足以改变人的一生。一僧一道，一前一后，看似疯癫，实则睿智。那道人的《好了歌》，是要去悟的。曹雪芹写甄士隐“本是有夙慧的，一闻此言，心中早已彻悟”。他同了疯道人飘飘而去，与后面宝玉的出家，何其相似。

入世之后的出世。多年以后，英莲变成香菱了。

三

拐卖人的人，没有底线。当初英莲被拐的时候，只有五岁，过了七八年，长到十二三岁，拐子就用她来卖钱了。而且，同时卖给了两家，一是冯家，二是薛家。矛盾冲突也就由此发生了。因为各不相让，只能是弱肉强食，谁强势人就归谁了。

第四回“薄命女偏逢薄命郎　葫芦僧判断葫芦案”，英莲自从被拐后，已经被拐子打怕了，“只说拐子是他亲爹，因无钱还债故卖的”。她总算熬出来了，却又遇上人命官司。薛蟠命人将冯家的主子冯渊打死了。一个叫甄英莲，是“真应该可怜”；一个叫冯渊，是“逢冤”。曹雪芹真会起名，寓意也都包含在其中了。

英莲“眉心中原有米粒大的一个胭脂，从胎里带来的”，“生得不俗”。联想到宝玉，他从胎里带来的是玉，“活的不俗”。人的不同际遇，谁在替谁受罪，谁在替谁享受福分？命运变幻莫测。一个父亲是甄士隐（真事隐）；一个父亲是贾政（假正经），曹雪芹为什么要给他们起这样的名字？是根据名字编故事，还是有了故事再起这样的名字？就像鸡和鸡蛋的关系一样，梳理不清。

所谓命运，命是娘胎里带来的，与生俱来的东西，无法改变；运是环境造成的，可以通过后天的努力改变。命是必然的，运有一定的偶然性。第七回中，“英莲”这个名字被宝钗改为“香菱”。宝钗是“香美人”，离不开香。一个秃头和尚说她有“从胎里带来的一股热毒”。她“长得不凡”，“幸而我先天结壮，还不相干；若吃凡药，是不中用的”。和尚的药方，“一包末药作引，异香异气的”，“吃一丸就好”。那药方为什么叫“海上方”？因为这药方子用的东西都极其讲究：“春天开的白牡丹花蕊心十二两，夏天开的白荷花蕊十二两，秋天的白芙蓉蕊十二两，冬天的白梅花蕊十二两。”蛮有诗意的，将四种花蕊在次年春分时晒干，和末药一起研好，选雨水这日落水十二钱。“还要白露这日的露水十二钱，霜降这日的霜十二钱，小雪这日的雪十二钱……”越发讲究了，也是在磨炼性子、锻炼耐性吧，吃了这“冷香丸”，能不心平气和吗？除了宝钗，谁还能做到？香菱作为一个丫头，又何尝不是宝钗的一味药呢！

四

人是痛苦还是幸福，最主要看和什么人生活在一起。

香菱还叫英莲的时候，被拐以前，和父母在一起，是幸福的；被拐以后，和拐子在一起，是痛苦的。被卖之后，和宝钗在一起，又有了幸福感。她是一个很容易知足的女孩子，第十六回，通过贾琏的话和凤姐的感喟，知道香菱已正式做了薛蟠的妾了。

曹雪芹刻画人物形象，入木三分，听其话便知其人。语言的艺术体现于对话上，传神写照皆在其中。“贾琏笑道：‘正是呢，我方才见姨妈去，和一个年轻的小媳妇子撞了个对面，生得好齐整模样。……名叫什么‘香菱’的，竟与薛大傻子作了房里的人，开了脸，越发出挑的标致了。那薛大傻子真玷辱了他。’”说来说去，这贾琏和薛大傻子还不是一类人！凤姐调侃他，要拿平儿去换香菱，“那姨妈看着香菱模样儿好还是小事，其为人行事，更又比别的女孩子不同，温柔安静，差不多的主子姑娘还跟不上他……”她跟了薛蟠，也不能说不幸福。先娶妻再纳妾的多，先纳妾后娶妻的少，傻人自然办傻事，苦日子还在后头呢！

香菱是一个好女人，有诗性，又有才情。第四十八回“滥情人情误思游艺　慕雅女雅集苦吟诗”，薛蟠出外经商，香菱要和宝钗做伴，而且“得陇望蜀”地想学写诗。对十分单纯的香菱来说，那无疑是她一生中最美好的时光了。

人有余裕心，方能作诗。诗如同植物，生长需要适合的土壤、水分、阳光。撒下什么样的种子，才有可能结出什么样的果实。诗能化腐朽为神奇。诗是一种感觉，一种氛围，也需讨论推敲，“会心处不在远”，融会贯通，寻找一种生命体验。香菱学得很投入，态度又很谦虚，既有慧根，也有慧心和慧眼，她尤其喜爱陆游的两句诗：“重帘不卷留香久，古砚微凹聚墨多。”她是有心人，不仅向宝钗学习，更向黛玉学，学进去了。当探春对她说：“明儿我补一个柬儿，请你入社。”是对她莫大的鼓励，没有看低她，探春对她有认同感。

五

也许每一个人都是一首诗，也许每一首诗都像一个人。如果说香菱是一首优秀的诗，那么薛蟠充其量算一首打油诗。

诗像梦，梦也像诗。诗从哪里来，人并非因为写诗而成为诗人，而是因为首先做一个诗人，然后才是写诗。人如诗，写什么都是诗了；人非诗，写什么也不是诗。

香菱醒着的时候耐心学诗，睡着了，在梦里还在写诗，她与诗浑然一体了，那真的是诗的境界。在第四十九回，她写的那首诗："精华欲掩料应难，影自娟娟魄自寒。一片砧敲千里白，半轮鸡唱五更残。绿蓑江上秋闻笛，红袖楼头夜倚栏。博得嫦娥应自问：何缘不使永团圞？"拿来与黛玉、宝钗、宝玉的诗比较，一点儿都不逊色。可见曹雪芹对她的态度，既同情和欣赏，又无可奈何，作家的思路也要贴着人物的命运走。

再看第五十回"芦雪亭争联即景诗　暖香坞雅制春灯谜"，她已经与诗社的诗人合拍了。她的"匝地惜琼瑶。有意荣枯草"出手不凡，真可谓"诗人兴会更无前"。饮酒赋诗，不亦乐乎！第六十二回"憨湘云醉眠芍药茵　呆香菱情解石榴裙"，她天真无邪的个性，跃然纸上。香菱在与豆官嬉闹中不慎弄脏了新裙子，宝玉替她着想，袭人恰巧也有一条，叫她换上了。"香菱之为人，无人不怜爱的"，"接了裙子，展开一看，果然合自己的一样；又命宝玉背过脸去，自己向内解下来，将这条系上"。小说潜在的含义，香菱说的话，像最早的白话诗：

好姐姐，你拿去
不拘给那个妹妹罢
我有了这个
不要他了

此时此刻，她手里有一枝夫妻蕙，宝玉手里恰好有一枝并蒂菱。“香菱见宝玉蹲在地下，将方才夫妻蕙与并蒂菱用树枝儿挖了一个坑，先抓些落花来铺垫了，将这菱蕙安放上，又将些落花来掩了，方撮土掩埋平伏。香菱拉他的手笑道：‘这又叫做什么？……’”两人好像还要说什么，却也无从说起了。

宝玉是一个童话诗人，他的一举一动都是诗；香菱也是诗人，有一种默契，好得说不出有多好。

六

人性既有相通的一面，又有相隔的一面。善良的人不知道恶毒的人有多恶毒，恶毒的人也不会懂得善良的人有多善良。人与人的差别，有时就像不同的动物一样，有食草动物，也有食肉动物，一切天性使然，不能简单地以好坏去划分。

香菱的纯粹到了“呆”“傻”“痴”的程度。第七十九回，“薛文龙悔娶河东吼　贾迎春误嫁中山狼”，在薛、夏行婚礼仪式之前，香菱高高兴兴的，像自己的喜事，跟着张罗。在大观园，遇见宝玉，“宝玉道：‘什么正经事，这般忙？’香菱道：‘为你哥哥娶嫂子的事，所以要紧。’”她天真地以为夏金桂是像宝钗一样的人了。“我也巴不得早些过来，又添了一个做诗的人了。”宝玉了解薛蟠的为人：“只怕再有个人来，薛大哥就不肯疼你了。”她不仅不信，还抢白了几句：“这是怎么说！素日咱们都是厮抬厮敬，今日忽然提起这些事来，怪不得人人都说你是个亲近不得的人。”

香菱把一切看得太简单了，以为能碰上个好姐姐，得了护身符，以为大户人家的小姐，“自然是典雅和平的”，“因此，心中盼过门的日子，比薛蟠还急十倍”。

她迎来的是一个什么人？在曹雪芹的眼里，“在家中和丫鬟们使性赌气、轻骂重打的。今日出了阁，自为要作当家的奶奶……”

第八十回“美香菱屈受贪夫棒　王道士胡诌妒妇方”，这夏金桂霸道地令香菱改名“秋菱”。名字和她的命运息息相关。从此，香菱夹在金桂和宝蟾之间受气，难过又苦闷。香菱确实是命苦的女人，金桂容不下她，视她为“肉中刺，眼中钉”，非逐走她不可，而且恶人先告状，说秋菱治害自己。

“对月伤悲，挑灯自叹。”她生命中经历了两个恶男人：拐子、薛蟠；一个恶女人：夏金桂。在劫难逃。曹雪芹写她“虽然在薛蟠房中几年，皆因血分中有病，是以并无胎孕。今复加以气怒伤肝，内外折挫不堪，竟酿成干血之症，日渐羸瘦，饮食懒进，请医服药不效”。

七

曹雪芹写她，到此为止了。八十回以后的事，留给高鹗去续作。

大观园已经破败，宝玉对香菱说过的话，也都应验了。夏金桂的歹毒，到了十恶不赦的地步。第一百三回“施毒计金桂自焚身　昧真禅雨村空遇旧”，高鹗不忍心看着金桂将香菱折磨致死，在小说中让金桂自作自受，鬼使神差地喝下原本是给香菱的毒汤。闹来闹去，折腾来折腾去，先把自己折腾死了。小说的戏剧性增加了，悲剧性却减弱了。传统观念中的“善有善报，恶有恶报，不是不报，时候未到”，得到淋漓尽致地表现。

香菱就要时来运转了。第一百二十回“甄士隐详说太虚情　贾雨村归结红楼梦”，她的亲生父亲出现了，与第一回前后呼应。薛蟠被赦罪，释放出来了。借薛姨妈的话说：“只香菱跟了你受了多少苦处，你媳妇已经自己治死自己了，如今虽说穷了，这碗饭还有得吃，据我的主意，我便算他是媳妇了。”香菱被扶正，一家人都愿意。她却无缘享受这世俗的福气了。

她的父亲俗缘未了，送她一程：“小女英莲，幼遭尘劫，……今归薛姓，产难完劫，遗一子于薛家，以承宗祧。此时正是缘尘脱尽之时，只好接引接引。”

香菱上路了，想起当初她得到的那句诗——连理枝头花正开。

尤三姐 流水落花多少爱

一

尤三姐犹如剑鞘，几乎有她的情节，就有亮闪闪的剑出现。以剑为媒，既是定情之物，也是绝情之物。

当初选择什么不好，偏偏选择一把剑。那是双刃的剑，既能伤人，也能伤己，最终两败俱伤。她为爱而生，为爱而死，皆缘于那把锋利的剑。

不知道亲生父母是谁，不知道自己真实姓名，只知道贾珍继室尤氏、贾琏之妾尤二姐，是她异父异母的两个姐姐。她对柳湘莲的爱慕，让她渴望开始一种新的生活。

曹雪芹的原意何在？两种不同的版本，两种不同的写照：脂本的“淫奔女”，程本的“贞烈女”。最终却是殊途同归：自己不能证实自己的清白，自己无法洗刷自己的过去，自己丧失了活下去的希望。

在她的心目中，爱只能有一次，心仪的人只能有一个。一切不可复制，一切难以挽回。要么一厢情愿，要么一意孤行。人言可畏，一句话有时可能比一把剑更有杀伤力。宁府的名声不好，又是贾琏牵线搭桥，她的名声也跟着坏了。门前的一对石狮子就真的干净吗？只要心干净比什么都干净！她能说得清吗？除了一对鸳鸯宝剑，她还有什么？剑如人，人也如剑。为一个柳湘莲，值得去死吗？也许她是在为自己的轻率，为自己的守望而殉情。

一念之差，阴阳相隔。两个人之间，什么都没有，又好像什么都有了。有血性的女子，生得屈辱，死得壮烈。她不仅是自己向往的婚姻的牺牲品，也是封建时代的殉葬品。

康德在《〈对美感和崇高感的观察〉反思录》中说："如果我假设在性关系中一切都是相反的，那就有两种可能：一、少女时代节欲，成了妇人就转向纵欲；二、少女时代纵欲，成了妇人转而节欲。第二种情形更符合自然，第一种则更适应礼仪时代。"人生是一种平衡，过犹不及。需要什么，才会寻找什么。人过去的经历，对有的人是一笔珍贵的财富，对有的人则是一笔沉痛的债务。一切在于你是什么人了。

二

尤三姐过去是什么人，做过什么事？在爱情这一点上，柳湘莲无疑是她的初恋。她是一个完美主义者，要么不爱，要么为爱舍弃一切。反抗压迫，反抗背叛，她有英雄情结。

不论是宁府，还是荣府，让她看得上的男人，几乎没有。这注定了她的孤独，在这孤独中，她钟情于柳湘莲，其实，她又了解他多少？爱是盲目的，等待是虚无的，死是草率的。

其实，发生在他们之间的那段短暂的感情，只是一场误会而已。她之于柳湘莲的爱，柳湘莲之于她的爱，是不对等的。当男方反悔的时候，绝望随之而来。恰如法国作家拉罗什福科在《道德箴言录》中所说："爱情和火焰一样，没有不断地运动就不能继续存在，一旦它停止希望和害怕，它的生命也就停止了。"爱情是男女双方不断互动的过程，爱与被爱的平衡，付出与获得的平等，才是感情的基石。

柳湘莲是一个什么人？尤三姐是一个什么人？他走过的桥比她走过的路都要多。他，不说阅人无数，也可谓见多识广了。她呢，除了和尤老娘，还有两个没有血缘关系的姐姐，以及贾珍、贾琏之流打交道外，对外面的世界一无所知，对异性，对爱情和婚姻，更多的是憧憬和想象。

柳者，风流也；尤者，尤物也。湘莲，相恋也；三姐，爱称也。读书如读人，中医的"望闻问切"，可借鉴。人物的原型，出自何处？

柳如是，曾用名云娟、杨爱、隐雯，曾用字朝云、影怜、蘼芜，曾用号我闻居士、河东君……曹雪芹为小说中的人物起名字，也许从柳如是的名字号中受到过启迪吧。"丹青让与柳枝娘"，明末清初多奇女子，当歌舞之婢，卖青楼之家，柳如是便是其一，多才多艺，出淤泥而不染。

柳如是与钱谦益的爱情：两情相悦，一个非他不嫁，一个非她不娶。柳如是为保钱谦益而自尽，尤三姐为柳湘莲而死。一边读柳如是诗词，像《剑术行》《我闻室鸳鸯楼词》；一边读柳湘莲与尤三姐的故事，一对鸳鸯剑，斩断儿女情。心心相印，惺惺相惜。既能分清，又分不清谁和谁了。

三

尤三姐最初露面是在第十三回，秦可卿魂断天香楼后，“尤氏的几个眷属尤氏姊妹也都来了”，她隐在其中。

要了解尤二姐、尤三姐，宁府的贾珍和荣府的贾琏是绕不过的人物。第六十四回，借贾敬停灵在家之机，贾琏“每日与二姐儿三姐儿相认已熟，不禁动了垂涎之意”，已开始向尤二姐暗送秋波，眉目传情。尤三姐“只是淡淡相对”，并没将他放在眼里。

尤二姐是一个解风情的女人。在她面前，贾琏失态了，“人人都说我们那夜叉婆整齐，如今我看来，给你拾鞋也不要”。尤二姐有自知之明，“我虽标致，却无品行，看来倒底是不标致的好”。可尤二姐却不清醒，她并不了解贾琏的为人，被他的话蒙蔽了，以为自己有了靠山，其实是跳进了火坑。贾琏还想拉尤三姐下水，将她说给贾珍，可能吗？尤三姐恰恰同凤姐般泼辣。

贾琏的一句话“给大哥合三妹妹道喜”，惹恼了尤三姐，尤三姐跳起来，站在炕上，指着贾琏冷笑道：“你不用和我‘花马掉嘴’的，咱们‘清水下杂面，你吃我看’。‘提着影戏人子上场儿，好歹别戳破这层纸儿。’”话一句跟一句，活活把贾琏给吓住了。那话除了尤三姐也只有凤姐能说出口。

四

遇事想不开时，先从自身找原因，多少烦恼与苦闷，是在自找苦吃，自讨没趣，庸人自扰……懂得适可而止，以退为进，知足知不足很重要。定准自己的位置，明确自己的方向，走自己的路。

当尤二姐认定贾琏为她的终身之主后，也想为妹妹找个好人家。贾琏认为尤三姐“就是块肥羊肉，无奈烫得慌；玫瑰花儿可爱，刺多扎手”。连贾珍对她也渐渐畏而远之了。“贾珍向来和二姐儿无所不至，渐渐的俗了，却一心注定在三姐儿身上，便把二姐儿乐得让给贾琏，自己却和三姐儿捏合。偏那三姐一般合他玩笑，别有一种令人不敢招惹的光景。”

尤三姐有主心骨。从她身上能看到凤姐的泼辣，史湘云的率直，鸳鸯的决绝，三者合而为一。“终身大事，一生至一死，非同儿戏。向来人家看着咱们娘儿们微息，都安着不知什么心。我所以破着没脸，人家才不敢欺负。这如今要办正事，不是我女孩儿家没羞耻，必得我拣一个素日可心如意的人，方跟他。若凭你们拣择，虽是有钱有势的，我心里进不去，白过了这一世。”这是尤三姐对母亲、尤二姐和贾琏说的真心话。她是过于理想化了，又有多少拣择的可能？你选别人的同时，别人也在选你。

当贾琏笑着提起宝玉时，“三姐儿便啐了一口，说：‘我们有姐妹十个，也嫁你弟兄十个不成？难道除了你家，天下就没有好男人了不成？’”她并不糊涂，宝玉如众星捧月般被一家人宠着。宝玉不适合她，她也不适合宝玉。在五年前，她就相中了宝玉的朋友，即柳湘莲。

他们有缘无分。涂瀛在《红楼梦论赞》中评价：“柳湘莲一风流荡子耳，尤三姐遽引为知己，岂曰知人。然纨绔中无雅人，文墨中无确人，道学中无达人，仕宦中无骨人，则与其为俗子狂生。腐儒禄蠹之妇也，毋宁风流浪子耳。不然，三姐死矣，几见纨绔之俦、文墨之俦、道学仕宦之俦，能与道人俱去者哉？湘莲远矣。”也可谓知人论世之言了。

五

每个人的心里都有择偶的标准，只是有的高、有的低，有的现实、有的不现实而已。

第六十六回“情小妹耻情归地府　冷二郎一冷入空门”，不难看出尤三姐对宝玉也还是有好感的。从宝玉当初挡和尚的路，怕气味熏了姐姐们；自己喝茶的碗，要洗过再叫姐姐用……尤三姐看出，“原来他在女孩儿跟前，不管什么都过的去，只不大合外人的式，所以他们不知道”。换一个角度看，以她女性的阳刚，配宝玉男性的阴柔，也不一定不美满，因为他们心性皆好。当尤二姐调侃她：“依你说，你两个已是情投意合了。竟把你许了他，岂不好？”她没说什么，“只低了头嗑瓜子儿”，也不是不动心。

五年前，给老娘做生日时，家里请了玩戏的人，装小生的柳湘莲被她相中了。她认准了，“这人一年不来，他等一年；十年不来，等十年；若这人死了，再不来了，他情愿剃了头当姑子去，吃常斋念佛，再不嫁人”。她并不了解柳湘莲的为人，两人也没有约定，尤三姐仅仅是情窦初开，将炽热的情感寄托在柳湘莲身上。

贾琏知道了她的心意，“柳老二那样一个标致人，最是冷面冷心的，差不多的人，他都无情无义”。两个人能不能成，他心里也没有底。尤三姐却是铁了心要跟湘莲，将话已经说绝了，而且“将头上一根玉簪拔下来，磕作两段，说：‘一句不真，就合这簪子一样！'"，她已把心亮出来了，没有多想想柳湘莲的心意……

贾琏当真，想做一个好的媒人。事有凑巧，在出行的路上遇到了柳湘莲和薛蟠。便和盘托出，说了尤三姐很多好话，"内娣的品貌，是古今有一无二的了"。柳湘莲被说动了。贾琏让他留个定礼，他把传家之宝鸳鸯剑托付给贾琏转交尤三姐，说道："弟纵系水流落花之性，亦断不舍此剑。"

激情下的产物有时也不太可靠。柳湘莲信不过贾琏，去找宝玉打听："我又素日不甚和他相厚，也关切不至于此。……难道女家反赶着男家不成？"即便宝玉恭喜他："难得这个标致人，果然是个古今绝色，堪配你之为人。"但一听说是东府里的人，愈加猜疑："你们东府里，除了那两个石狮子干净罢了！"又问起品行如何，宝玉含糊其辞，笑道："你既深知，又来问我做甚么？连我也未必干净了。"

六

冲动在前，反悔在后。人遇到事情，多想想，多问问，三思而后行。既然做过了，对错都是经验，可以借鉴。切记，轻诺必寡信，世界上没有后悔药。

柳湘莲疑心很重，其实，宝玉也没说什么，只是因为对东府印象不好，导致他怀疑尤三姐的品行，他想索回祖传的鸳鸯剑。他信不过贾琏，却只能找贾琏。贾琏劝他："定者，定也；原怕反悔，所以为定。岂有婚姻之事，出入随意的？"他已经听不进去了。

悲剧就此发生。尤三姐在屋里听清了两个人的话，知道他

“听了什么话来，把自己也当做淫奔无耻之流，不屑为妻”。从希望到绝望，只有一步之遥。希望越大，绝望也越大。

那一瞬间，改变了两个人的一生。尤三姐“一听贾琏要同他出去，连忙摘下剑来，将一股雌锋隐在肘后，出来便说：‘你们也不必出去再议，还你的定礼！’一面泪如雨下，左手将剑并鞘送与湘莲，右手回肘，只往项上一横，可怜：揉碎桃花红满地，玉山倾倒再难扶！”。

英雄气短，儿女情长。她为自己梦想中的爱，为证明自己的清白，结束了自己年轻的生命。柳湘莲后悔，但一切都过去了，一切都来不及了。“这等刚烈人，真真可敬！是我没福消受。”

从此阴阳两隔。她渴求完美，寻找理想中的爱情，结果等来的是幻影。当旧的理想破灭的时候，如果没有好的理想产生，活着还有什么意义？

前因后果，每一次偶然的后面，都有必然的存在。尤三姐“以死报此痴情”，柳湘莲在落寞的痛苦中，选择了“掣出那股雄剑来，将万根烦恼丝，一挥而尽，便随那道士，不知往那里去了”。

七

成也罢，败也罢，都离不开天时、地利、人和。尤三姐想自己主宰自己的命运，却还是沦为了命运的牺牲品。

假设没有遇上柳湘莲，假设不是贾琏做保山（媒人），假设不是寄居在宁府，假设宝玉的回答不那么模棱两可，假设她身边有个明白人，假设她能忍一忍……也许还会有转机，有其他活路。

人的一生很漫长，有无限的可能，而对她来说，在那一刹，已别无选择。重情者为情所累，慕义者为义所伤；英气者因剑而逝，图利者吞金而亡。尤三姐走了以后，没过多久，尤二姐不堪凌辱，不愿活在贾琏与王熙凤的夹缝中，步她的后尘，也走上了绝路。

人终有一死，有的死得幽怨，像林黛玉；有的死得冤屈，像晴雯；有的死得诡秘，像秦可卿；有的死得决绝，像尤三姐；有的死得羞辱，像尤二姐……

尤三姐活出了一种气节，一种英姿飒爽的神采，一种人的尊严。时代不同了，人的价值观发生了翻天覆地的变化，只为一个莫须有的爱情，为了所谓的名誉，不惜牺牲自己的一切，这值得吗？每个人都会有自己的答案。康德在《实用人类学》一书中写道："女人并不过问男人在婚前的行为检点，但男人却无比重视妻子方面婚前的行为检点。已婚女人嘲笑的是小里小气（即一般男人的嫉妒），但她们也只是开开玩笑而已；未婚女子则极其严肃地对待这事。"这不公平，这也正是尤三姐的悲剧所在。

假设你的身边有过这样一个人，做过这样一件事，如果你也身陷其中，你又会怎样呢？人啊人，流水落花春去也，天上人间！

晴雯 失去归宿的凄美

一

失去是必然的，大观园不属于你。离开的方式有多种，要么主动走，要么被动走，而最不幸的结局：在贫病交加中被驱逐。

如果你的父母还在，他们在哪里？如果抱养你的人有能力，还会给你温暖。你的哥哥，你的嫂子，又是什么人？你在贫穷中体会了人情的冷暖。你没有家，没有人给你家，你没有归属感。

在一个遍布等级的社会中，你原本处在最下层，只因一次偶然的机遇，你进入了一个上流社会的大家族。宝玉，一个宽宏大量的人，你的身份虽然是女仆，但在他的心里你也是一个人。宝玉有人文的情怀，民本的思想，在他的观念中没有高低贵贱之分，只要人好，只要心灵美，长得美，只要合得来，他甚至心甘情愿，为他们当牛做马。

有宝玉在，大观园也是伊甸园。谁又能诱惑谁？看似风

晴雯

光的他，有时也做不了自己的主。他能给你多少美的感觉，别人也能从你那里拿走多少。那些愉悦、无忧无虑的时光，就是幸福。

没有人像宝玉那样待你、牵挂你。他在自责与负疚中想你。你们之间什么也没有发生，他对你好，却招人猜忌，招人诽谤。你自然的美与自负的美是众人嫉妒的缘由，尤其是来自其他仆人的嫉妒。从受宠若惊到宠辱不惊的修炼，需要漫长的过程，而你已经等不及了。

也许还有一个花的世界，那里有更美的差事在等着你。你的离去所带来的痛苦，只有宝玉最清楚。美，无法挽留。从天性上说，你和黛玉如出一辙，归宿也惊人地相似。

花开花谢，曹雪芹带着怜惜、带着忧愤，去写你的美。以宝玉之心念晴雯之心，借宝玉之笔写晴雯之魂。一篇《芙蓉女儿诔》，道尽你凄美的命运。

曹雪芹写晴雯辞世前的那段文字，正如李商隐写《李贺小传》中最后的话。一个是只有十六岁的青春少女，一个是二十六岁的短命诗人；一个是"玉皇爷命我去管花儿"，做了芙蓉花神；一个是"帝成白玉楼，立召君为记，天上差乐，不苦也"。通过写来世对现世的补偿，表达对他们美好的祝福。

二

你来贾府时还不满十一岁，只是个孩子，先跟着贾母，贾母觉得你好，又给了宝玉。从那时起，你陪侍了宝玉五年零八个月。你的性格和袭人不一样，袭人既听上边的话，也听宝玉的话；你对上不能说不听话，但不那么在意，更多是听宝玉的话，有知己感。宝玉不把你们当仆人，你们也不把宝玉当主子，你们之间更像是一种亲情关系。

第三十一回“撕扇子作千金一笑　因麒麟伏白首双星”最能体现宝玉对你的感情。你率性而为，打破了规矩，也就是宝玉宠着你、惯着你，对其他的人来说，连想也不敢想。你还小，更像是一个任性撒娇的妹妹。但这已为你后来的被逐埋下了伏笔。

当宝玉闷闷不乐的时候，你不慎失手，跌折了扇子骨，宝玉说了你两句，惹得你不高兴了。袭人又来插话：“好妹妹，你出去逛逛，原是我们的不是。”这话有点刺激了你，一是“我们”，你成了外人，不在“我们”中，袭人将自己抬高了，将你看低了；好像与宝玉的距离，她更近，你更远。再加上“出去”这两个字，是你最不愿意听的。你心里最不乐意的是离开宝玉。感情是经不起考验的，你的故意撕扇子，既是在考验宝玉对你的感情，也是做给袭人她们看的。你的心气很高，不能输给她们，正是这种叛逆的性格给人留下话柄，招惹反感。

宝玉想得开，“这些东西，原不过是借人所用，你爱这样，我爱那样，各自性情不同；比如那扇子，原是扇的，你要撕着玩。也可以使得，只是不可生气时拿他出气……”“晴雯听了，笑道：‘既这么说，你就拿了扇子来我撕。我最喜欢听撕的。’”“撕得好！再撕响些。”宝玉继续说，“古人云，‘千金难买一笑’，几把扇子，能值几何？”

你没有想，他也没有想，你们的嬉闹，别人怎么看，别人怎么想。你们的背后，还有多少双眼睛在盯着。最想知道有关宝玉一切的是他的母亲王夫人，由于过分疼爱他，自然是要监视他的一举一动。而在宝玉身边的每一个人都有可能成为眼线。

一个没有城府，一个心无挂碍。活在衣食无忧的大家族中，怎么高兴怎么来。了解你，更要了解“那宝玉的性情只愿常聚，生怕一时散了；那花只愿常开，生怕一时谢了；只到筵散花谢，虽有万种悲伤，也就无可如何了”。这大概也是曹雪芹年少时性格的真实写照。

三

原本一件小事，一旦被放大，就会引起事端，有人煽风点火，有人望风而动，有人趁火打劫。

当一个家族走向没落的时候，各种问题都暴露了出来，牵一发而动全身。一个无辜的人被陷害，一只有不雅图案的香袋引发出风波，最终谁来收场？平时积蓄的矛盾，被一个小肚鸡肠的女人（邢夫人的陪房王善保家的），作为导火索，引爆了。

曹雪芹写至第七十四回“惑奸谗抄检大观园　避嫌隙杜绝宁国府”，意味着大观园将不复存在，这是从兴盛走向衰落的重要转折点。自家人折腾自家人，女人和女人过不去。邢夫人和王夫人在较劲，凤姐夹在中间，王善保家的又不放过晴雯，结果是晴雯充当了她们角力的牺牲品。

十锦春意香袋之事成了晴雯悲剧的正式开端。“王善保家的因素日进园去，那些丫鬟们不大趋奉他，他心里不自在，要寻他们的故事又寻不着，恰好生出这件事来，以为得了把柄；又听王夫人委托他，正碰在心坎上，道：‘这个容易。不是奴才多话，论理这事该早严紧些的。太太也不大往园里去，这些女孩子们，一个个倒像受了封诰似的，他们就成了千金小姐了。闹下天来，谁敢哼一声。不然，就调唆姑娘们，说欺负了姑娘们了，谁还耽得起。’”不明指的时候，王夫人还没怎么生气：“这也有的常情，跟姑娘们的丫头比别的娇贵些。”王善保家的还步步紧逼，道出了阴损的话：“别的还罢了，太太不知，头一个是宝玉屋里的晴雯那丫头，仗着他生的模样比别人标致些，又生了一张巧嘴，天天打扮的像个西施样子，在人跟前能说惯道，抓尖要强。一句话不投机，他就立起两只眼睛来骂人。妖妖调调，大不成个体统。”

这一番话刺到了王夫人的痛处。“猛然触动往事，便问凤姐道：‘上次我们跟了老太太进园逛去，有一个水蛇腰、削肩膀儿、眉眼又有些像你林妹妹的，正在那里骂丫头。我心里很看不上那狂样子……’”王夫人的这段话透露出一个信号：黛玉和晴雯都是她看不上眼的类型。最终，一个凋谢在外，一个凋谢在内，一前一后，紧跟着远逝了。

王善保家的不是善茬，还在火上浇油，说：“此刻不难叫了他来，太太瞧瞧。”事有凑巧，“素日晴雯不敢出头，因连日不自在，并没十分装饰，自为无碍。及到了凤姐房中，王夫人一见她钗亸鬓松，衫垂带褪，大有春睡捧心之态；而且形容面貌恰是上月的那人，不觉勾起方才的火来。王夫人便冷笑道：‘好个美人儿！真像个病西施了。你天天作这轻狂样儿给谁看？你干的事，打量我不知道呢！我且放着你，自然明儿揭你的皮！宝玉今日可好些？’”

晴雯就这样轻易被人暗算了。出了事，没有人能替她说话。宝玉即便在晴雯身边，又能怎么样？王夫人的狠劲儿一点儿不亚于她的侄女王熙凤，只是一个在前台，一个在后台。这一劫难，晴雯是躲不过去了。给别人留下的坏印象，被越描越黑，已经没有挽回的可能了。

四

晴雯是聪明人，她不会不知道事情的严重性。但她有口难辩，即使抬出贾母，“我原是跟老太太的人，因老太太说园里空大人少，宝玉害怕，所以拨了我去外间屋里上夜，不过看屋子……”“你不近宝玉，是我的造化……我明儿回了老太太，再撵你。”曹雪芹写尽了王夫人的狠：“出去！站在这里，我看不上这浪样儿！谁许你这样花红柳绿的妆扮！”贾宝玉此时在哪里？她的委屈可想而知。真为“直哭到园内去”的她难过。

凤姐知道王善保家的为人，“是邢夫人的耳目，常时调唆的邢夫人生事，纵有千百样言语，此刻也不敢说，只低头答应着”。此时，王善保家的又跳出来了，奴才一旦得了势，比主子还要厉害得多。奴才更知道其他“奴才”的软肋，报复起来就要穷追猛打，直到将事做绝。“这些小事，只交与奴才。如今要查这个是极容易的，等到晚上园门关了的时节，内外不通风，我们竟给他们个冷不防，带着人到各处丫头们房里搜寻。想来谁有这个，断不单有这个，自然还有别的；那时翻出别的来，自然这个也是他的了。”她大显身手的时候到了，要在年轻的丫头们面前要要威风，显显自己有多能，自作聪明的时候到了。

待至夜里搜房时，宝玉不在场，“挨次都一一搜过。到了晴雯的箱子……袭人方欲代晴雯开时，只见晴雯挽着头发闯进来，‘豁啷’一声，将箱子掀开……王善保家的也觉没趣儿”。碰了一鼻子灰，王善保家的又羞又气地走了。在探春那里，王善保家的碰了壁，脸上挨了一巴掌，灰溜溜的，没本事了。奴才的本性，永远是欺软怕硬。前边是自讨没趣，后边是自己打自己的脸。

查来查去，最后查到了自家人身上，自己出的坏点子，损了别人，也坑了自己。“无处煞气，只好打着自己的脸骂道：‘老不死的娼妇，怎么造下孽了！说嘴打嘴，现世现报。’”

王家的虽得到了报应，却实实在在地给晴雯带来不幸的阴影，美丽单纯的心灵常常是敏感而脆弱的。她无论如何不能理解王夫人为什么那么嫌弃她，她怎么就能带坏了宝玉？心有郁结，心存苦闷，疾病在她柔弱无助的时候，乘虚而入。

五

从搜检再到清洗，大观园已经不是过去的大观园了。

那几个妇人，也许是更年期的缘故吧，用宝玉的话说：“怎么这些人，只一嫁了汉子，染了男人的气味，就这样混账起来，比男人更可杀了！”

第七十七回“俏丫鬟抱屈夭风流　美优伶斩情归水月”中，不幸不光降临到晴雯一个人的身上，司棋、蕙香、芳官……凡聪明露在外面，打扮“不周”的丫头都叫王夫人赶了出去。“晴雯四五日水米不曾沾牙，如今现在炕上拉了下来，蓬头垢面，两个女人搀架起来去了。王夫人吩咐：‘把他贴身的衣服撂出去，余者留下，给好的丫头们穿。’”

晴雯被赶出大观园，对宝玉来说是头等伤心事，他大哭也没用，他不知道为什么，他不理解自己的母亲。袭人道："太太只嫌他生的太好了，未免轻狂些。太太是深知这样美人是的人，心里是不能安静的，所以很嫌他，像我们这粗粗笨笨的倒好。"

宝玉是一个重情重义的人，一直放心不下晴雯，他央求了一个婆子，悄悄地去探视晴雯。如果说大观园像天堂，那么她被撵出去住的地方就是人间地狱。他们生离死别的会面，曹雪芹写得字字带泪，句句含血。晴雯嫂子的出场，为这极致的悲剧又涂上了荒诞的色彩。

宝玉心中放不下晴雯，无论醒着还是说梦话，都在叫"晴雯"的名字。

晴雯纯真无邪地活在宝玉的内心世界中，除了宝玉晴雯心里也没有别人。宝玉欣赏她的美，不仅外貌，还有心灵。"况是青春日将暮，桃花乱落如红雨。"晴雯不知道别人怎么看待她，怎么在背后议论她。

事情已成定局，王夫人才告知了贾母："宝玉屋里有个晴雯，那个丫头也大了，而且一年之间，病不离身；我常见他比别人分外淘气，也懒；前日又病倒了十几天，叫大夫瞧，说是女儿痨，所以我就赶着叫他下去了。若养好了，也不用叫他进来，就赏他家配人去也罢了。"贾母还能说什么呢？贾母听了，点头道："这是正理，我也正想着如此。但晴雯那丫头，我看他甚好，言谈针线都不及他，将来还可以给宝玉使唤的。谁知变了。"先斩后奏，也只是走个程序而已。事已至此，还有什么好说的呢！

六

最后想看她一眼，最后想知道她说了些什么，最后却扑了一个空。

宝玉穿着晴雯生前给他做的一条裤子，也是为纪念她吧！“物在人亡。”他在梦中喊过她的名字，她在咽气前“一夜叫的是娘”，还问过“宝玉哪去了？”，她还曾对一个丫头说：“你只可告诉宝玉一人，除他之外，不可泄了天机。”丫头对宝玉说：“就告诉我说，他是专管芙蓉花的。”

这样的说法是最后的慰藉，既安慰宝玉，也安慰自己。转悲为喜，宝玉“看着芙蓉笑道：‘此花也须得这样一个人去主管。我就料定，他那样的人必有一番事业。虽然超生苦海，从此再不能相见了……’”。

一颗美丽的心灵，生给人以美感，离开时依然给人以美感。看见池上的芙蓉，他相信她做了“芙蓉之神”。

歌德认为“永恒的女性，引导人类上升”。马尔克斯在《番石榴飘香》中接受门多萨的提问时说：“我这一辈子，无论何时何地，仿佛总有一位女性拉着我的手，在混沌的现实中摸索前进，她们只需借助少许光亮便能辨方向……我的这一看法最后竟变成了一种情感，也可以说，几乎成了一种迷信了：只要我置身妇女中间，我就能感到不会发生任何坏事。妇女使我产生某种安全感，而如果没有这种安全感，我这辈子所做的美好事情是一件也做不了的。”

曹雪芹同样有这样的感受，只是自己不便直说，而是借助宝玉的嘴说出来，用他的笔写下来。伟大的作家无一不有一颗爱女性的心，善良的心。每一部杰作的背后也一定站着不止一位杰出的女性。她们以各自的美唤醒了作家创作的欲望。

曹雪芹让宝玉写《芙蓉女儿诔》，也是在平衡自己酸楚的心灵。为晴雯哭，为晴雯祭，也即为天下美丽女性而写。“原不在物之贵贱，只在心之诚敬而已。”无法自主的命运，期冀于来世。

七

美即不朽，美是复苏与再生，一个能激发创作灵感的女人，就是天使。

诗是即兴的，也是推敲出来的。《芙蓉女儿诔》那段“岂道红绡帐里，公子情深；始信黄土陇中，女儿命薄！”，在黛玉的启示下几经修改，宝玉将它改为“茜纱窗下，我本无缘；黄土陇中，卿何薄命！”。似乎已不仅是写晴雯，连黛玉的命运都预言到了。

缘分天注定。人和人，差一毫米都有可能是咫尺天涯。

十二金钗，黛玉排第一；十二丫鬟，晴雯排第一。对晴雯的判词，也是定论。

一幅画：“既非人物，亦非山水，不过是水墨滃染、满纸乌云浊雾而已。”勾勒出晴雯的生存背景，人在画中，画在心中。判词是：“霁月难逢，彩云易散。心比天高，身为下贱。风流灵巧招人怨。寿夭多因诽谤生，多情公子空牵念。”

出身的低微不影响她的高贵。“清水芙蓉”，她的美与花有关。春花秋月，流光溢彩。

命运“则早在册子里一一注定，末路不过是一个归结：是问题的结束，不是问题的开头”。鲁迅《论睁了眼看》里的话，说中了要害。

鸳鸯 宁做丫头，不当姨娘

一

人是高贵，抑或是卑贱，既可以从身份判断，也不可以只从身份判断。人的处境影响人的品格，而品格又反过来影响人的处境。

整部书中，鸳鸯是一个有品格的丫头。看似外表温顺，其实内心刚烈。她对贾母的忠贞，令人肃然起敬。贾母待她，不是亲人，胜似亲人。贾母在，温暖就在，贾母不在，冷酷也就降临了。

准确地说，标题中的话，可延伸为“宁做高贵的丫头，不当卑微的姨娘”。鸳鸯有自己的主张。她家和贾府有渊源，父母帮着看守贾家在南京的房舍，哥嫂虽为奴仆，也算得上高管了。可谓“家生女儿”，从小长在那里，自然比他人懂得贾家的事，懂得姨娘的下场。

她的抗婚，她不惧强权，不为财富所惑，宁死不屈，争取人格独立的作为，令人感动。与尤三姐彼此映照，像一本书的两个版本。她陪伴贾母，贾母也在陪伴她；她照顾贾母，贾母也在照顾她。人是用心来丈量生活的。和贾母在一起，虽为丫头，却是贴心贴肺的。两人既有亲情，又有忘年的友情。在贾母身边，鸳鸯活得很舒心、很自在。让她给贾母的长子做妾，成为姨娘，她本能上就有抵触。贾赦的贪婪、霸道、好色……她心知肚明，和那样的人生活在一起，必备受摧残。

当贾赦不择手段地找人说服她时，她对平儿说出了交心的话："别说大老爷要我做小老婆，就是太太这会子死了，他三媒六聘的娶我去做大老婆，我也不能去！"鸳鸯有自己做人的底线，所谓荣华富贵的生活，不是她想要的。她瞧不起贾赦这个人，她有一种高贵的气节。

作为荣府的长子，贾赦承袭了一等将军的爵位，但却是个无耻之徒。在鸳鸯这件事上，他步步紧逼。贾母活着，贾赦还不敢做得太过，贾母离世，鸳鸯的不幸也就临近了。一个弱女子，连亲人也站在她的对立面，已无希望可言，只有走上绝路了。

二

人的幸福感主要来自和什么人在一起，贫有贫的过法，富有富的过法。盲目地攀比是造成心理落差的原因。鸳鸯活得很清醒，她知道自己需要什么，不需要什么。

与贾母相处的岁月，无疑是鸳鸯最美好的时光。贾母的慈祥，贾母的宽容，贾母的乐趣，都让她体会到活着的尊严和价值。第四十回"史太君两宴大观园　金鸳鸯三宣牙牌令”，那无疑是鸳鸯最快乐、最洒脱、最自在的时候，她俨然如贾母的化身，一个是老顽童，一个是小顽童。无酒不成席，酒令是古人吃酒时的一个高雅的席上游戏，在藕香榭吃酒行牙牌令时，鸳鸯有主持人的风范，她说：“酒令大如军令，无论尊卑，惟我是主，违了我的话，是要受罚的。”

人要排座次。请客如果没有主次之分，没有一个顺序，也就乱了分寸，不靠谱了。请还不如不请，去还不如不去。自己要给自己定准位，也要懂得看人眉高眼低。

大观园不是世外桃源，是一个等级分明、层次分明的地方。刘姥姥的造访，带来了巨大的差异，而这种差异却也制造出了欢乐。有上有下，有高有低，有雅有俗，有粗有细，有强有弱，有老有少，聚在一起的时候，便有趣味。这无疑是曹雪芹的神来之笔。鸳鸯在这场酒席上表现得神采飞扬。当刘姥姥想退席时，她悟性高，知道贾母的心思，活得开心就好，刘姥姥既然能给贾母带来好心情，就是难能可贵的。“拉上席去！”多爽快的话，是善意的。“刘老老只叫：‘饶了我罢！’鸳鸯道：‘再多言的罚一壶。’”

鸳鸯很有灵性，了解先后次序，懂得如何玩牙牌令，鸳鸯是名副其实的主角。“如今我说骨牌副儿，从老太太起，顺领下去，到刘老老止。”

曹雪芹的文字，有精心安排，有暗示，有象征。只从每人行的酒令中选出一句话来写，读者从中悟出什么是什么！贾母的“六桥梅花香彻骨”，薛姨妈的“梅花朵朵风前舞”，史湘云的“闲花落地听无声”，薛宝钗的“双双燕子语梁间”，林黛玉的“良辰美景奈何天”，贾迎春略输文采，只有“桃花带雨浓”。等到刘姥姥吐出“花儿落了结个大倭瓜”时，喜剧的效果达到了顶峰。

鸳鸯的串联作用功不可没，她的才情，她的随和，她的烘托，发挥得恰到好处。贾母高兴，大家跟着高兴。

三

鸳鸯不仅长得好，而且口碑也好。她在贾母身边久了，自然而然多出些不一样的感觉。

身为贾母的长子，已当了爷爷的贾赦，也没闲着，不知怎么就迷上鸳鸯了。也就有了第四十六回“尴尬人难免尴尬事　鸳鸯女誓绝鸳鸯偶”。一个无耻的男人，偏偏又有一个随声附和的妻子，是贤惠呢，还是昏庸？邢夫人帮着贾赦去找鸳鸯，也是一景了。

贾赦如果是个善茬，鸳鸯不嫁也就过去了，不会难为她。而贾赦却生性歹毒，学者朱健在《没话找话论贾赦》中写道：“有罪而蒙恩宽宥免罪之谓赦。古有‘三赦’之法：一赦幼弱，二赦老耄，三赦愚蠢。赦老爷不小、不老，也决非弱智白痴，不能‘真赦’，只可‘假赦’。”这样的解释是否吻合曹雪芹的创作初衷，难以断言。但贾赦之罪，在于他的恶霸品行。

鸳鸯不愿意，有不愿意的理由。凤姐知道鸳鸯“是个极有心胸识见的丫头”，也了解贾母对贾赦的看法，认为他不正经。邢夫人只是一味迎合，曹雪芹透过她的眼睛，这样打量鸳鸯：“只见他穿着半新的藕色绫袄，青缎掐牙背心，下面水绿裙子；蜂腰削背，鸭蛋脸，乌油头发，高高的鼻子，两边腮上微微的几点雀瘢。”像是在给自己的儿子相媳妇一般，荒诞讽刺。邢夫人是动心了，要成全丈夫的好事。

人和人不一样。邢夫人以为是喜事，鸳鸯却是苦在心里。邢夫人对她说的一番话，也是苦口婆心，“因满府里要挑一个家生女儿，又没个好的：不是模样儿不好，就是性子不好；有了这个好处，没了那个好处。因此常冷眼选了半年，这些女孩子里头，就只你是个尖儿……”邢夫人的确不了解鸳鸯的为人，她谄媚地说“金子还是金子换”，鸳鸯却视金子为粪土。“开了脸”当姨娘，不是鸳鸯想要的。

贾赦又派贾琏联络她远在南京的父母，父亲金彩病危，母亲是个聋子，哥嫂等人劝说也无用。贾赦放出狠话：“凭他嫁到了谁家，也难出我的手心；除非他死了，或是终身不嫁男人，我就伏了他！”

贾母知道了，十分生气，怎么养了这么混账的儿子。鸳鸯守在贾母的身边，不是女儿却又胜过女儿了。

四

整个大观园，没有几个好男人。像鸳鸯这类的女孩子，也没有多少阅历，是相对单纯的。又因为贾母的威望，她自觉不自觉地有一种优越感。可这里终究不是自己的家。

第七十一回“嫌隙人有心生嫌隙　鸳鸯女无意遇鸳鸯”，曹雪芹为什么要这样写？人物的性格，在对比中越发鲜活。邢夫人与鸳鸯的对比，贾母与鸳鸯的映照，每个人都是一面镜子，把对方照得清清楚楚。

读《红楼梦》要读出“调唆”的含义。无中生有，无事生非。人与人的矛盾，如果没有背后的调唆，时间久了，也就淡化了。而不怀好意的调唆，往往会加重矛盾。像贾母这样的人，谁调唆也没用，她有定力。而邢夫人就没这种定力了。“邢夫人自为要鸳鸯讨了没意思，贾母冷淡了他；且前日南安太妃来，贾母又单令探春出来，自己心内早已怨忿；又有在侧一干小人，心内嫉妒，挟怨凤姐，便调唆得邢夫人着实憎恶凤姐。”凤姐恰恰处在交点上，做得越多，招来的怨恨越多。这也即“嫌隙人有心生嫌隙”了。鸳鸯真的很无辜，因长得好看，性情好，而招惹上了麻烦。

曹雪芹写鸳鸯仗义，她在大观园中随意逛逛，“角门虚掩”，“微月半天”。她一个人，摸黑走着，“不曾有伴，也不曾提灯”，轻轻地走着，她想遇见什么，又会遇见什么呢？大观园是一个浪漫的地方。山石林立，曲径通幽，风吹草动，不同的人有不同的情怀，不同的人有不同的心境。她是形单影只的鸳鸯，却是在这里遇到了一对真正的“鸳鸯”。她想找一个隐蔽处小解，正巧撞上了在此幽会的司棋，这个迎春房里的丫头，与姑表兄弟相恋了。鸳鸯嘴紧：“横竖我不告诉人就是了。”在角门要关时，帮他们脱身了。

五

“鸳鸯”这个名字起得好，就好在与她的性格十分吻合。曹雪芹笔下可爱的人，一定有可爱的名字；可怜的人，有可怜的名字；可恨的人，有可恨的名字。

名字是一种记忆符号。鸳鸯想来是曹雪芹喜欢的一种鸟。鸳鸯被誉为我国国鸟，《现代汉语词典》的定义：“外形像野鸭而较小，嘴扁，颈长，趾间有蹼，善于游泳，翅膀长，能飞。雄鸟有彩色羽毛，头后有铜赤、紫、绿等色的长冠毛，嘴红色。雌鸟羽毛苍褐色，嘴灰黑色。雌雄多成对生活在水边。文学作品中常用来比喻夫妻。”

鸳鸯历来是一种吉祥鸟，代表天真活泼的形象。在水上，成双成对，游来游去的鸳鸯，如闲庭信步，优哉游哉，像水中的诗行！陶渊明的《停云》其四：“翩翩飞鸟，息我庭柯。敛翮闲止，好声相和。”不知他写的是什么鸟，也许是鸳鸯吧！

我国最早的诗集《诗经》，有“鸳鸯于飞，毕之罗之”“鸳鸯在梁，戢其左翼”的诗句，有朴素自然的美。嵇康诗中有“优游卒岁，婉彼鸳鸯”的句子。再读杜甫的《绝句》：“迟日江山丽，春风花草香。泥融飞燕子，沙暖睡鸳鸯。”诗能入画，画中有诗。真的是“只羡鸳鸯不羡仙”了。

在百度上搜一搜，多少有关鸳鸯的美词美句，美不胜收。随手摘录几句：“暖香惹梦鸳鸯锦”“鸳鸯飞去却回头”“鸳鸯不合惊飞起”“叶笼花罩鸳鸯侣”“留织女，鸳鸯机上”……哪一位诗人不爱鸳鸯，哪一位诗人不讴歌鸳鸯？爱情的象征，生死相托，不离不舍！

鲁迅在《中国小说史略》中归纳《红楼梦》的学说：“一、纳兰成德家事说自来信此者甚多。”再读纳兰词《采桑子·谢家庭院残更立》：“谢家庭院残更立，燕宿雕梁。月度银墙，不辨花丛那瓣香。此情已自成追忆，零落鸳鸯。雨歇微凉，十一年前梦一场。”以曹雪芹的博学多识，不会没读过吧，不会不从中受到启发吧。

每一个名字的背后都有故事，每一个人的背后都有隐情。

六

鸳鸯最叫人钦佩的品行就是忠。

司棋与姑表兄弟是一对野鸳鸯。第七十二回，他们“初次入港，虽未成双，却也海誓山盟，私传表记，已有无限风情。忽被鸳鸯惊散”，那小厮被吓跑了。司棋既羞愧，又绝望，“纵然闹出来，也该死在一处。真真男人没情意，先就走了”。鸳鸯则不无愧疚，一再对司棋表白，“我若告诉一个人，立刻现死现报！”两个人都有忠烈的品性！

对照着写，一阴一阳，一虚一实。一个叫鸳鸯，没有等到做鸳鸯的事；一个叫司棋，却早早生了鸳鸯的情。司棋有着“高大丰壮身材的”，敢作敢当，像个“女汉子”。却是一步棋走错了，步步错。她假如不是迎春的丫头，而是探春的丫头，那命运会不会由此改变？迎春胆小、自私，只知自保；探春胆大、心细，懂得爱护身边的人。假如司棋跟了探春，可惜没有假如。

人还是不要赌咒发誓的好。“从小儿耳鬓厮磨，你不曾拿我当外人待，我也不敢怠慢了你。”司棋命苦，爱上了一个靠不住的男人，她对鸳鸯的感激，“倘或咱们散了，以后遇见，我自有报答的去处”。鸳鸯又何尝不是苦命的，两个人最终殊途同归了。

贾母寿终正寝，意味着鸳鸯幸福时光的终结。每一个大人物的离世，都会带走一些什么。就像一艘大船在沉没之际，周遭的事物有的能自救，有的也随之沉没了。第一百十一回“鸳鸯女殉主登太虚　狗彘奴欺天招伙盗”，鸳鸯不想活了：“老太太疼我一场，我跟了去。”

阴阳两界的分隔，鸳鸯跟着秦可卿走。那句“蓉大奶奶，你等等我”令人毛骨悚然。灵魂与灵魂的对话，秦可卿已化为警幻之妹了。“风情月债”，无情有情。高鹗随着曹雪芹写，“不知‘情’之一字，喜怒哀乐未发之时，便是个性；喜怒哀乐已发，便是情了。至于你我这个情，正是未发之情，就如那花的含苞一样。欲待发泄出来，这情就不为真情了”。鸳鸯的灵魂倾听秦可卿灵魂发出的声音，并跟随她而去了。

七

鸳鸯是一个有骨气的姑娘，有自己的标准，有自己的操守。说她生正逢时吧，是能得到贾母的赏识；说她生不逢时吧，贾母毕竟一天天衰老了。贾母离世，鸳鸯殉主，以报答知遇之恩。在贾母那里得到了父母没有能给予她的亲情，鸳鸯也是在尽孝了。

对鸳鸯的自尽，每个人都有各自的想法。宝玉想：“实在天地间的灵气，独钟在这些女子身上了。他算得了死所，我们究竟是一件浊物，还是老太太的儿孙，谁能赶得上她？”紫鹃联想到黛玉待她的好，自己一无着落的终身，是哀切的。鸳鸯的嫂子因为得了一百两银子的赏钱，还要继承遗物，“反喜欢说：‘真真的我们姑娘是个有志气的，有造化的！又得了好名声，又得了好发送。’”

这就看出人和人的不同了。北岛的“卑鄙是卑鄙者的通行证，高尚是高尚者的墓志铭”，可以用上了。

民国书法家于右任将书斋命名为“鸳鸯七志斋”，是因为他收藏的魏碑中书体最美的是七对夫妇同葬墓志。唯美的书法也即唯美的人性。

这与《红楼梦》中的鸳鸯，又有没有什么关系呢？

平儿
明日池塘是绿阴

一

“应具了解之同情，方可下笔。”陈寅恪先生的话，对写作者是一种提醒。

扪心自问，读了几遍《红楼梦》，对里面的人物，又了解多少？像平儿的命运，她是贾琏的妾，夹在贾琏和凤姐之间。后来又有了尤二姐以及秋桐。三个女人一台戏，她演的是配角，却恰如其分。在凤姐的眼皮底下，她找到了自己的角色。

曹雪芹对她很有好感，用一个“俏”字形容她。她不仅样子好看，而且心性也好。她懂得体谅人，化解矛盾，使人与人的关系融洽。她擅长将复杂的事情简单化，而不像有的人，将简单的问题弄复杂。

一个人物形象重要与否，从他出现在章节标题上次数的多少可以判断，这一标准是有一定说服力的。在一百二十回的目录中，前八十回，平儿的名字就出现了四次。第二十一回“贤袭人娇嗔箴宝玉　俏平儿软语救贾琏”，将袭人和平儿放在一起，一个用“贤”，一个用“俏”，她俩是一类人，符合传统道德标准：贤妻良母型的女人。袭人是昨天的平儿，如果荣、宁二府不衰败的话，未来的袭人很可能就是平儿。第四十四回“变生不测凤姐泼醋　喜出望外平儿理妆”，将平儿与凤姐对照，爱吃醋与不爱吃醋，一个“冲”，一个“平”；一个争强好胜，一个以柔克刚。两个个性截然不同的女人，相互映照，更加彰显个性。第五十二回“俏平儿情掩虾须镯　勇晴雯病补雀毛裘”，叫平儿和晴雯对比。平儿善于把大事化小，小事化了；扬人之长，掩人之短；与人为善，心平气和。晴雯是烈性女子，宁为玉碎，不为瓦全，直来直去，典型的小姐身子丫鬟命。平儿能忍，晴雯奋争。平儿有更大的能量。第六十一回“投鼠忌器宝玉瞒赃　判冤决狱平儿行权”，拿宝玉和平儿比，他们都有慈悲之心，但宝玉更喜欢感情用事，平儿更理性，对人对事，平儿把握火候的能力，堪比探春。

也许是曹雪芹写平儿写得太好了，在后四十回中，高鹗对平儿也只好轻描淡写了。

二

平儿活得很聪明。当妾不容易，还是给贾琏当妾，尤其有凤姐这样的妻，她却做得很得体，关系保持得远一分则疏，近一分则腻。不远不近，很适当。

平民家的女孩子，在官宦之家服侍，也有所谓晋升的台阶：从丫头到贴身大丫头，再到妾，也即姨娘，假如熬成了夫人，也就是所谓扶正了。平儿是从丫头做起的，她既俊俏，又有灵气。在第六回“贾宝玉初试云雨情　刘老老一进荣国府”中，“刘老老见平儿遍身绫罗，插金戴银，花容月貌，便当是凤姐儿了……”她与凤姐有神似的一面，她们都是聪慧的女人。只是凤姐气势凌人，她心气平和。

一个好汉三个帮，关键时候，有帮手很重要。贾母身边有个鸳鸯，宝玉身边有个袭人，凤姐身边有个平儿。仆是主的一部分，替他分担忧愁，替他化解矛盾，替他承受压力。倘若凤姐边上没有平儿，那么凤姐的能耐不会有那么大。

第二十一回，不安分的贾琏与“多姑娘”发生婚外情，假如不是平儿的遮掩，那么事情一旦败露，后果不堪设想。“枕套中抖出一绺青丝来。平儿会意，忙藏在袖内，便走至这边房内，拿出头发来，向贾琏笑道：‘这是什么？’”平儿有她活泼可爱的一面，但她知道什么该说，什么不该说。

平儿化险为夷，避免了一次冲突的发生。当凤姐突然出现在她和贾琏的面前时，话里有话。平儿的回答，不多不少，帮了贾琏，也没得罪凤姐。贾琏本性难移，凤姐醋性不改。何苦去搅局，两面不是人呢！

贾琏虽然嘴上说：“你两个一样贼气！”其实心里对平儿有感激。平儿的智商也罢，情商也罢，都不在凤姐之下。她平衡关系的能力，也不能不叫人佩服。

三

平儿的人缘好。和她交往过的人，说不出她有什么不好。不卑不亢，顺其自然地处事，与凤姐的雷厉风行相比，她拥有的是一种以柔克刚的能力。

忍让，适当的忍让，是一种处世哲学。平和之为美。大观园也像是一个孤儿院，那么多美丽的女孩子，要么无家可归，要么有家难回。她们寄居在那里，心灵缺少归属感，她们吃的是青春饭，一旦年龄大了，又有几个人能像平儿那样留下来？在短暂的青春时光中，每个人也都面临着主动或被动的选择。

第四十四回，酒后生事隔墙有耳，贾琏与鲍二家的隐情，偏偏叫凤姐撞上了。贾琏追腥逐臭，是菜就往筐里放，也没什么品位。酒壮色胆，不管不顾地与鲍二家的搞上了。鲍二家的说话也没数，“多早晚你那阎王老婆死了就好了”这种臭话也能说得出口。说曹操曹操就到，恰恰叫凤姐听见了，“贾琏道：‘他死了，再娶一个也这样，又怎么样呢？’”这话凤姐也许还能接受，却忍不了那妇人的话（在对凤姐恶语相向的同时表达了对平儿的好感）：“他死了，你倒是把平儿扶了正，只怕还好些。”平儿平时做得周全，凤姐盛气凌人，不自觉地就得罪人了。

平儿夹在是非之间，无意中也成了一个焦点。平儿不知所措，左右为难，“你们背地里说话，为什么拉我呢？”她了解凤姐的性子，唯我独尊，眼里容不下他人。平儿活得也挺委屈的。

苦尽甘来，笑比哭好。“平儿理妆”是可以入画的。在贾母的安慰中，“平儿自觉面上有了光辉”，在怡红院中，又听到不少好话。尤其是宝玉的劝说：“好姐姐，别伤心，我替他两个赔个不是罢。”宝玉有替他人担负罪责的心。“平儿笑道：‘与你什么相干？’”曹雪芹写宝玉的传神之笔，“我们兄弟姊妹都一样。他们得罪了人，我替他赔个不是，也是应该的”。

宝玉真是个好人，想得周到。在他眼里“平儿又是个极聪明、极清俊的上等女孩儿，比不得那起俗蠢拙物……”，“贾琏惟知以淫乐悦己，并不知作养脂粉”，“平儿并无父母兄弟姊妹，独自一人，供应贾琏夫妇二人，贾琏之俗，凤姐之威，他竟能周全妥帖，今儿还遭荼毒，也就薄命的很了”。宝玉懂得怜香惜玉，待人平等和善。

四

了解一个人的方法，有直接了解，还有间接了解。透过不同的目光，折射出一个人的影像。

平儿的品行好，凤姐心里明白。经过鲍二家的这场风波，对平儿的态度好些了。在第四十四回的结尾，趁屋里没人的时候，她向平儿解释：“我昨儿多喝了一口酒，你别埋怨。打了那里？让我瞧瞧。”平儿一如既往地懂事：“也没打重。”

贾琏俗到骨子里去了。从“多姑娘”到“鲍二家的”，只有欲望的满足，没有灵性的追求，与宝玉不可相提并论。在平儿的心中，也分出高低贵贱了。

平儿不仅俏丽，而且重情。会将心比心，知道每个人都活得不容易。第五十二回，她将小丫鬟坠儿偷“虾须镯”，变成自己“拣”。掩人之过，放人一条生路。曹雪芹用了“情掩”两字，写尽了平儿的练达。

偷镯子的是宝玉这边的坠儿，平儿既暗中掩盖了坠儿的错，同时又提醒麝月要防着点。平儿的行事风格，与宝玉神似。乐于助人，有一片爱心。虽不多往来，他们心有灵犀，可引为知己。“宝玉听了，又喜，又气，又叹。喜的是平儿竟能体贴自己的心；气的是坠儿小窃；叹的是坠儿那样伶俐，做出这丑事来。”

平儿洞达人情世故，她对麝月的一番话，道出了她对宝玉的理解：“宝玉是偏在你们身上留心用意、争强要胜的，那一年有一个良儿偷玉，刚冷了这二年，闲时还常有人提起来趁愿，这会子又跑出一个偷金子的来了……”平儿奉行家丑不可外扬，家和万事兴。自己家的事，自己处理好。一旦外人插手，非乱了套不可。的确，自知者明，知人者智。

人情，这是一门学问。平儿弄明白了其中三昧。她举手投足之间，流露出的是善念，是好意。希望别人好，自己也好；帮一帮别人，也是帮自己。

五

同一个矛盾，假如身边有爱挑事的人煽风点火，那么非闹大了不可；但要是有好心人，息事宁人，那么也会大事化小，小事化了。

穷则思变，如何变，有多条路可走，有正路也有邪路，一旦走上邪路，命运就可想而知了。大观园里的仆人和丫鬟也是分三六九等的，有高贵的，像晴雯、袭人、鸳鸯……又有卑贱的，像小红、彩云、玉钏儿……还有小偷小摸不入流的。

第六十一回“投鼠忌器宝玉瞒赃　判冤决狱平儿行权”，好人遇到好人了，得饶人处且饶人。悲悯情怀，放人一马，留一条活路。许多时候，逼迫的结果，要么把人逼上梁山，要么把人逼上绝路。宽松一点儿，给予反省的时间，也不是没有悔过的可能。

人性中的美，在宝玉和平儿身上，集中体现为善。宝玉对贾环，是包容的，即便他心里明白贾环的为人。彩云向着贾环，她犯了事，宝玉也替她承担罪责，宝玉的心肠好，是无目的的善。平儿是考虑周道地行善。从赵姨娘屋里不难找出彩云偷去的东西，但平儿顾及探春的面子，不愿“打老鼠伤了玉瓶”，所以同意了宝玉顶罪的法子，并劝说凤姐放弃深究。

平儿的智慧体现在，凡事都不给它做绝了。即使贵为琏二奶奶，王熙凤还有那么多后患，更何况她这样没有什么背景的人了。得势的时候，不要忘了失势的可能；没有谁能始终一帆风顺，正所谓“得饶人处且饶人”。

也许曹雪芹见过平儿这样的女子，是他欣赏和心仪的对象。平儿假如有更大的平台，她的才能不在探春之下，而且她的性格更柔和。在凤姐与她的一问一答中，又显示了她的练达，看明白了。“何苦来操这心！”这是曹雪芹的感慨。“得放手时须放手。”生命短暂，什么能保持长久？“什么大不了的事，乐得施恩呢。依我说，纵在这屋里操上一百分心，终究是回那边屋里去的，没的结些小人仇恨，使人含恨抱怨。”往深里说，“那边”的含义就更远了。凤姐的一句：“随你们罢！”多少无奈，多少辛酸……

六

有的人表里如一，有的人翻手为云，覆手为雨。第六十八回“苦尤娘赚入大观园　酸凤姐大闹宁国府”，贾琏太草率了，凤姐是什么人，他也不是不知道。前边还没抖搂干净，后边又惹上是非了。尤二姐初次见平儿，也想套近乎，“打扮不凡，举止品貌不俗”的平儿见礼时，她只叫：“妹子快别这么着，你我是一样的人。”哪是一样？在凤姐看来，尤二姐是敌人，平儿是助手。但凤姐嘴上却说：“他原是咱们的丫头。”

也许人都有歇斯底里的时候，但像凤姐这样的女人，一旦豁出去，就有“拼着一身剐，敢把皇帝拉下马”的劲头。招惹她，无异于找不利索。第六十九回“弄小巧用借剑杀人　觉大限吞生金自逝”。尤二姐还没安顿好，贾琏那不着调的父亲贾赦又赐给他一个十七岁的丫鬟秋桐为妾，一妻三妾的生活，乐了贾琏，尤二姐的处境则是雪上加霜。

秋桐也不是个善茬，“连凤姐平儿皆不放在眼里”，那尤二姐就只有委屈了。“凤姐听了暗乐。自从装病，便不和尤二姐吃饭……”被冷落只是一方面，另一方面，凤姐给尤二姐安排的食物都是“不堪之物”。这时显示了平儿的善良，“自拿钱出来弄菜与他吃；或是有时只说和他园中去玩，在园中厨内另做了汤水与他吃”。毕竟不是长久之计，又有秋桐说舌：“奶奶名声，生是平儿弄坏了的。”平儿的同情心，惹恼了凤姐：“人家养猫拿耗子，我的猫只倒咬鸡！”“平儿不敢多说，自此也要远着了，又暗恨秋桐。”

对于尤二姐的死，贾琏也知道内疚。最后将尤二姐的一条汗巾，“递与平儿，说：‘这是他家常系的，你好生替我收着，做个念心儿。’”他知道平儿的好，那是发自真心的好。与凤姐的毒，形成鲜明的对比。

当局者迷，旁观者清。第七十一回，曹雪芹借尤氏的话“好丫头！你这样的好心儿，难为你在这里熬”，感激平儿对尤二姐曾经的照应。人多做点好事，会有报答的。哪怕是一句话，也会给人一种温暖。

七

平时，某些人的差别可能不大。关键时刻，就不一样了。

自始至终，平儿的善念，感动着读者。什么叫好人？即好事做多了的人。平儿的存在起到了某种平衡作用。看到谁有难处，她会伸出援手。能力大小是一回事，做不做是另一回事。凤姐走了，当贾环出馊点子，要将巧姐儿卖给藩王为妾时，是平儿陪巧姐儿逃到了刘姥姥乡下的家，躲过一劫。

第一百十九回“中乡魁宝玉却尘缘　沐皇恩贾家延世泽”，巧姐儿平安回家，“贾琏见平儿，外面不好说别的，心里感激，眼中流泪。自此，贾琏心里愈敬平儿，打算等贾赦等回来，要扶平儿为正”。即使像贾琏这样的俗人，在经历了磨难后，也不难分辨什么是真情，什么是虚情假意！

好人有好报。平儿总算熬出来了，又聪明俏丽、又真诚善良的女人，受过委屈，受过压抑，从丫头到妾，再到妻，也算是苦尽甘来了。

不论是曹雪芹，还是高鹗，在写到平儿时，无不流露出敬意。不论是从旧道德、还是从新道德来评价平儿，她都不失为一个好女人。

茗烟 站在身边的书童

一

他站在那里，一直站在那里，他要么捧着书，要么抱着琴，站在主人的身边。

一幅清代的扇面画，被装裱成轴，挂在对面的白墙上。你打量他，他也打量你；你审视他，他也审视你；你对他有好感，他对你也有好感；你相信他，他忠诚于你……

你与他，停留在十八世纪的时光中，你是贵族子弟，他是平民的孩子。原本的差异，被你的平和、你的善念掩盖，你们俨然成为朋友了。知根知底，你眼中有他，他眼中有你。他的野性守护你的文雅。

少年时代，最了解你的人，女人中属袭人，男人中属茗烟。他们以自己的方式，传达出对你的好感。他们来自民间，出自底层，年龄相仿，但世俗的烟火，百姓的甘苦，他们比你见得多，也懂得多。他们在你身边，为你推开了一扇窗。

只要你高兴，他们舍得为你付出。袭人的情，是为了服侍好你；茗烟的义，是为了保护好你。和他们在一起的日子，是你生命中最快活的日子。从本能出发，你能体会到他们是用心对你好，真好！

你有十个仆人，是贾府上上下下仆人最多的。其中，有八个女的，不用多说了，还有两个男的。一个是茗烟，男孩子却起了个女孩子的名，后来改成焙茗，依然保持那种意味；另一个就是李贵了。

在家里，袭人离你最近；在外边，茗烟跟你最铁。人总要有个伴的，你感到孤独的时候，需要有人陪你玩耍。假如说袭人还会劝你上进，劝你走官宦仕途之路，那么茗烟是由着你的性子来，紧随着你，你叫他向东，他不会向西。他有股冲劲儿，他有悟性，他知道你在想什么。

曹雪芹在十三岁以前，在家被抄之前，在南京居住的岁月里，也许有过茗烟这样的玩伴吧。叫书童也可，叫朋友也可，一起打打闹闹，一起罢课，一起寻开心……那是蛮有意思的欢乐时光！

二

一个人的价值，是不难衡量的。只要用心，也不难找出衡量的标准。谁的名字在标题中出现的频率越高，他在书中所占的分量就越大，这不失为一种简单的衡量方法。

谁是小说中的主角？谁是配角？谁可有可无？多读几遍，也就一目了然了。

在标题上，出现最多的要数贾宝玉了，《红楼梦》全书中，他出现了二十七次；其次是凤姐，出现了十六次；再其次是林黛玉，十二次；然后薛宝钗是九次；贾母是六次；出现四次的有贾雨村、贾元春、鸳鸯；秦可卿、贾琏、香菱、迎春分别出现了三次；总共出现过的有六十人左右，有的人物也仅出现过一两次。

作为书童的茗烟，曹雪芹在第九回"训劣子李贵承申饬　嗔顽童茗烟闹书房"，把他写进标题里，可以看出他是不可或缺的。他在宝玉的身边，似乎没有高低贵贱之分，更显现出宝玉率性的一面。

也不知为什么，贾政对贾宝玉有一种偏见，从宝玉周岁"抓周"时只知抓取脂粉钗环玩耍就开始了，认定宝玉将来必是酒色之徒。宝玉对贾政有一种畏惧。宝玉到了该念书的时节，去告诉贾政，谁知贾政在书房中，当着几位相公清客的面，"冷笑着：'你如果再提"上学"两个字，连我也羞死了。依我的话，你竟玩你的去是正经。仔细站脏了我这地，靠脏了我这门！'"当父亲的哪有这样说话的，这无疑在孩子成长中留下阴影。宝玉的顽皮，感情上也是对父亲压迫的逃避，逃来逃去，最终出家了。

离你最近的人，给予的爱最多；给予的伤害也可能是最多的。亲情和友情，一旦走向反面，造成的痛苦也最多。

三

学生时代，也许是模仿成年人，也许是一种本能，孩子们也会拉帮结伙，自然形成了帮派。

第九回的闹书房。为了一个秦钟，金荣和茗烟打了起来，还引起混战。金荣背后有薛蟠，茗烟背后则有宝玉。"这茗烟乃是宝玉第一个得用的，且又年轻不谙事，如今听贾蔷说：'金荣如此欺负秦钟，连你的爷宝玉都干连在内，不给他个知道，下次越发狂纵了。'"书童也是奴才，为了主人，愈加强势，从这一点看，茗烟不像书童，却像宝玉的保镖了。

替宝玉出气，打抱不平，小小年纪，那劲头，像《水浒传》中的好汉，鲁智深、武松、李逵……假如不和宝玉在一起，长大了未必不走那条路。

"这茗烟无故就要欺压人的，如今得了这信，又有贾蔷助着，便一头进来找金荣，也不叫'金相公'了，只说：'姓金的，是什么东西！'"听说话的口气，看行为举止，绝非吃干饭的。他的话底气十足，充满霸气。"我们肏屁股不肏，管你毴毴相干？横竖没肏你爹就罢了！你是好小子，出来动一动你茗大爷！"他之所以如此，全因为一旁站着的是贾府最受宠的宝玉。

这金荣也非等闲之辈，倘若直接与茗烟发生冲突，他既觉得有失身份，又知道有斗不过茗烟的可能性。"金荣气黄了脸，说：'反了！奴才小子都敢如此，我只和你主子说。'"在混乱中，打起群架来了。学堂不像学堂，那阵势，你一拳，我一脚，摸起什么扔什么，全乱套了。

像女孩子一样的秦钟，是无辜的，却也是导火索。谁和谁好，谁和谁不好？谁是朋友，谁是对手？不是东风压倒西风，就是西风压倒东风。以宝玉的话说："我们被人欺负了，不敢说别的，守礼来告诉瑞大爷，瑞大爷反派我们的不是，听着人家骂我们，还调唆人家打我们。茗烟见人欺负我们，岂有不为我的；他们反打伙儿打了茗烟，连秦钟的头也打破了。还在这里念书么？"

四

闹了学堂，谁对谁错在于谁强谁弱。金荣赔不是，“宝玉还不依，定要磕头”。茗烟为宝玉冲在前边，宝玉自然要保住茗烟。他们不仅是主仆，还是朋友。“友谊是一种协议，我们在其中将小的恩惠转变为大的。”

茗烟是野性的宝玉，宝玉和他在一起，表现出强硬的一面；在女孩子面前，又流露出温情的一面。每个人都有他的多面性，就看和什么人在一起了。

第二十四回“醉金刚轻财尚义侠　痴女儿遗帕惹相思”，也许是宝玉嫌茗烟的名字过于女性化了，改为焙茗。在书中，为了避讳，为了动听，为了主子的意志，改名是常有的事。像丫头林红玉，因“玉”字重了宝玉、黛玉的“玉”，犯冲，就叫小红了；像香菱，只因夏金桂的好恶，便改名秋菱了。谁地位高，谁说了算，谁就可以随意给别人改名。名字是身份的象征，是有等级的。

“朋友就是另一个我。”一句拉丁谚语，彰显了朋友的重要性。一个人真正的朋友不会很多，一旦多了，也即泛泛之交了。

谁是宝玉的挚友？是秦钟吗？像是腻友，一起玩玩而已！是蒋玉函（琪官）吗？像是票友，一起散散心而已！是柳湘莲吗？也谈不上深交。这三个人只会拖累宝玉，友情是不对等的。焙茗与他们比，可谓是挚友了。

涂瀛在《红楼梦论赞》中写道：“宝玉栽培脂粉，作养蛾眉，为花园之靖臣，作乡林之戒行，宜其深仁厚泽，宜其深仁厚泽，罔不论肌浃髓矣。乃除黛玉外，别无一知己，而能如人意。不尽如人意，庄也而出之以谑，谐也而规之以正，顺其性而利导之，如大禹之治水，适行其所事，而卒也无不行之言，呜呼！其惟焙茗乎？东方曼倩之俦也。”

五

“羽毛相同的鸟，自会聚在一起。”焙茗是宝玉通向外面世界的一个向导。大观园是象牙塔，而走出去看看，是有新鲜感的。他了解宝玉的心事，宝玉就像歌德笔下的少年维特一样。平民有平民的痛苦，贵族有贵族的烦恼。科举考试的书，说教的书，功利性太强的书，压得人喘不过气来，焙茗没读过什么书，但他懂得宝玉喜欢看什么书，不喜欢看什么书，投其所好，“把那古今小说，并那飞燕、合德、武则天、杨贵妃的‘外传’与那传奇角本，买了许多来引宝玉看”。钱从哪里来，自然是宝玉给了。

想想曹雪芹，再想想高鹗，没有考上进士也罢，考上进士也罢，他们能写小说，肯定与他们从小爱读小说有关。这样说来，焙茗也算是宝玉读小说的引路人。在每一个小说家的少年时代，也许都曾有茗烟这样的小伙伴吧。那么忠诚，那么善解人意，那么形影相随。这样的友谊，等到多年以后，回忆起来，正如陈年老酒，味道悠长，绵绵不绝。

“二爷的心事，我没有不知道的。”从茗烟到焙茗，他都是宝玉的知己。引用希腊诗人荷马的话说：“真正的朋友是一个灵魂寓于两个身体，两个灵魂只有一个思想，两颗心的跳动是一致的。”茗烟的心与宝玉的心，是合拍的。宝玉为什么不欣赏“烟”这个字，而改为“焙茗”？“焙”这个字的含义是用微火烘。那么“茗”呢？原指茶树的嫩芽或某种茶叶，今泛指喝的茶。“茗烟”怎么讲？是茶水的蒸汽吗？“焙茗”，用微火烘的香茶，有滋有味，耐得住品味，就像他们的友谊“是人生的调味品，也是人生的止痛药”。

六

宝玉为什么相信茗烟，为什么愿意他守在身边？为什么只有他那么自信地说：“二爷的心事，我没有不知道的。”他知道什么？

人处在青春期，心理的躁动不安，生理的本能需求，在封建文化的背景下，被压抑的多，释放的少。像宝玉那样的公子，内心的闷，也只有身边的同类人清楚。

第十九回“情切切良宵花解语　意绵绵静日玉生香”，在繁华热闹的背景下，宝玉有一颗寂寞的心。茗烟那时还没有改名，那时宁府的贾珍正大摆宴席，大唱戏文，像《丁郎认父》《黄伯央大摆阴魂阵》《孙行者大闹天宫》《姜太公斩将封神》……宝玉无心看戏，想去一小书屋看一轴美人画，散散心。曹雪芹曾有过卖画为生的日子，他写探春练字、惜春绘画等，一定都有融入他切实的感受。

美人画被忽略了。茗烟在小书房中，与叫万儿的丫头正“干警幻所训之事”，却被宝玉撞上，“了不得！”宝玉不揭人隐私，不坏人好事。“还不快跑？”这是宝玉对万儿的提醒。“你别怕，我是不告诉人的。”这是宝玉对茗烟的安慰。这样一来，茗烟能不死心塌地跟着他吗？

茗烟比起宝玉，对民间的事，可谓见多识广了。“这会子没人知道，我悄悄的引二爷往城外逛去……”他们去看袭人，也就是花大姐。她的家在远处，茗烟知道路，认得她家的门。富家子弟去穷人家，或穷人的孩子去富贵之家，感受是不一样的。

茗烟与万儿那种事，宝玉和袭人也曾经有过。警幻是谁？两个人的成人礼，是谁赠给谁的信物？假如没有这场云雨之事，那么将以什么方式走向成熟？

青山山农在他的《红楼梦广义》中这样说道：“焙茗与袭人，固表里为奸者也。袭人事内而独得欢心，焙茗事外而能如人意，少女少男憧憧往来，以其感不以道矣。大抵宝玉所欲为之事，或不为袭人告，断未有不为焙茗里。故袭人犹伪托于正，焙茗则直出以谐……”人的心里有什么，折射出的便是什么。年少懵懂，没那么复杂。

七

茗烟改名焙茗后，人还是一个人，感觉却不一样了。

他无疑是聪明人。他不是简单的书童，他了解宝玉在想什么，需要什么。他是宝玉知心的朋友，他们在一起的时光，是开心的时光。

曹雪芹的少年时代一定有过像茗烟这样的伙伴，像影子，贴在他的身边。也不知道有多少年，就那么度过了。贵族有贵族的美，像黛玉，像妙玉，像北静王；下人有下人的真，像袭人，像晴雯，像茗烟。谁也替代不了谁。

茗烟叫焙茗以后，尤其在高鹗的续写中，已很少被提及了。友谊包含的是一种过程，早熟的对幼稚的引导，分享快乐，分担痛苦。正如杜威说的“恋爱中每个人都是诗人”那样，友情中每个人都是勇士。

宝玉在经历了感情世界中大的跌宕起伏后，焙茗还能为他做什么？已经无能为力了。宝玉出家后，再无所谓世俗的爱情与友谊。焙茗也有他的生活，娶妻生子，还是那个万儿吗？不知道，也没有必要知道了。只知道他跟着宝玉很幸福，宝玉有他这样的书童很快乐。

紫鹃 唯一的、最后的知己

一

人和人之间，能成为知己，是很幸运的事了。一般来说，男人比女人更容易交朋友，但要找一个真正的知己也很难；女人在选择朋友时往往更挑剔，那么想遇到知己就更难了。

黛玉短暂而凄美的一生，因为紫鹃在身边，而平添了亮丽的色彩。她懂得黛玉的心事，黛玉了解她的为人。“人生得一知己足矣，斯世当以同怀视之。”这句话即便重复一百遍，也不过分。黛玉快活的时候，她与黛玉同快乐；黛玉最绝望、最难过的时候，她在场，分担了黛玉的不幸；黛玉离开的时候，她以黛玉之情悟出了自己之道，别无选择，在决绝中随惜春出了家。

美到极致，爱到极致，活到极致。黛玉与晴雯都有一种决绝的美；尤三姐与鸳鸯，性情刚烈，都是烈女的形象；平儿与袭人，既忍得聪明，又活得中庸；宝钗与史湘云，性情相近，既成熟，又练达，同是嫁错人了；紫鹃与惜春，根本不是一类人，却走上一条道了。

人要清醒地活着，不可能不对比：与过去的自己比，比出什么？与其他人比，又会比出什么？“知足知不足，有为有弗为。”关键是从心开始，知道该守住什么，该放弃什么，该选择什么。

紫鹃是一个很有魅力的女孩子。她能成为黛玉的知己，足可以看出她的过人之处。她有慧眼，有慧根，有慧心。她是黛玉最信赖的大丫鬟，她们的感情是平等的。

读《红楼梦》，了解黛玉，直接的认识是一方面，通过紫鹃去认识黛玉，又是一个切入点。透过他人看自己，透过自己看他人，以此类推，每个熟悉的人都是一面镜子，认清自己，认清别人。

二

所谓的机缘都在潜移默化地发挥着作用，在两个人相识相爱的过程中，能有一个懂得双方的中间人从中牵线搭桥，是很重要的。紫鹃就是宝黛之间的那个人，但她的力量毕竟太有限了；她想成全宝黛，并没能成。爱情是一回事，婚姻又是一回事。爱情是自生自长的植物，是两颗心的共鸣，两情相悦，两相情愿。而婚姻牵扯了太多的利益，有条件的交换，有门当户对，有理性的平衡，涉及的已不仅仅局限于两个当事人了。

紫鹃看得见宝玉与黛玉相爱的火花，很少有人像她那样，希望两个有情人终成眷属，希望以自己微弱的火，点燃他们俩的灯。她把他们的幸福，当作自己的幸福；将他们的不幸，看作自己的不幸。

还要从她的名字想象，曹雪芹为什么会叫她“紫鹃”？紫是高贵的，是耐看的，耐品的，是红和蓝合成的颜色。为什么说红得发紫，那是一种印象。而鹃的含义就更深了。会想到杜鹃，一是指一种供观赏的植物，常绿或落叶灌木，叶子椭圆形，花多为红色，也叫映山红；一是指一种鸟，体灰黑色，尾巴有白色斑点，腹部有黑色横纹，初夏时常昼夜不停地叫。也叫杜宇、布谷或子规。

古往今来，又有多少文人骚客，以杜鹃为题，抒发感慨？唐代的诗人，王维有《送梓州李使君》：“万壑树参天，千山响杜鹃。山中一夜雨，树杪万重泉。”李白有《宣城见杜鹃花》：“蜀国曾闻子规鸟，宣城又见杜鹃花。一叫一回肠一断，三春三月忆三巴。”白居易有《琵琶行》：“其间旦暮闻何物，杜鹃啼血猿哀鸣。”李贺有《老夫采玉歌》：“夜雨冈头食蓁子，杜鹃口血老夫泪。”李商隐有《锦瑟》：“庄生晓梦迷蝴蝶，望帝春心托杜鹃。”与杜鹃有关的诗，可谓不计其数。

民间传闻，从前有个男孩，因为他的兄弟被后母虐待出走，他悲痛欲绝，啼血化成杜鹃花。古诗云：“杜鹃花与鸟，怨艳两何赊，疑是口中血，滴成枝上花。”

紫鹃，这个名字，象征了美好，象征了忠诚。

三

紫鹃在第三回跟了黛玉，那时还叫鹦哥。她对黛玉，不是亲姐妹胜似亲姐妹。第八回“贾宝玉奇缘识金锁　薛宝钗巧合认通灵”，宝玉与宝钗之间，有先天的“宝玉”与后天的“金锁”作为纽带，而黛玉有什么？此时此刻，曹雪芹妙笔生花：“可巧黛玉的丫鬟雪雁走来与黛玉送小手炉，黛玉含笑问他说：‘谁叫你送来的？难为他费心，那里就冷死了我！’雪雁道：‘紫鹃姐姐怕姑娘冷，叫我送来的。’”是天气寒冷，还是被冷落的冷？未识其人，先从派雪雁送手炉的这一举动感受到紫鹃对黛玉的暖。

人不论处在什么位置，都有各自的难处，落难时，身边有好人扶持，与孤身一人的处境是大不一样了。锦上添花是难忘的，雪中送炭更难忘。黛玉初来贾府，只带来两个人：一个是奶娘王嬷嬷，一个是小丫头雪雁。贾母将二等丫头鹦哥支派给了黛玉。“鹦哥”与“紫鹃”，同样的都是鸟名，寓意却是大相径庭。

鹦哥是怎么来的，不得而知。鹦哥即鹦鹉：“鸟，头部圆，上嘴大，呈钩状，下嘴短小，羽毛美丽，有白、赤、黄、绿等色。生活在热带树林里，吃果实，能模仿人说话的声音。”为什么要给一个女孩子起这样一个名字？她是否能说会道，是否还有别的说法？也不得而知。贾母经常把自己喜欢的丫头赏给看重的人。从鹦哥到紫鹃，无疑象征了一种质的转变，而黛玉在这中间起了很重要的作用。

鹦哥这名字叫起来，是有些俗的，更何况是二等丫头；等到叫了紫鹃，却是雅起来了。贾母的脾气，喜欢大烟大火，大俗大雅，名字叫什么都不妨；黛玉就不行了，叫紫鹃有意思，含自己的韵味，倘若一直叫鹦哥，黛玉自己先受不了。倘若名如其人，那么边上有一个鹦鹉学舌的，不知又要生出多少是非。

歌德有一句意味深长的格言："并非凡是有水的地方都有青蛙；但是有青蛙的地方总会找到水。"这话套在黛玉和紫鹃的身上："并非凡是有紫鹃的地方都有黛玉，但是有黛玉的时候，不难看到紫鹃。"她们之间，已超越了主仆的关系。黛玉需要紫鹃，紫鹃更需要黛玉；假如宝玉娶了黛玉，那么紫鹃是像平儿，还是像其他什么人？

四

人性用不着来考验，经得住考验怎么样，经不住又怎么样？宝玉是宝玉，黛玉是黛玉，还不是得跟着命走。

第五十七回"慧紫鹃情辞试莽玉　慈姨妈爱语慰痴颦"，曹雪芹可谓是画龙点睛的"一字师"了。柳湘莲前边用"冷"字；晴雯前边用"勇"字；探春前边用"敏"字；宝玉前边用"莽"字；紫鹃前边用"慧"字；薛姨妈前边用"慈"字；史湘云前边用"憨"字；尤二姐前边用"苦"字；凤姐前边用"酸"字；芳官前边用"美"字；迎春前边用"懦"字。黛玉前边用"痴"字，与傻大姐相同；宝钗前边用"贤"字，与袭人相同；香菱前边用"呆"字，与薛蟠相同；晴雯用了"俏"字，与平儿相同。

前八十回，曹雪芹在刻画人物时，都喜用一个字来定调、形容，用得惟妙惟肖，将人物性格写活了。即便是同一个"贤"字，宝钗的贤与袭人的贤，又有区别，前者重在面，后者重在点；同一个"呆"，薛蟠的呆有蛮和蠢的意思，香菱的呆有率真与懵懂的意思；同一个"痴"，黛玉的痴是凝滞与执着，傻大姐的痴是糊涂和弱智；同一个"俏"，平儿俏得温顺，以柔克刚，晴雯俏得刚烈，宁为玉碎。并列着看，看出人性的光芒，看出个性的差异，看得只可意会，难以言传。

紫鹃的前边用“慧”字，可以看出曹雪芹对她是高看的。慧，不仅指聪明，还有智能。上升到佛教的层面：慧根——渗透领悟佛理的天资，天赋予人的智慧；慧心——领悟佛理的心灵；慧眼——认识到过去与未来的眼力，敏锐地识别事物的眼力。与慧联系的词，都有能力高超的意思。

紫鹃给读者的印象，不像是丫鬟，更像朋友，她比平儿和袭人认识问题的能力要高，看得也远。她有局外人的冷静，又有当事人的理性。她不拘泥，有“超以象外，得其环中”的气质；她不像黛玉那么任性，她活得很清醒，她的心是觉悟了的。

五

年轻的读者，不知道在信息化的时代，还保留了多少那种爱的感觉，痴迷、专注、依恋……曹雪芹在第五十七回，写宝玉对黛玉的爱，写得炉火纯青，“一生只够爱一个人”。宝玉喜欢女孩子水一样的性情、花一样的相貌，也拈花惹草，但上升到爱的高度的，却是非黛玉莫属了。

爱情是一种特殊的化学反应，让人为之生，为之死；爱得心底无私，爱得轰轰烈烈，爱得无怨无悔。假如有了杂念，有了私心，有了功利目的，就已经世俗化了。这也注定了人生的矛盾。因为爱不是空中楼阁，爱像种子只有落在地里，才有可能生根、发芽、结出更多的种子。

紫鹃突发奇想，为了试探宝玉爱黛玉有多深，假说“妹妹回苏州去"，又说："早则明年春天，迟则秋天，这里纵不送去，林家亦必有人来接的。前日夜里姑娘和我说了，叫我告诉你，将从前小时候玩的东西，有他送你的，叫你都打点出来还他；他也将你送他的打点在那里呢。"紫鹃的话如五雷轰顶，将宝玉震蒙了，震晕了，震傻了。曹雪芹写宝玉"两个眼珠儿直直的起来；口角边津液流出，皆不知觉；给他个枕头，他便睡下；扶他起来，他便坐着；倒了茶来，他便吃茶"。爱得发痴了，爱得发呆了。

紫鹃惹事，紫鹃依旧很冷静。黛玉听说宝玉"死了大半个了"，撕心裂肺地呕吐，紫鹃为她捶背，她本能地说："你不用捶！你竟拿绳子来勒死我，是正经。"当宝玉再次看到紫鹃时，醒过来了，"一把拉住紫鹃，死也不放，说：'要去连我带了去。'"爱到极致，人总会想到死，像陷入一种绝境。

人过度敏感是病态的。宝玉一听到"林之孝家的"，就着急，就闹腾，以为是来接黛玉的。贾母是最疼爱宝玉的，贾母安慰他，话也说绝了，"那不是林家的人，林家的人都死绝了，没人来接他的，你只放心罢！"曹雪芹将人的亲情和爱情，也写绝了。宝玉说疯话，说傻话，"凭他是谁，除了林妹妹，都不许姓林的！"

此时此地，宝玉心中只有一个林妹妹，黛玉心中也只有一个宝哥哥。经过紫鹃一手导演的喜剧，假如贾母能坚决一点儿，假如王夫人能心软一点儿，假如薛姨妈能离得远一点儿，假如凤姐不"偷梁换柱"，那么在后来，也许还能以喜剧的形式收场。最终悲剧的酿成，是因为包办婚姻。

六

一场情感的风波过去了，紫鹃是始作俑者。她验证了宝玉对黛玉的痴迷，也懂得黛玉对宝玉的爱恋。“宝玉的心倒实，听见咱们去，就那样起来。”

紫鹃心里着急，她是“一片真心对姑娘”。黛玉幸福，她跟着幸福；黛玉痛苦，她也跟着痛苦。但作为丫鬟，心里再明白，再想为黛玉好，毕竟人微言轻。她说给黛玉的话，感人肺腑，催人泪下：“替你愁了这几年了：无父母无兄弟，谁是知冷知热的人？趁早儿，老太太还明白硬朗的时节，作定了大事要紧。”紫鹃将希望寄托在贾母身上，但谁能向贾母挑明？贾母能做主吗？

黛玉和宝钗之间，孰轻孰重？贾母在情感上，也许更倾向黛玉，毕竟是自己的外孙女儿；在理智上，大概更看重宝钗，宝钗比黛玉料理生活的能力要强得多，性格也好得多。谁更需要他人的照顾，谁更懂得照顾人？一目了然。

小说到了第九十六回“瞒消息凤姐设奇谋　泄机关颦儿迷本性”，高鹗写凤姐用“掉包儿”的法子，将新娘黛玉换成了宝钗，贾母是认可了的。“贾母笑道：‘这么着也好，可就只忒苦了宝丫头了。倘或吵嚷出来，林丫头又怎么样呢？’”贾母想到了黛玉，却没料到最终的苦果。“紫鹃又催道：‘姑娘，回家去歇歇罢。’黛玉道：‘可不是，我这就是回去的时候儿了。’”她的家在哪里？父母在哪里？亲人在哪里？

已经无家可归了。她绝望，在焚烧诗稿的瞬间，已经没有什么可牵挂的了。她对紫鹃说的话，正是遗嘱：“妹妹，你是我最知心的，虽是老太太派你伏侍我，这几年，我拿你就当作我的亲妹妹……”

曹雪芹写的七十七回、七十八回与高鹗续的九十七回、九十八回比较，前者写晴雯“抱屈夭风流”，后者写黛玉“焚稿断痴情”“魂归离恨天”，异曲同工，写尽了人情冷暖，人世沧桑。

“我的诗本子……”“雪雁点灯”，黛玉生来是一首诗，自己照亮了自己的青春，自己吹熄了自己生命的火苗。这边是悲伤，是生离死别；那边是喜，却也喜不出来。想以喜冲悲，只会悲上加悲。

这前后四回，读了而不流泪的，只能说明要么没读懂，要么心肠硬。

七

人在弥留之际，最想和谁倾诉，最想将心事托付给谁，就是和谁最亲密。

紫鹃是黛玉为自己找到的唯一知己。紫鹃一直守在黛玉的身边，黛玉“一手攥了紫鹃的手，使着劲说道：‘我是不中用的人了！你伏侍我几年，我原指望咱们两个总在一处，不想我……’”，不难看出紫鹃在黛玉心中的分量。“妹妹，我这里并没亲人，我的身子是干净的，你好歹叫他们送我回去。”

还能说什么呢？人到了这个份上，只有一条路了。

黛玉的精神感召力，在紫鹃的心里，是无法磨灭的。黛玉走了，她已无处去找黛玉这样好的主子了。

“各人有各人的心。我服侍林姑娘一场，林姑娘待我，也是太太们知道的，实在恩重如山，无以可报。他死了，我恨不得跟了他去，……如今四姑娘既要修行，我就求太太们将我派了跟着姑娘，伏侍姑娘一辈子，……若准了，就是我的造化了。”

每个人有自己的选择，只要遵从自己的心愿，也就是幸福的。紫鹃最终随惜春出家了。

卷二　十二金钗

林黛玉
将开未开的花最美

一

一部《红楼梦》，曹雪芹倾注心血最多的人物，除了贾宝玉，就是林黛玉了。

又漂亮、又聪明、又有个性的女孩子，在美丽的时候，像将开未开的花，凋谢在往生的途中。“半卷湘帘半掩门”，她的诗。

她是一首挽歌，以自己的才华诠释了“宁为玉碎，不为瓦全”的高洁；红颜薄命，“借得梅花一缕香”。天妒英才，“泪干春尽花憔悴”。爱情不在了，亲情也不在了。正如莫罗阿所说：“女人只有生活于感情世界中才会幸福。”她已没有幸福可言，连最后的一根稻草也被压断了。

她是天才的诗人，而诗人的命运大多是悲剧。忧郁的性格，敏感的神经，独特的精神，寄人篱下的悲哀，孤立无助的感受……失去了挚爱，一生托付给谁？

消极也是一种美的自觉：“人有聚就有散，聚时欢喜，到散时岂不冷清？既清冷则生伤感，所以不如倒是不聚的好。”她的预感最终还是应验了。

一个人出生的家庭固然重要，但自己无法做主；而建立一个好的家庭更重要，可自己又有多大能力去实现它呢？恋爱让女人由聪明变糊涂，让生命乱了方寸。自己先给自己立了牌坊，自己成为自己的牺牲品。

黛玉的形象是一个永恒的象征，说她是优秀女性的代表与缩影则可，说她是哪一个人则不可，否则，她就太简单化、脸谱化了。寂寞是上一代人留给她的遗产，孤傲是她预防伤害的武器。她内心温柔，向往与一个人厮守一生。那一线理想的光亮，最终还是熄灭了。

从她葬花的那一刻起，就已预示出一条通向不幸的路。她和花，最终谁葬谁？

二

这个世界上，没有绝对的公平，也没有绝对的爱情。谁一味心存幻想，谁就会绝望。

林黛玉与贾宝玉的爱情本身就是倾斜的，不平衡的。重心在贾宝玉那边，即便说贾宝玉心里只有黛玉，但贾宝玉原本也是多情的，并不像黛玉那样实心眼。贾宝玉不仅与薛宝钗、史湘云、秦可卿、袭人、晴雯等有异性间的相互爱恋，甚至还与秦钟、蒋玉函，有同性恋情。上层社会男人的不专一，妻妾成群，莺歌燕舞，大红灯笼高高挂，是被认可的；而女人，却被套上了沉重的精神枷锁。

极端是危险的。“舞台上的爱情比生活中的爱情要美好得多。”书本上的爱情也一样姹紫嫣红、诗情画意，而现实却是很冷酷，很不留情面的。她爱贾宝玉爱到极致，贾宝玉爱她爱到疯癫。在封建的大家族中，过来人的清醒，旁观者的明智，注定了他们小时候可以在一起玩耍、嬉闹，长大了却是要被分开的。没有婚姻的自主权，也没有恋爱的自由。

她生活的圈子决定了她的爱情观。遇到贾宝玉以前，她是一张白纸；之后，还是一张白纸。白璧无瑕。那个时代女人的可爱之处，也恰恰是女人的可怜之处。父母之命，媒妁之言，婚姻包办。从小缺失母爱，父亲又不在了，她唯一的希望是贾宝玉，结果一厢情愿，不了了之。

曹雪芹没有给她活下去的理由。爱情失去了，活着还有什么意义。其实，“爱情并不如她本身所想象的那么苛求，十分之九的爱情是由爱人自己造成的，十分之一才靠那被爱对象”。这也是文学与现实的落差。没有十全十美的人生，一生只爱一个人，可惜了她的美貌与才华。

如果贾宝玉与黛玉互换角色，那又会发生什么样的故事？“一个人最终一定会变成他人心中的他。”

人不要把自己看得太重了。连俄罗斯伟大的小说家果戈理都曾这样剖析自己：“我身上聚集着各种龌龊的东西，应有尽有，每种都有一点儿，并且种类如此繁多，至今我还未曾在别人身上看到过。”

爱情需要顺其自然，谁也不能勉强谁，谁也不能胁迫谁。人往往越松弛离幸福越近，离痛苦越远。先要生活下去，然后是发展。相信转机就在前边的某个地方，等着那些心存美好的人。

爱情是一门学问。有的人无师自通，有的人一辈子也没有入门。除了两情相悦，爱情实质上是一种责任。执子之手，白头偕老，为对方的乐而乐，为对方的忧而忧。

三

林黛玉短暂的一生正如一首冰清玉洁的诗，未染丝毫世俗的尘埃。生于美，逝于美；来如梦，去如梦；得在爱，失在爱……

有的人诗意贫乏，却在硬写诗填词；有的为人即诗，有情、有义、有趣。诗如其人，人如其诗，她就是这样天才的诗人。也是曹雪芹欣赏和爱惜的一类人。曹雪芹将自己的神来之笔赋予了她："花魂鸟魂总难留，鸟自无言花自羞。"

"冷月葬花魂。"诗是灵感与预言的产物，是语言的结晶体，如花似玉。"花谢花飞花满天，红消香断有谁怜？"人要保持自尊、自重，才能得到他人的认可与敬重。

她深知诗词三昧，她对艺术的悟性超乎寻常。"词句究竟是末事，第一是立意要紧，若意趣真了，连词句不用修饰，自是好的。"她教香菱学诗，力求"不以词害意"，一个"紧"字，一个"真"字，可谓一字师。她还说过"把这首诗丢开，再做一首。只管放开胆子去做"。人的才能，人的潜质，很多时候需要耐心地被挖掘，然后才能释放出能量。

"一个人应该绝对相信的是不要把事情看得太严重。"只要行动起来，写诗没有那么难，做人也没有那么难。

蕙质兰心的女人，她身上散发着朦胧的美，诗意的美。说不出来却能感觉到生命的馨香。花期，像人的青春期，没有不美的，只是有的更美而已。

花开无语，花的开放需要条件。宁可相信勤勉的园丁，不要相信护花使者。生存是第一要义，不要自己折磨自己，自己和自己过不去。世界很大，有意思的事很多，有感觉的人也很多。没有必要为爱一个人去死。

四

为什么要说“爱死你了”？为什么要说“想死你了”？为什么总说“婚姻是爱情的坟墓”？爱、想念、欲望，既是上升的动力，也可能造成致命伤，形成某种障碍。

康德说：“婚姻使女人自由，却使男人失去自由。”林黛玉的梦想无疑是和贾宝玉结为夫妇。当梦想破灭，她发现自己已经无路可走，那么还有什么？而自由是什么？有时也许会是一种惩罚，尤其是在经济上不能独立、没有自主权的时候。鲁迅的小说《伤逝》、演讲《娜拉走后怎样》，是对只追求浪漫的情侣、对林黛玉这样的文艺女青年的最好告诫。

不论在什么年代，婚姻都离不开功利性。门当户对比郎才女貌更关键，家族比个体更有话语权，理性比感性更持久。她错就错在将婚姻当成终极目的。当然，以现在的标准去苛求几百年前的她，是脱离背景的扯淡。仅仅是提供一种参照而已。

恩格斯在《家庭、私有制和国家起源》中认为：“结婚是一种政治行为，是一种借新的联姻来扩大自己势力的机会；起决定作用的是家世的利益，而绝不是个人的意愿。”以黛玉的阅历，理解不了那么深刻。地位越高，婚姻就越复杂。贾家与薛家联姻，既是雪中送炭，又是锦上添花；假如与林家结合呢，是不是雪上加霜，都很难说。这正是上流社会的可悲之处。

权力、金钱、健康，还有性格与美貌，都是不同的砝码。不要高攀，也就少了烦恼。

归根结底，林黛玉的悲剧是婚姻的悲剧。她毕竟读过禁书《西厢记》，知道“良辰美景奈何天”，渴望婚姻的美满，竭力寻求自由的恋爱。倘若她与宝玉一起出走，一起私奔，等到瓜熟蒂落，生米煮成熟饭，那又会是什么样的结局？婚姻的围城：“出来的想进去，进去的想出来。”在进来与出去之间，时光流逝，一事无成。

她像仙女一样，仿佛一直飘在空中，若隐若现。潇湘妃子，“月明林下美人来”，有一种心灵的高度，“灵魂在高处飞翔”。

五

写一个人，最好能有参照物，这样人物易从平面化走向立体化。

谁是谁的参照系？曹雪芹在写林黛玉时，想到了哪些人？福楼拜写《包法利夫人》时，在写自己吗？列夫·托尔斯泰写《安娜·卡列尼娜》时，参考了哪些女性？这不得而知，但作家的境界是相通的。

也不知为什么，又想到屈原的香草美人、曹植的《洛神赋》、陆游的《钗头凤》（念念“红酥手”）、汤显祖的《牡丹亭》（看看杜丽娘）、王实甫的《西厢记》（对照莺莺）、孔尚任的《桃花扇》（读读李香香），还是不知道为什么，脑海中出现嫦娥、西施、薛涛、李清照、柳如是……类似虚幻的、真实的形象。这些人物，这些形象，不会影响不到曹雪芹的创作吧。

更不知道为什么，在我的阅读印象中，从清末以来，没有谁能像才女林徽因那样神似形似林黛玉了。简直是一个模子出来的。只是林徽因是完成了的林黛玉，林黛玉是未完成的林徽因。林黛玉是林徽因的少女时代、初恋时代，林徽因以自己的生活方式，续写了林黛玉的后几十年。林徽因是曹雪芹笔下林黛玉的复活与再生。林黛玉一生没有走出闺门，想得多，做得少；林徽因却是早早走出国门，懂得多，做得也多。同样聪慧，同样美丽，同样虚弱，同样出身名门，却是不同样的命运。

林黛玉“一生只够爱一个人”，林徽因却是不断有人爱，也不断去爱人。林黛玉逝于无爱的冷漠中，林徽因逝于有爱的温暖中。

除了贾宝玉，林黛玉对同龄的异性几乎一无所知。林徽因该有的都有了，有梁思成这样学贯中西、为人厚道的丈夫，有贾宝玉似的情人徐志摩，有为她一生不娶的哲学家金岳霖。她的每一句话都是诗：“理想的我老希望着生活里有点浪漫的发生，或是有个人叩下门走进来坐在我对面同我谈话，或是同我同坐在楼上炉边给我讲故事，最要紧的还是有个人要来爱我。”

林黛玉只限于诗的空间，而林徽因却是“海阔凭鱼跃，天高任鸟飞”。她参与过国徽的设计，是建筑学家，是诗人，是真正活透彻了的女人。她说：“我永是‘我’，被诗人恭维了也不会增美增能，有过一段不幸的曲折和旧历史也没有什么可惭愧。”高贵的女性给世间万物带来美好的问候和祝福：“一程山水，一个路人，一段故事，离去之时，谁也不必给谁交代。既是注定要分开，那么天涯的你我，各自安好，是否晴天，已不重要。”

林黛玉的爱是伤心伤身的爱，林徽因的爱是向上升华的爱；林黛玉生如春花，将开未开即凋谢；林徽因生如夏花之烂漫，逝如秋叶之静美。

一个是被别人创作的经典形象，一个是自己亲手塑造的美好形象；一个在文学史上万古流芳，一个在人们的记忆中口口相传。

金岳霖和邓以哲写给林徽因的挽联，也像是写给林黛玉的：一身诗意千寻瀑，万古人间四月天。

六

一个名字，多种人生，多重含义，多种截然不同的思路。

在网上搜一搜林黛玉，读者们各抒各的情，各说各的理。林黛玉究竟是谁，不仅取决于她，还取决于看她的人。

所罗门说：“看风者无法播种，看云者不得收获。”只有形成自己的感悟，能自圆其说，自立新意，才有看点和亮点。

象征仙草，象征灵性，象征隐痛，象征毁灭，象征诗意，象征忧郁……她欠了谁的情，在一无所有、两手空空时，以泪水偿还，“我为的是我的心”。

把小说比作水墨人物画，想以写意的方式准确地画出人的精气神，比写实更难。一方面“淫断处情生”，另一方面“情断处淫生”。为什么淫与情要对立起来？其实，文学归文学，人生归人生。

在蔡元培看来，林黛玉的人物形象特征已经超越了性别的差异："影朱竹宅也，绛珠影其氏也，居潇湘馆，影其竹宅之号也。竹宅生于秀水，故绛珠草生于灵河岸上。"对号入座，影射说近乎牵强说。

在男人中看见女人，在女人中看见男人。人性是先天与后天合力形成的产物。培根说："天性好比种子，它既能长出鲜花，也可能长出毒草，所以人应当时时检查，以培养前者而拔除后者。""天性"也即人性了。

人需要有陪衬，小说人物也离不开陪衬。像桑丘之于堂吉诃德。香菱之于林黛玉，是为铺垫黛玉才华出众。香菱在向黛玉学作诗时曾说："诗的好处，有口里说不出来的意思，想去却是必真的；有似乎无理的，想去竟是有理有情的。"从古至今的诗话词话，无非如此。这正是曹雪芹的高明之处。

七

每个时代有每个时代的林黛玉，每个人有每个人印象中的林黛玉，每个不同的环境造就不同的林黛玉。

设身处地，如果她是你的亲人，你会怎么想？将心比心，如果她是你的恋人，你会怎么做？推心置腹，如果她是你自己，你又将如何直面这样的人生……

小说中美的失落促成了失落的美。蒙田说："人生的最高艺术只是保持住自我。"又说："谁教会人死亡，就是教会人生活。"曹雪芹以黛玉的形象完成了最高的艺术创作，给读者以爱美之心、惜美之心、求美之心！她依然活在那里，用心阅读，就是接近，过度诠释，就是远离。

她与宝玉的恋情，化为一曲绝唱，一首挽歌："一个是阆苑仙葩，一个是美玉无瑕。""一个是水中月，一个是镜中花。"

周而复始，花要开，将开未开的花最美。一年又一年，一代又一代。爱情的花要开，要败，还要开……

花魂永在。

薛宝钗

欣赏她美的风姿

一

倘若你渴望幸福，那么就去寻找薛宝钗那样的女人；倘若你希望后代有出息，那么就想办法娶到她那样的女人；倘若你希望事业有成，那么背后最好有一个她那样的女人。

宝钗那样的女人，端庄、美丽、大方，自信得不相信眼泪，也很少流泪。美得健康而有活力。看过许多清代的画册，美得柔弱而纤细的女人，随处可见。她不符合那种形象，她要么是汉代美女的转世，要么是唐代美女的再生。

也许遇到过她那样的人，以其聪慧传递着聪慧，又不乏温情。爱就爱那种人，化解困惑，适应环境。如果说林黛玉是玫瑰花，那么她就是芙蓉花。自然的美，天然的美，不需要雕饰的美。

尼采在诗中写过一种花，不知道是什么花。他说："如果我们给这个幼芽多几个世纪的时间，它或许会长成一株奇妙的植物，有着奇妙的香气，把大地变成前所未有的宜居之处。”她也许正是那种花，花多起来的时候，恰恰是幸福指数高起来的时候。在那个朝代，女人大门不出、二门不迈。三寸金莲也限制了她们的自由。如果她生在当下，她的能力会超出常人的想象，也不知道什么样的男人才能配得上她。

法国有一句谚语：“人类的历史就是女人的历史。”这要看怎么理解了，法国是一个尊重女权的国度，那里的贵妇人才貌双全。巴尔扎克说：“女人都具有创造善良丈夫的天才。”

薛宝钗生在封建时代，自己不能出人头地，只能寄希望于男人。要么是丈夫，要么是儿子，这是常态。她肯定希望自己的付出能有收获。相夫教子，享受天伦之乐，而现实无情地摧毁了她美好的愿望。

叔本华以为：“生而有足够财产可以过活的人，通常有一颗独立的心，他习惯于不同流合污。”她正是这样的人，像荷花，出淤泥而不染。

二

想写宝钗却找不到恰当的词，想找到有关她的画像，每一幅之间却是千差万别。想换一个话题，却又欲罢不能。

了解自己难，了解别人更难。她始终像一个谜一样，猜也猜不透。其实，她并不像评论家们说的那样复杂，那么有心机，那么深不可测。

看一个人在于你是一个什么人。“书是一面镜子。一只猴子去照它，里边绝不会显出圣徒的面孔来。”她首先是一个出身豪门的女人，富而贵，父亲早逝，母亲明智、贤达，哥哥薛蟠是皇商，是带有西门庆色彩的冒险家。她衡量男人优劣的准绳，一来自哥哥，二来自贾宝玉。认识男人，对她来说，没有更多的参照系。长辈太远，仆人太低。

她项圈的金锁上，正面刻着“不离不弃”，反面刻着“芳龄永继”。所谓“金玉良缘”，即她之“金”，宝玉之“玉”。宝玉的玉“大如雀卵，灿若明霞，莹润如酥，五色花纹缠护”。正面写着：“莫失莫忘，仙寿恒昌。”反面写着：“一除邪祟，二疗冤疾，三知祸福。”“金玉良缘”是传说，也是人为，初衷肯定是善良的愿望，祈愿儿孙幸福安康。后来事与愿违，不以人的意志为转移。

她是诗人，更倾向理性的诗人。她们姐妹和宝玉在一起最幸福的时光，就是在大观园结成诗社的时光。咏诗抒怀，饮酒赋诗。互相欣赏，相互激励。诗社是他们自己创造的象牙塔，自己建立的乌托邦。环境改造人，正如诗人里斯托维奇所说的：“不是诗人使他周围的世界变得有诗意，而是周围的世界使他成为诗人。”

三

单从情感上说，男人往往是靠不住的。贾宝玉的内心世界，一定是既爱林黛玉，又爱薛宝钗，兼爱其他的女孩子。最后，没有出路，索性出家。像宝玉一样的男性比如徐志摩，也是既爱林徽因，也爱陆小曼，还有其他的爱吧？男人永远不像女人那样专情，那样专注于永恒。负心的多半是男人，而很少有女人。一生不娶的男人很少，而一生不嫁的女人很多。从某种角度说，男人对不起女人的多，女人对不起男人的少。由此，也就理解了只有贾宝玉对不起她们，而没有她们对不起贾宝玉。一个男人会有意无意在情感上做对不起女人的事。

薛宝钗即便得到了与贾宝玉的婚姻，但没有得到贾宝玉的心灵。男人常常是这山望着那山高，觉得得不到的女人比得到的女人好；男人不容易知足，女人容易知足。

在前八十回中，不论是贾宝玉也罢，还是薛宝钗也罢，他们浑身上下散发着青春的活力，又美丽，又可爱，是有灵性的男女，是闪耀着欲望火苗的少男少女。而在后四十回中，男孩女孩们的命运变得“无可奈何花落去，似曾相识燕归来”。大观园的落败，意味着乌托邦的幻灭。女孩们有的远嫁他乡，有的嫁鸡随鸡嫁狗随狗，有的自寻短见，有的上不着天、下不着地，有的生为泥土、又归于泥土……

“婚姻生活中最重要的是忍耐。”宝钗一直在忍耐，默默地承受着生活给她的一切，她想适应贾宝玉的生活，但贾宝玉不想适应她。忍耐也没有用，她已经成人的时候，贾宝玉还是一个孩子。任性、不知好歹，自己和自己过不去。就像有些现代派的诗人，喜欢标新立异，反叛社会，你让我这样，我偏偏不这样。生在优越中，却在有意识地对抗自己的优越，结果沦为下流社会的一员。想着重新再来，还有重新再来的机会吗?

每当改朝换代的时候，也即意味着重新洗牌。她爱错人了吗?她的亲人帮她物色错了人吗?谁是最佳的人选?还有比贾宝玉更适合的人选吗?“薛”有“雪”的含义，白茫茫，天地一色纯净；“贾”有“假”的寓意，在假中见真还好，在真中见假呢?同样是宝贝，钗是插在头上的装饰，有也可，无也可。玉却是骨子里的，不可替代的石之精华。是贾宝玉背叛了她，还是她背叛了贾宝玉?

四

没有完美的爱情。一个健全的人，他的一生当中，一定爱过不止一个人，只是爱的形式不同而已。从爱情走向婚姻，需要很多条件，缺一点儿失之交臂，不多不少便是天作之合。

“玉女金童”含有矫情的意味。面对林黛玉和薛宝钗，贾宝玉处在两难的境地，选一个就会伤另一个。他为什么想选林黛玉而放弃薛宝钗，是不是考虑到薛比林的承受力强。林离开他就会走上绝路，而薛有可能生活得更好。林更脆弱，薛更坚韧。贾宝玉一直没有成熟，不世故，其实他更需要一个姐姐，而不是妹妹。他处于犹豫彷徨的状态，左不成，右不成，最后干脆什么也不要了。

薛宝钗是清醒的。她知道自己想要什么，也清楚别人会给她什么。与贾宝玉的结合，并非她自己的事，而是两个家族的联姻，是强强联手，抵御不测的风险。本身知根知底，近水楼台先得月。

她持重，宠辱不惊，很少有妒忌之心，对人事有点冷。贾宝玉和林黛玉是“木石前盟”，与她则是“金玉良缘”。最终演绎了两种悲剧。

说她城府深，其实正说明她修养好。评头论足、说三道四，不是她感兴趣的东西。她身上有知识女性的范儿，兼具对知识的热爱，对美好生活的向往，对自我的把握。对不值得关注的人和事，她不愿无谓地消耗精力。她处在高处，值得做的事那么多，何必分心去听无聊的话，做无聊的事。她会做人，知道和为贵，孝为先，忍为上。

在“花柳繁华地，温柔富贵乡”的大观园，她的人缘好，是因为她相对超脱的个性。平易近人，一视同仁。“人要避免灾祸的最好方法，莫如增长自己的心灵财富，人的心灵财富愈多，厌倦所占的地位就愈小”。叔本华的理论就像为她所说：“一个人内在所具备的愈多，求之于他人的愈少。”她不仅很少求人，而且能帮人则帮人，能助人则助人。

五

高贵的女人必然生出一副高贵的模样。在曹雪芹的眼中，宝钗的原型是谁？林黛玉无意中说她像杨贵妃，她哪一点像？在书中，她的端庄像贾元春，她的性格像史湘云，当然，薛姨妈身上的优点她也有。想了解女儿，先了解母亲；从某种角度说，女儿是母亲的过去，母亲是女儿的将来。

黛玉和香菱，以写诗相交；宝钗和袭人，以做人相交。她们彰显了各自的风格与才情。

薛宝钗大贾宝玉两岁，大林黛玉三岁。而宝钗一出场，给人的印象是特别有女人味。

关于宝钗的形象，有人说像曹雪芹的原配夫人、表妹，像《金瓶梅》中的李瓶儿，像曾经的恋人等。曹雪芹爱薛宝钗这个人物，如果这个人物有原型的话，也一定爱过他。贾宝玉挨贾政的打后，薛宝钗“手里托着一丸药走进来”，一个“托”字，写活了她的慎重。还有那温柔体贴的话语：“早听人一句话，也不至有今日。”忠言逆耳，良药苦口。贴着人物的性格在写，写得惟妙惟肖。宝钗是真心地对他好，是爱的暖流。

宝玉和黛玉的爱情，一个诗人爱上另一个诗人，一只刺猬靠近另一只刺猬。近了互相刺痛，远了相互思念。宝钗和宝玉的关系，既有亲情，又有爱情；既是亲人中的恋人，又是恋人中的亲人。宝钗的魅力在于包容。民国时期，有人点出史湘云之真、薛宝钗之善、林黛玉之美。突出的只是个人的亮点，性格、特点是复杂的，好坏也并不那么分明。

她为什么要“不干己事不张口，一问摇头三不知”。多才多艺的曹雪芹，将自己的两种才能给予了他心爱的两个女人：诗的才华给林黛玉，生活的智慧给了薛宝钗。

曹雪芹对两个人的爱恋，不分伯仲。林之潇湘馆多种水竹，清逸有节。薛之蘅芜院多栽香草，香气怡人。林者临也，薛者雪也，临雪而诵诗，临雪而绘画，临雪而读“禁书”，不亦快哉！

六

经典的人物形象是靠作者用心打磨出来的。精工细作，潜心推敲，才能渐渐成形。

“宝钗戏蝶”，天真活泼的女孩子，追逐着飞舞的蝴蝶，每朵花都面含微笑，每阵风都暗含香气，一幅生动有趣的人物画。宝钗“学做女红”，常常过了午夜，可谓贤淑非常。持家的能力，是锻炼出来的。宝钗不仅有审美的眼光，还有经济的眼光，自我经营的意识。

如果用色彩去定义人物，贾宝玉是红色，他是情种，爱得轰轰烈烈；林黛玉是紫色，有书生文人气；薛宝钗是金色，她有与生俱来的富贵气。

蘅芜院的香，是异香，“味芬气馥，非花香之可比”。这异香从何而来？

想来，宝钗身上有一种神秘感，当贾母走进蘅芜院，看到房子中一无陈设，有一种不祥的预感，说："使不得。……年轻的姑娘们，屋里这样素净，也忌讳。"暗示出宝钗内心之空，所谓"色即是空，空即是色"。曹雪芹为什么会给她起"蘅芜君"的号。三个字，"蘅"去掉草头，即"衡"，有衡量之意，"芜"去掉草头，即为"无"。望文生义，是不是想表达，香草一样的美人薛宝钗，最终的结局是没有了丈夫。换一个角度，曹雪芹是不是假借她的命运，写自己失去"君"的苍凉。

曹雪芹对笔下的薛宝钗怀有敬意与好感，是不是假借她在追念什么人？他写道："诚不若彼裙钗。"对女性倾慕，对女性爱恋，对女性敬重的程度，是判断一个作家优秀与否的一个标准。他还说过："觉其行止见识皆出我之上。"这也是《红楼梦》高于《金瓶梅》《水浒传》的地方。

七

薛宝钗是谁？谁是薛宝钗？并不重要，重要的是她给读者带来的艺术享受。成功的人物形象的最大作用，莫过于能唤醒你内心中沉睡的力量，让你开始反省自己。想一想，你适合找一个什么样的女人，什么样的女人适合你。爱情不是空中楼阁，需要爱的资格，需要自知之明，知人之智。

"恋爱中的每一个人都是诗人。"写一首好诗，也许不难，难在一直能写出好诗。像爱上一个人容易，保持爱就不那么容易了。

像宝钗那样为人处世的女性，在社会的不同阶层都会有。

男人的身后如果站着这样一位女性，她会不断地启发你、激励你、劝诫你。不论你成功还是失败，她并不太在乎，但在乎你是否勤勉，是否在改变自己，努力向幸福出发。

好女人引导男人上升，她是一部经典的书，启发你、润泽你、感化你。记住萧伯纳的一句话："世上最不平凡的美是家里的美。"

贾元春
榴花开处照宫闱

一

如果曹雪芹活着，如果有人问他，贾元春这个形象从何而来，他会如何回答？

如果元春的寿数延长十年，如果她能生育一个皇子，那又会有一个什么结果？还会有《红楼梦》这部书稿吗？

如果，历史没有如果，命该如此。她的生一如她的死，与大观园的兴衰息息相关。她的重要性可想而知。有她在，贾家的香火兴旺；她不在了，贾家气息奄奄。

她不是她，她是贾妃，她是元妃，她隶属皇族的一部分。至于皇帝是谁，曹雪芹没有写；活在哪一朝哪一代，曹雪芹也没有写。他知道写了犯忌，他知道文字狱的厉害，他不写。他知道什么该写，什么不该写。历史惊人地相似，历朝历代，帝王将相的故事，大同小异。

她被养在深宫中，被宠幸到什么程度？她在省亲时，能向谁诉说？高处不胜寒，自己的孤独自己最清楚，自己的寂寞自己最明了。看上去风光无限，看上去显赫无比，却失去原有的自由、自在、健康、快乐。没有亲情的问候，没有友情的交流。一个皇帝面对“三千佳丽”，她得到的也能叫爱情吗？她的早逝从一个侧面证明了她的不幸。封建制度下的牺牲品，不知道、不想、也不可能为自己活着。

她高高在上，她是谁？有了“元妃”的称号，她已不是贾母的孙女，不是贾政与王夫人的女儿，也不是宝玉的姐姐，她更像皇宫里的一朵花，一件摆设。一年四季，能开一次花吗？能被宠幸一次吗？没有阳光、雨露，没有爱的滋润，花是最容易枯萎的。

读《红楼梦》，她始终让人感觉深不可测，她为自己也为他人端着，与常人隔得很远。除了那一个隐形的皇帝，没有人能走近她。当她归家省亲，她的祖母，她的父母，她的兄弟姐妹都要在她面前下跪。这一切都不是她想要的，她置身其中，身不由己。她活得很紧张，很不舒展，这一切决定了她的命运。

二

宫廷生活的开始，也即日常生活的结束；而宫廷生活的结束，意味着更多的结束。

一年之计在于春，她的名字“元春”，包含了作者多少深意。是什么的开始，又是什么的结束？她直接影响了一个大家族的走向。

猜不出的谜底，悟不透的玄机，在曹雪芹的笔端，在贾宝玉的眼底。“只见画着一张弓，弓上挂着一个香橼。”该如何理解，为什么是一张弓，有箭吗？箭在弦上，发还是不发？是有意为之，还是无意为之。同样是判词，有的是几行字，有的是词，有的是诗，有的是断语，有的是书云，有的是判云，只有她用了一首歌词云："二十年来辨是非，榴花开处照宫闱；三春怎及初春景，虎兔相逢大梦归。"

宫中的是与非，对与错，爱与恨，生与死，她能辨得清吗？多子才能多福，石榴不结子，又将如何？青春易逝，韶华不再。虎年的结束，对她来说，并非兔年的开始，而是生命的结束。

弓是不是象征了武力。在改朝换代的节点，在新旧交替的时候，总要有人付出牺牲与代价，她左右不了弓，她只是挂在弓上的一个香橼，最终的决定权在"弓"。此"弓"彼"宫"，此"橼"彼"元"。还有余香吗？

《红楼梦引子》中的《恨无常》，正是为她而作："喜荣华正好，恨无常又到。眼睁睁，把万事全抛。荡悠悠，芳魂销耗。望家乡，路远山高。故向爹娘梦里相寻告：儿命已入黄泉，天伦呵，须要退步抽身早！"

人世无常，她也许是死于疾患，也许是死于谋害，大墙内外，不明不白地活着，不明不白地死去。一切即生即灭。脂批她的去世，"乃通部书之大过节，大关键"。

一个人决定一个家族荣辱。人临终时的话，也是最沉痛的劝诫，官场险恶，退一步海阔天空，退要趁早，要知道适可而止。也许来得及，也许来不及了。自己能把握的把握，不能把握的舍弃也好。

三

曹雪芹为什么选择榴花来形容元春？也许是想表达元春这朵榴花，不管开得再美都是暂时的，结不结果实，结出的是什么样的果实，才至关重要。

她的命运像石榴花，开的时候不仅照宫闱，也照着她庞大的家族。只是早早就败了，也预兆了家族的衰败。“榴开百子”，寓意“多子多福”，石榴包含许多种子，有种子在，就有希望；没有种子，就可想而知了。

古往今来，有多少写石榴的诗？王安石有“万绿丛中红一点，动人春色不须多”的佳句，所谓“红一点”，即指石榴花。李商隐的《无题》：“凤尾香罗薄几重，碧文圆顶夜深缝。扇裁月魄羞难掩，车走雷声语未通。曾是寂寥金烬暗，断无消息石榴红。斑骓只系垂杨岸，何处西南任好风。”唐时华清宫的七圣殿，传说杨贵妃在那周围种满了石榴。杨贵妃之死，是唐朝由盛及衰的转折点；贾贵妃之死，也是贾家由盛及衰的转折点。两个关键性的女人，一个影响了盛唐的国，一个影响了贾府的家。有没有可比性，曹雪芹的创作有没有从中受到启发？

学者杨光汉认为：“贾元妃的命运将比唐代的杨贵妃更惨，贾元春就是在更高意义上再现的杨玉环。”

四

通过诗歌去认识一个女人，也许比用其他途径更容易。分辨一个诗人的优劣，从他对待女性的态度，对女人了解的程度，以及对爱情的理解，可略知一二。

曹雪芹熟读诗书，书中以“莫怨东风当自嗟”作为花名签。欧阳修的《再和明妃曲》中有“红颜胜人多薄命，莫怨春风当自嗟”。前边的四句：“明妃去时泪，洒向枝上花。狂风日暮起，飘泊落谁家。”明妃即王昭君。这里是否在用明妃隐喻元春呢？读书的乐趣就在于，你相信人物真实存在她就在，反之亦然。

“豪华虽足羡，离别却难堪。博得虚名在，谁人识苦甘？”庚辰本的标题诗是最好的导读。第十八回“皇恩重元妃省父母　天伦乐宝玉呈才藻”写元妃省亲过程。人生也像一出出戏，舞台随处可见，角色们等着粉墨登场。“茶三献，贾妃降座，乐止；退入侧室更衣，方备省亲车驾出园。至贾母正室，欲行家礼，贾母等俱跪止之。贾妃垂泪，彼此上前厮见，一手挽贾母，一手挽王夫人，三个人满心皆有许多话，俱说不出，只是呜咽对泣而已。”身份已转变，她已不是过去的她了。君君臣臣，父父子子，贾家上下都要遵守着森严的等级制度。她对父亲贾政说：“田舍之家，齑盐布帛，得遂天伦之乐；今虽富贵，骨肉分离，终无意趣。”她的心肠软，有多愁善感的一面。她与弟弟宝玉感情很深，当得知园中亭台轩馆，皆系宝玉所题，“便含笑说道：‘果进益了。’”“命他近前，携手揽于怀内，又抚其头颈笑道：‘比先长了好些……’一语未终，泪如雨下。”那也许是她一生中最难忘，也是最幸福的时刻，亲情无可替代，但一切转瞬即逝。

她题了“大观园”，题写正殿匾额“顾恩思义”，及对联“天地启宏慈，赤子苍生同感戴；古今垂旷典，九州万国被恩荣”，与她的身份相符。还即兴题一绝句：“衔山抱水建来精，多少工夫筑始成。天上人间诸景备，芳园应锡‘大观’名。”“锡”即“赐”。大观园由此而兴，多年以后，也会因她而衰。这一章是小说的关键点，会读的读出门道，不会读的只能看热闹。

五

宫里有自己人，对贾家来说，也就有了靠山。元妃在宫中的境遇，直接影响到许多人的前途。

人只有互动起来，才能感到亲近。第二十二回，元妃差人送出一个灯谜，叫大家去猜；又让大家每人做一个送进宫去，让她也猜猜。猜灯谜这游戏，既有形式上的乐趣，又能从谜面和谜底中悟出隐喻和深义。

元妃的灯谜：“能使妖魔胆尽摧，身如束帛气如雷。一声震得人方恐，回首相看已化灰——打一物。”贾政猜出来了，宝玉也猜出来了，是爆竹。

猜来猜去，还有其他谜底：砚台、算盘、风筝等。只有贾环出的那个有些不可思议，元妃也没猜出来。什么“大哥有角只八个，二哥有角只两根。大哥只在床上坐，二哥爱在房上蹲”。他做的只有他知道谜底：“一个枕头，一个兽头。”他在元妃那里丢面子了。

每个人都是一个谜。有的俗，有的雅，有的深，有的浅，有的实，有的虚，有的真，有的假，有的美，有的丑。她在宫里的生活，那“不得见人的去处”，对宫外的人来说，是一个谜。她看不见外面的世界，也是个谜。看不透彻。

她与父亲贾政的对话，俨然是君臣之间的对话。贾政说：

“臣，草芥寒门，鸠群鸦属之中，岂意得征凤鸾之瑞。今贵人上锡天恩，下昭祖德，此皆山川日月之精奇、祖宗之远德钟于一人，幸及政夫妇。”谦卑之至。贾妃说：“国事宜勤，暇时保养，切勿记念。”她是她，又不是她。说什么，不说什么，什么能说，什么不能说，早已命定了。

青山山农在《红楼梦广义》中说：“元春才德兼备，足为仕女班头，惟是仙源之诗，知赏黛玉；香麝之串，独贻宝钗。后此之以薛易林，皆元春先启其端也。”一个人，居高临下，能左右许多人的命运，哪怕无意中的一句话，带来的后果，都是难以预料的。而比她位高的人，对于她来说也一样。

六

既然一个家族的事情都错综复杂，更何况皇宫之内了。元春因贤孝才德被选入宫，先做女史，后晋封为凤藻宫尚书，加封贤德妃，称元妃，也称贾妃。她是贾家的光荣与骄傲。皇族的内部，争权夺利，尔虞我诈，既有阳谋，也有阴谋。女人夹在中间，不用说妃，连皇后的命运都不知掌控在谁的手中，废与被废，随时都有可能发生。巴尔扎克说：“小说被认为是一个民族的秘史。”不论在曹雪芹之前，还是之后，《红楼梦》中的人和事，总是在不断地上演。

一个若隐若现的女人，即便她不常登台，但她的影响力依然存在。一个家族的精神寄托，她在幕后，像灯谜，既让人去猜，也传递着亮光。也许是曹雪芹不忍写吧，前八十回她一直在温暖和支撑着自己的家族。

到第八十三回，高鹗续的“省宫闱贾元妃染恙　闹闺阃薛宝钗吞声”，写贾母带着儿媳孙媳三人去宫中探望生病的元妃。元妃问贾母：“‘近日身上可好？’贾母扶着小丫头，颤颤巍巍站起来，答应道：‘托娘娘洪福，起居尚健。’”“元妃又问凤姐：‘家中过的日子若何？’凤姐站起来回奏道：‘尚可支持。’元妃道：‘这几年来，难为你操心！’”她有她的难处，“元妃含泪道：‘父女弟兄，反不如小家子得以常常亲近！’”她最惦记的还是宝玉，“元妃又问：‘宝玉近来若何？’贾母道：‘近来颇肯念书。因他父亲逼得严紧，如今文字也都做上来了。’元妃道：‘这样才好。’”想得周全，写得周到。一问一答中，该表达的都表达出来了。

疾病是一种信号，也是一种预兆。预示着一个人的命运，走下坡路了。在这一回里，宫闱内是元妃在生病；大观园内是黛玉在生病。象征着大观园内忧外患的处境。

七

一个人的价值，不仅体现在她活着的时候，还体现在她去世之后。

第九十五回“因讹成实元妃薨逝　以假混真宝玉疯颠”，元妃“忽得寒病”，“痰塞口涎，不能言语。见了贾母，只有悲泣之状，却少眼泪”，“目不能顾，渐渐脸色改变”。弥留之际，年老的为年轻的送别，一路悲戚。

她生于春天开始的时候，逝于立春后第一天，短暂的一生始终是一个谜。她属于春天，春天开花，春天不结果实。这不仅是她一个人的命，也是天下许多女人的命。黄泉路上无老少，也无贵贱，榴花开处不仅照宫闱，也照荒郊野外。

元春

贾迎春
无可奈何花落去

一

人的命运首先由环境决定，其次才是性格。你无法决定自己的出身，自己继承的血脉。先天的条件是基因造成的，你所能做的只是后天的选择与适应。

迎春的不幸在于善没有得到善报。她是一个温柔、善良的女孩子，逆来顺受，与世无争。她是贾赦与妾生的女儿，生母不在，继母是邢夫人。面对寡情薄义的父母，她从小没有得到什么关爱。她老早就跟着贾母生活，性格懦弱，没有主见，在十二金钗当中，是最平庸、也是最可怜的。她同父异母的哥哥贾琏、嫂子王熙凤，在决定她命运的紧要关头，也没能帮上她。她短暂的一生，最大的悲剧是被生父贾赦强迫嫁给恶人孙绍祖，以致被虐待而死。

她平时的爱好是下围棋，这说明她的智商并不低，但情商不高，诗写得也不好。“哀其不幸，怒其不争。”生在贵族之家，却有一个不靠谱的父亲，一个不着调的继母，一个不伦不类的哥哥，这也导致了她与探春虽身份相近却性格迥异。探春虽然有一个喜欢瞎折腾的生母赵姨娘，有一个不三不四的弟弟贾环，但自立自强，精明能干，而迎春则软弱无能。假如换成探春，相信不会被孙家作践身亡，探春会做出理性的抉择。恶人总是欺软怕硬，孙绍祖自然也会害怕刚强的探春。这就是女人和女人的差距了。

曹雪芹刻画人物，最擅长用对比的手法，有强就有弱，有美就有丑，有善就有恶，有真就有假……迎春与探春比，宝钗与黛玉比，惜春与妙玉比，袭人与晴雯比。在比较中，人物性格愈加显明。

洪秋蕃在《红楼梦抉隐》中说："迎春如当春花木，迎其气则开，过其时则谢，其性类木，故又谓之木头。"的确，她有时显得很麻木，该帮助人的时候，不知道帮助人；该做出决断的时候，又犹豫不决。出身决定了她有着广大的人脉资源，她却不知道如何利用，又让强势变为了弱势。

二

迎春最早出现在书中的第二、三回，对她的描写只是点到为止。跟着祖母史太君生活，无疑是她最幸福的岁月。隔代亲，贾母为孙辈创造了一种美好的环境，大观园是象牙塔，也是乌托邦。

至第五回，迎春的命运已经提前写下了。《正册》判词之六，一幅画："一恶狼，追扑一美女，欲啖之意。"一首诗："子系中山狼，得志便猖狂；金闺花柳质，一载赴黄粱。"曹雪芹在《红楼梦引子》中，作了《喜冤家》："中山狼，无情兽，全不念当日根由。一味的，骄奢淫荡贪欢媾。觑着那，侯门艳质如蒲柳；作践的，公府千金似下流。叹芳魂艳魄，一载荡悠悠。”

看她的性格，她的亲生母亲，也应是一个柔弱的女子吧。是不是被她的父亲贾赦蹂躏而死的，也很难说。不幸的种子，也许早就埋下了。为人父母，都想让自己的女儿嫁一个好人家。她的父母恰恰相反，只为自己着想，为地位，为财产，而没有想到最重要的是人。

曹雪芹为什么要给她的父亲起名贾赦？贾赦的谐音是“假设”。那么，就让我们假设：假设她有一个好父亲，她就不会那么悲惨；假设她的生母还活着，她也不会那么凄凉；假设她的个性坚韧不拔，也有解脱的可能；假设贾母能发话，她的命运也会由此改变。那邢夫人，也可读作“刑夫人”。邢者，刑也。自己给自己家人施刑，自己人惩罚自己人。

她也是为父母承担罪责，受苦受难，她自己救不了自己，也没有人能救她。善恶存在于每一个阶层。三六九等，上流有上流的善与恶，中下流有中下流的善与恶。宁选择中下流的善，也绝不选择上流的恶，这是做人的原则和底线。

她的父母不这样想，所谓的“门当户对”的结合，其实是将迎春送入狼穴。现在的女孩子，有的嫌贫爱富，有的公然说：“宁可坐在宝马车上哭，也不坐在自行车上笑。”有一天，她们会懂得，幸福的生活不是来自外在的攀比，而是来源于内在的感受。与一个爱你、你也爱的人在一起，即使物质条件差一点儿，也比与一个虽然条件优越而人格低劣的人在一起生活，要美满得多。

三

人善被人欺。人太好了，即使身边的仆人，也会不把你当回事。一个人不能太看轻自己，也不能过于看重自己，需要把握一种分寸。

迎春有潜在的自卑感，论出身，论才情，论为人处世，她都显得逊色。她处处忍让，别人处处紧逼。

迎春没有等级概念，该担当不知担当，该拒绝不知拒绝。性格体现最明显的是在第七十三回“痴丫头误拾绣春囊　懦小姐不问累金凤”。她本身是受害者，明明是奶妈私自拿了攒珠累金凤去赌钱，她不是清理问责，而是为其找借口脱罪。绣橘是一个清醒、强硬的女孩，她看得一清二楚，“必是老奶奶拿去，当了银子，放头儿的”，迎春却以为，老奶奶不是不想还，只是一时忘了。绣橘道：“何曾是忘记！他是试准了姑娘的性格，所以才这样。”并替她出主意，迎春忙道：“罢，罢，罢！省事些好。宁可没有了，又何必生事。”曹雪芹借绣橘评价她：“姑娘怎么这样软弱？都要省起事来，将来连姑娘还骗了去！”这番话预言了迎春的命运。

因为迎春平时素来懦弱，她们都不把她放在眼里。但此时她成了矛盾的焦点，玉柱儿媳妇需要她去老太太那边替偷金凤的婆婆说情。虽说那玉柱儿媳妇也不是等闲之辈，但迎春的懦弱却让她自讨了没趣。“好嫂子，你趁早打了这妄想。要等我去说情儿，等到明年，也是不中用的。……我自己臊还臊不过来，还去讨臊去！”

凡事都只想息事宁人的迎春，还会去自找麻烦？她没有那种胆识，也没有那种能力。当听到不仅玉柱儿媳妇对她不满，连邢夫人也揭其隐私的时候，她干脆止住："罢，罢，罢！不能拿了金凤来，你不必拉三扯四乱嚷。我也不要那凤了。便是太太问时，我只说丢了，也妨碍不着你什么，你出去歇息歇息倒好。"何苦呢？息事宁人，委曲求全，只能得到一时的平静，无法维持长久的稳定。

四

面对难题，强者喜欢迎难而上；弱者习惯逃避责任。

迎春是典型的弱者形象。在遇到矛盾和冲突时，不是想着如何解决，而是一味地退让。再不行，只管自己躲到一边去看《太上感应篇》。也许只有这本源于《抱朴子》的"古今第一善书"，才能抚慰她柔弱的心灵吧。太上曰："祸福无门，唯人自召。善恶之报，如影随形。"道家的思想，无为而治，劝人向善。"忠孝友悌，正己化人。"她能做到，别人能做到吗？她能正己，却无法化人。好人改变不了坏人，善人也感化不了恶人。她能懂得这道理吗？"昆虫草木，犹不可伤。"人为什么要伤人？在相互的倾轧中，有何胜利可言？"见人之得，如己之得。见人之失，如己之失。"这是常人难以企及的境界，也许她达到了，达到又有什么用？伤害人的依然在伤害人，被伤害的依然被伤害，世界就是这样的世界。"不彰人短，不炫己长。"她真的是这样的人，像书上所说的，也是十二金钗中最善良的一个。"施恩不求报，与人不追悔。"她什么都不在乎，什么都无所谓，她爱读书，也没能从书中走出来。如果说惜春与佛教有缘，那么她却是与道教有缘。

除了看《感应篇》的故事，她还能做什么？正如她所说的："问我，我也没什么法子。他们的不是，自作自受，我也不能讨情，我也不去加责就是了。至于私自拿去的东西，送来我收下；不送来，我也不要了。太太们要来问我，可以隐瞒遮饰的过去，是他的造化；若瞒不住，我也没法儿，没有个为他们反欺枉太太们的理，少不得直说。你们若说我好性儿，没个决断，有好主意可以八面周全，不叫太太们生气，任凭你们处治，我也不管。"爱谁谁了，她是自己为自己解套。黛玉听了，笑道："真是'虎狼屯于阶陛，尚谈因果'。"一针见血，一语双关。迎春笑道："正是，多少男人，尚且如此，何况我呢。'"她已经彻底认命了。

五

对婚姻的理解，随着年龄的增长而加深。人生的幸福，很大程度上取决于婚姻的幸福。婚姻的不幸则会带来一系列的不幸。

第七十九回"薛文龙悔娶河东吼　贾迎春误嫁中山狼"，如果说别的是小失误，那么她的出嫁则是她人生最大的败笔。曹雪芹大概见过孙绍祖这类的武夫、势利小人，所以才写得一如真人真事："孙家乃是大同府人氏，祖上系军官出身，乃当日宁荣府中之门生，算来亦系至交。如今孙家只有一人在京，现袭指挥之职，此人名唤孙绍祖，生得相貌魁梧，体格健壮，弓马娴熟，应酬权变，年纪未满三十，且又家资饶富，现在兵部候缺题升。"贾赦不关注人品，只在乎身外之物。他告诉了贾母，"贾母心中却不十分愿意，但想儿女之事，自有天意，况且他亲父主张，何必出头多事？因此，只说'知道了'"。这时也有明白人劝谏，那就是贾政。贾赦却是不听，他也无可奈何。曹雪芹是这样写的："贾政又深恶孙家，虽是世交，不过是他祖父当日希慕荣宁之势，有不能了结之事，才拜在门下的，并非诗礼名族之裔。"兄弟之间，贾赦或许以为贾政的劝谏是别有用心，否则，为什么不听？

迎春离开了大观园，被送入"狼穴"，这时最伤心的要数宝玉："越发扫兴，每每痴痴呆呆的，不知作何消遣。"她是一个多么清净的人，只有别人伤害她，她从不会伤害他人。宝玉和她，有性情相近的一面，但来自四面八方的爱，让宝玉有能量去形成他的自我保护屏障。而她恰恰缺少爱，也就无怪乎显得软弱无力了。

在没有迎春的日子里，宝玉"天天到紫菱洲一带地方，徘徊瞻顾，见其轩窗寂寞，屏帐翛然，不过只有几个该班上夜的老妪。再看那岸上的蓼花苇叶，也都觉摇摇落落，似有追忆故人之态，迥非素常逞妍斗色之可比"。人去楼空，人走茶凉。伤感也是一种诗意，睹物思人，宝玉为她写成一首诗：

池塘一夜秋风冷，吹散芰荷红玉影；
蓼花菱叶不胜悲，重露繁霜压纤梗。
不闻永昼敲棋声，燕泥点点污棋枰；
古人惜别怜朋友，况我今当手足情！

六

如果天天面对的是一个恶人，你心里是一种什么感觉？如果整天和心仪的人在一起，又是一种什么体验？因为痛苦，时间变得漫长，因为快乐，时光变得短暂。

第八十回，曹雪芹写迎春回家向王夫人诉苦：“孙绍祖一味好色，好赌，酗酒，家中所有的媳妇丫头，将及淫遍。略劝过两三次，便骂我是‘醋汁子老婆拧出来的’。又说老爷曾收着五千银子，不该使了他的。如今他来要了两三次不得，便指着我的脸说道：‘你别和我充夫人娘子，你老子使了我五千银子，把你准折卖给我的。好不好，打你一顿，撵到下房里睡去！当日有你爷爷在时，希冀上我们的富贵，赶着相与的。论理，我和你父亲是一辈，如今压着我的头，晚了一辈，不该做了这门亲，倒没的叫人看着赶势利似的。”如果是亲生女儿，王夫人也许会想办法帮助她吧，可惜王夫人也只是安慰几句，还叮嘱宝玉要瞒着贾母，而邢夫人更不在意了。

迎春的处境卑微。虽不愿回去，却又没有别的出路。遇到蛮横之人时，可以选择反抗，但懦弱的迎春，她只是默默地忍耐。高鹗自然要沿着曹雪芹的思路续写，一切已经无法挽回了。到了第一百九回“候芳魂五儿承错爱　还孽债迎女返真元”，她回来的时候，泪痕满面。她对贾母说的话，已然是诀别：“老太太始终疼我，如今也疼不来了。可怜我只是没有再来的时候儿了。”含悲而别，那是贾母弥留前的日子，面对迎春，已无能为力。贾母曾感慨“我三个孙女儿：一个享尽了福死了；三丫头远嫁，不得见面；迎丫头虽苦，或者熬出来，不打谅他年轻轻儿的就要死了。留着我这么大年纪的人活着做什么！”。

迎春是家庭暴力的受害者。“可怜一位如花似月之女，结缡年余，不料被孙家揉搓，以致身亡。”不仅是孙家害了她，自家父亲也害了她。同时，她懦弱的性格也是杀害自己的凶手。

七

人要么主动去选择，要么被动接受。有的可以选择，有的不能选择。

优秀的父亲，既是铺路者，也是领路者，是子女们的灯塔，照亮他们的前程。而昏庸的父亲，像贾赦这类人，贪图钱财，连女儿都可以出卖，毫无良心可言。他充当了自己女儿的掘墓人。

一个叫“迎春”的女孩子，迎来的不是春暖花开，而是风霜苦雨。她安安静静的，要求并不高，欲求并不大，只要能衣食无忧，平平淡淡地过日子，下下棋，读读书，品品茶，就觉得生活很幸福了。可惜她连过简单、平静的生活的权利都没有了，最终葬送在了一个狼心狗肺的男人手里。如果在生活中遇到这类男人，不要再像迎春一样一味地忍让。

寒山问：“世间谤我、欺我、辱我、笑我、轻我、贱我、恶我、骗我，如何处治？”拾得答：“只是忍他、让他、由他、避他、耐他、敬他、不要理他，你且看他。”两位高僧的对话，从中能有所悟吗？

假设迎春能避开孙绍祖，也许能过上幸福的生活。假设能做到不理会他，恶人自有报应，她的结局就不是小说中的结局了。

贾探春 有作为才有地位

一

女人永远是一部很难读懂的书。一切都在千变万化中，此一时，彼一时，觉今是而昨非。评价一个人物，谈何容易。

大观园中的女人，形形色色，千差万别，本身就是百科全书。曹雪芹是原创者，高鹗是续作者。他们在幕后，用神秘之手操纵着书中人物的命运。命已经写在册子上了，谁也难以修改。而运呢，很大程度握在自己手里。

“十二金钗”中，有像诗的，有像散文的，有像小说的，有像戏剧的，有像绘画的，只有探春最像书法。讲究章法，讲究布局，讲究条理。学颜体，像颜体，端正、严肃、有力道。如果性别也能选择，她一定会选择当男人。她有这能力，有见识，有胆略，看得远。虽是姨娘生的，注定了出身比其他的姐妹地位低，但她有水平，有作为，靠后天的努力将自己的地位抬高了许多，连凤姐这样的女人也不得不敬她三分。

每读到有关她的章节，不能不对她刮目相看。贾家大势已去，作为最先的觉醒者，她把痛苦藏在心里，因为仅凭一己之力，已无法挽回。她所能做的也只是延长家族存在的时间而已。曹雪芹为什么要让贾宝玉送给她一幅颜真卿的书法真迹，又叫她挂在自己的屋子里？她在练书法的时候，又何尝不是在悟一种书法之道，也即人生之道。人的远见卓识从何而来？靠读书与做事，凭观察与决断。这一点恰恰是她高于凤姐的地方。凤姐的聪明与机灵一点儿都不少于她，但不识字，不能读书明理，造成了凤姐的局限：顾眼前多，看大局少。她练书法肯定不是为练而练，她从中不仅得到静的情趣，也从“永字八法”、从“书道”、从颜真卿的大气凛然中，悟出人活着的意义。

有人拿她的出身说事，以此打压她，她能感觉不到吗？那句“老鸹窝里出凤凰”，她能不明白是在说她吗？人性的弱点，她看得一清二楚。她承受的委屈，能向谁诉说？宝玉是她同父异母的哥哥，是理想主义的情种，近乎不食人间烟火，是人道主义者，他的博爱建立在祖辈的光环下，失去了基业，也就失去了一切。能对他说什么呢？她的同胞弟弟贾环，她的母亲赵姨娘，就更不用说了。她的父亲贾政，居高不下的严父形象，让父女俩终隔着一层屏障。直系与庶出，在古代社会的区别是很大的。只有真正需要英雄的时候，才会有“英雄不问出处”。如果谁都想当英雄，那么所谓庶出的肯定不如所谓嫡出的机会多。做英雄需要付出巨大的牺牲，英雄是“真刀实枪”打出来的，是“真金白银”干出来的，“没有金刚钻，别揽瓷器活”，就是这个道理。

“大人虎变，君子豹变，小人鼠变。”她的成长经历无疑是君子豹变的过程。

二

人很难不被偏见包围，你强了，他妒忌你；你弱了，他歧视你。只有刚柔相济，该强的时候强，该弱的时候弱，才能很好地保护自己。

“当我的朋友们是独眼龙时，我就从侧面去看他们。”儒贝尔的话，告诉我们一个道理，看问题的角度，决定你的格局。不能只盯着缺点不放。一个人的出身是父母带给你的，是先天的烙印，后天的努力将决定一个人的未来，你别无选择，只能自强。

那个时代，人分三等：主子、半主子加半奴才、奴才。探春通过自己的发奋努力，最终达到了主子的位置。正如涂瀛所言：“福分最大，好梦正长。”

她心中自有丘壑。向上走的路，必经过血与火的洗礼。酸甜苦辣咸，个中滋味，只有自己才知道。被人攻击时，探春往往坚强地直面，化被动为主动：“谁不知道我是姨娘养的，必要过两三个月寻出由头来，彻底来翻腾一阵，怕人不知道，故意表白表白。也不知道是谁给谁没脸？”所谓人与人的平等，只是一种概念而已，在很多人的内心世界中，人和人之间是有根本区别、分阶层的。上边想拉你的人与下边想拉你的人，用的不是一种力，不过最终得看你自身力量的大小。

在等级社会中，梦想实现起来是难上加难。“妻妾不分则宗室乱，嫡庶无别则宗族乱”是约定俗成的，抗争的过程也是碰壁的过程。像她那样，只能超越，只能突围。她曾说过：“谁和我好，我就和谁好，什么偏的，庶的，我也不知道。”她能不知道吗？她不过是为了坚决反抗宗法制中血缘决定亲疏这一层，而表现出公正和无畏罢了。

佩服她身上的英气，佩服她的智慧，佩服她的果敢。大观园很小，世界很大。她曾经说起过“我但凡是个男人，可以出得去，我必早走了，立一番事业，那时自有我一番道理”。不仅好男儿志在四方，像她那样的好女人，也有着远大的志向。这一切都注定了她有一个美好的未来。

三

小说首要的是塑造人物。曹雪芹在第五回中写下的《正册》判词，可以看作是所写人物的提纲、传神写照。能隐约读到这个人的才情、生命轨迹和归宿。

属于探春的那幅画：“两个人放风筝，一片大海，一只大船，船中有一女子，掩面泣涕之状。”诗云：“才自清明志自高，生于末世运偏消；清明涕送江边望，千里东风一梦遥。”

人只有走出去，行万里路，才会见多，才能识广。曹雪芹用了风筝的意象，寓意她即使飞得再高再远，也还要归来。出海预示着远嫁他乡。离开的时刻，百感交集，即使哭泣也要掩面，说明她要强的性格，宁愿自己不好受，也决不连累亲人。从江边遥望大海，说明她有才干、有志向，能把握的决不放弃。只是生不逢时，运气差了点。

从她的两个别号，想象其为人。一是“蕉下客”，二是“玫瑰花儿”。她有别于众姐妹的特点是能“自成其美”。“品在林、薛之间”，取两者之长，避两者之短。看问题尖锐，做事情稳妥，比史湘云更懂得“藏锋”。

曹雪芹为什么叫她“蕉下客”？“红了樱桃，绿了芭蕉。”

生命是绿色的，谁又不是人生的过客？当宝钗调侃她没有读过朱熹的《不自弃》文时，她掷地有声地回答："不过是勉人自励，虚比浮词，那里都真有的？"足见曹雪芹对她的赞许。即使是经世文章，也很难指导具体的人生。她的精明不亚于凤姐，她的明智与清醒又远在凤姐之上。韩愈有诗句："升堂坐阶新雨足，芭蕉叶大栀子肥。""蕉"，不仅好看，还实用，这能看出曹雪芹对她的偏爱。

"玫瑰花儿"，在东方似乎不能与"梅、兰、竹、菊"比。那是过去。在西方，在现在，玫瑰代表了独特和勇气。"一朵玫瑰在凝视您，一颗红宝石隐匿，您血中的火懂得这一切。"翻开西方诗人的诗集，谁不曾歌颂过玫瑰，就好像谁不曾歌颂过爱情，不曾追求过美好的事物一样。

四

书法，讲法则；书道，看门道；书艺，重美感。曹雪芹为什么偏偏选中探春练书法？她的性格，与书法的气质有相通之处。

了解她，就要了解书法；她在学谁，她最欣赏哪位书家；欣赏什么人很大程度上意味会有意识地模仿这个人。每一个人的背后都站着不止一位自己仰慕的人物。

第三十七回"秋爽斋偶结海棠社　蘅芜院夜拟菊花题"，她是"海棠诗社"的发起人，她写给宝玉的帖子，情真意切，表达了妹妹对哥哥的感激与爱戴。"昨辛劳抚嘱，已复遣侍儿问切，兼以鲜荔并真卿墨迹见赐，抑何惠爱之深耶！今因伏几处默，忽思历来古人，……务结二三同志，盘桓其中，或竖词坛，或开吟诗，虽因一时之偶兴，每成千古之佳谈。”她说到宝玉的心坎上了，知兄莫若妹。在诗社的时光无疑是他们兄妹之间相处得最美好的一段时光，在每个人的心里都留下了难忘的记忆。

她第一个写《咏白海棠》，读其中佳句：“玉是精神难比洁，雪为肌骨易销魂。芳心一点娇无力，倩影三更月有痕。”应者云集。“海棠诗社”也是由她起的，“俗了又不好，忒新了刁钻古怪也不好”，就这个名字好了。她有很强的概括能力，不说则已，要说就说到点子上。

她能把平白的话语，写得情趣盎然。她题《簪菊》：“长安公子因花癖，彭泽先生是酒狂。”还有《残菊》：“半床落月蛩生切，万里寒云雁阵迟。”诗如其人，不走极端；人如其诗，心态中和。“高情不入时人眼”，又能怎么样？“明岁秋分知再会，暂时分手莫相思。”凡事看得远一点儿，也就能做到收放自如了。

她既是诗人，又是书家。宝玉赠她的颜真卿墨迹“烟霞闲骨格，泉石野生涯”，与米芾的《烟雨图》，在她的房中相映生辉。她“素喜阔朗”，在第四十回中，从她房间的格局布置，就可窥见她练达、通透的性格：“这三间屋子并不曾隔断，当地放着一张花梨大理石大案，案上磊着各种名人法帖，并数十方宝砚，各色笔筒，笔海内插的笔如树林一般。”那气势，那感觉，谁能与之相比？

曹雪芹让她挂颜真卿的对联，有意为之。启功说：“鲁公书，非独为有唐八法之宗，亦古今书苑不祧之祖。”所谓通人，所谓达人，就像曹雪芹、启功这样的人，他们无不推崇颜真卿。宝玉将心爱之物赠她，知妹莫若兄。

上通下达，触类旁通。写诗如此，写字也无非如此。启功在《论书札记》中说："或问学书宜学何体，对以有法而无体。所谓无体，非谓不存在某家风格，乃谓无某体之严格界限也。以颜书论，多宝不同麻姑，颜庙不同郭庙。至于争坐、祭侄、行书草稿，又与碑版有别。然则颜体竟何在乎？欲宗颜体，又以何为准乎？颜体如斯，他家同例也。"学东西不能僵化，只有活学才能活用，做人也一样。启功讲"红楼"，头头是道，条理与脉络清晰可见，像讲书法一样。

五

不在其位不谋其政。一个大家族，一大摊子事，如果没有良好的经济状况，哪里还会有风花雪月、歌舞升平。谁养活谁，谁供给谁，谁服务谁，这是本质的问题。

贾家的男人们不顶用。在第五十六回"敏探春兴利除宿弊　贤宝钗小惠全大体"，曹雪芹让她一个未出嫁的姑娘担当起理家的事务，是因为她有这份能力。

困难摆在面前，一年年每况愈下，入不敷出。拿空饷的、吃闲饭的、无所事事的人多，干活的、出力的、务实的人少。怎么能人尽其力，怎么能地尽其利，怎么能物尽其用？幸而她身边还有三个好帮手——李纨、宝钗、平儿，合力做事。将凤姐跟宝玉先摆平了，也就意味着改革开了一个好头。上下左右，该得利益的得利益，该受实惠的受实惠，从双赢到多赢，每个人的付出与收获成正比。这一切太难为她了。她们推出的"承包制"，最终半途而废，不了了之。这也预示着贾府已经在走下坡路了。

改革就要触动一些人的神经，触及一些人的利益。与己无关，尽可以高高挂起，只要是动了切身的好处，障碍和阻力随之而来。第七十四回“惑奸谗抄检大观园　避嫌隙杜绝宁国府”，她的人格魅力被展示得淋漓尽致。“俊眼修眉，顾盼神飞”的三姑娘，英姿飒爽，那一番慷慨陈词，有勇有谋，敢作敢为：“我的东西，倒许你们搜阅；要想搜我的丫头，这却不能。我原比众人歹毒，凡丫头所有的东西，我都知道，都在我这里间收着，一针一线，他们也没得收藏。要搜，所以只来搜我。你们不依，只管去回太太，只说我违背了太太，该怎么处治，我去自领。你们别忙，自然你们抄的日子有呢！你们今日早起不是议论甄家，自己盼着好好的抄家，果然今日真抄了。咱们也渐渐的来了。可知这样大族人家，若从外头杀来，一时是杀不死的，这可是古人说的，‘百足之虫，死而不僵’，必须先从家里自杀自灭起来，才能一败涂地呢！”她很睿智，知道内讧和内斗是家族破败的关键所在，预见到了家族的命运。而且知道保护自己身边的人，有担当精神。那一巴掌也打出了她的神采，不信正不压邪。

脂砚斋评：“探春处处出头，人谓其能，吾谓其苦。”诚哉斯言！

六

没有完美的人，也没有圆满的事，一切都是相对而言。说过了，做过了，在人前流过泪，在独处的时候流过泪。毕竟是女人，有委屈，有不平，有难言的苦衷。夹在王夫人和生母赵姨娘之间，夹在富贵与贫贱之间，夹在同父异母的哥哥宝玉和同胞弟弟贾环之间……如何平衡各种关系，智力不够不行，体力不够不行，她的纠结多，焦虑也多，却能坦然处之。在满族统治的清王朝，有能力的汉族官员，他们的处境是不是有点像她？

“建社吟诗，何其风雅！钓鱼占相，何其雍容！赏花知妖，何其颖悟！停棋判事，何其精明！”青山山农在《红楼梦广义》中，言简意赅地刻画出她的风采。她是曹雪芹塑造的一个理想女性。动之以情，晓之以理；登堂入室，治家理事；无不有过人之处，超人之才。

她的远嫁是一个谜。谁出的主意，谁的决策？不难想象，她做不了自己的主，她有她的难处。客观上却可以说成就了她。她的适应能力、变通能力强，不管在哪里，都能给自己创造幸福的生活。

她有预感，她吟《风筝》：“游丝一断浑无力，莫向东风怨别离。”顺其自然，随遇而安。写《南柯子》上阕：“也难绾系也难羁，一任东西南北各分离。”这远走高飞，身不由己，却是适时地离开是非之地，避开了一场悲剧的上演。她要是在场，又能如何？

《红楼梦引子·分骨肉》写尽分别的辛酸：“一帆风雨路三千，把骨肉家园，齐来抛闪。恐哭损残年。告爹娘，休把儿悬念：自古穷途皆有定，离合岂无缘？从今分两地，各自保平安。奴去也，莫牵连。”人需要自己照顾好自己，亲人、爱人、友人，各自珍重。只要寻找到自己的位置，他乡也是故乡；倘若没有自己的位置，故乡也是他乡。

七

一部《红楼梦》，她的来去行踪，她的远走高飞，她的突然归来，象征的意味。她离开之后，避开了贾府的祸患；她归来之后，又有复苏的迹象。

第一百十九回，小说即将结尾的时候，她突然回到了贾府，“出挑得比先前更好了，服采鲜明”。她“能言，见解亦高”。对宝玉的失踪、宝玉的出家，她都能将事圆起来：“大凡一个人，不可有奇处。二哥哥生来带块玉来，都道是好事；这么说起来，都是有了这块玉的不好。……果然有来头成了正果，也是太太几辈子的修积。”辩证地看问题，福兮祸之所倚，祸兮福之所伏。从长远看，任何事物都不是孤立的，都有前因后果。

她是一位智者，她的归来，也为一个大家族注入强心剂。她是留下来，还是会再次离开，书中没有交代，留给读者空间，想什么是什么了。

贾惜春

不在梅边在柳边

一

“我们在内心里所面对的，常常是不熟悉的事物。”里尔克写《艺术家画像》时说过这样的话，还说，“你想想看，当你深深地爱着他的时候，他在这一时刻会有什么样的感觉……”

惜春是谁？她经历了什么？最终为什么选择出家这一条路？像钟情于书法的探春一样，她痴迷于绘画。当贾母命她画《大观园行乐图》的时候，她一定有一种成就感。别人能做的，她能做；别人做不到的，她也能做到。她是一位超凡脱俗的女子。

孤僻的人，自有孤僻的道理。父亲贾敬一味炼丹，母亲早逝，哥哥贾珍与她形同陌路，跟着贾母，寄居在荣府，她找不到认同感，小时候喜欢与智能玩耍，长大了与妙玉引为知音，这一切都暗示出她生命的走向——出家，当尼姑。

活着就是不断地比较，在她看来，修行一定比世俗生活有意义。心无挂碍，最能保持心灵的平静。“昨日种种，譬如昨日死，今日种种，譬如今日生。”人生是渐悟的过程，也是顿悟的瞬间。

冯家青在《红楼小品》中说：“每想富贵之家，锦衣玉食，耳目之间，笙歌珠翠而已。又尝深夜月夜寻蟋蟀于荒城破刹间，四顾寒烟蔓草，觉幽眇之中为天地之奇趣，彼启园亭，栽花木，置鱼鸟终有粉饰意。于清凉境中能赏心者，正不多人。吾读《红楼》而得一人焉，曰惜春。”对她的评价，不可谓不高了。如果说妙玉是引子，一部《红楼梦》，最终能舍得，能看破红尘，放下七情六欲、荣华富贵，成为出家人的，男有贾宝玉，女有贾惜春。他们不失其赤子之心，担负人性之罪，为整个家族赎罪。

宗教与哲学，有相通的一面。不论东方，还是西方，人都需要寻找灵魂的慰藉，神秘与未知站在更高处吸引人类的精英，去探索，去判断。德国启蒙学者利希滕贝格说：“使天堂的生活变得唯独对穷人具有这么大诱惑力的，是认为在那个世界各个阶级一律平等的想法。”不仅是穷人，富人也一样，而且精神的贫困比物质的贫困更具压力。人通过改变自己来改变世界的思想从未停止。

二

没有完全的平等，也没有完全的自由。只要人的智力和体力有差别，只要人的出身与背景有差别，所谓的自由与平等就有差别。

一遍遍地读《红楼梦》，她的形象，不像宝、黛，也不像湘云、探春那么色彩鲜明，她不显山、不露水，不那么引人注目，她有自己的世界，能走近的人很少。她不善交往，冷清寂寞的生活，仿佛一直伴随着她。清心寡欲，没有什么儿女情长。

她与佛有缘，有慧根、慧心、慧眼。在觉悟的世界，她看到的宇宙，源于世俗，高于世俗。“则能入佛境，不著于世间。”从此岸到彼岸，一个人需要走多久，才能抵达？

《金陵十二钗正册》判词之七，是曹雪芹写她的。在第五回，她的结局就已注定，未来也已明了。画面是：“一所古庙，里面有一美人，在内看经独坐。”题诗：“勘破三春景不长，缁衣顿改昔年妆；可怜绣户侯门女，独卧青灯古佛旁。”

万物起起伏伏，好景不再，她已没有什么可留恋的了。

宝玉神游太虚幻境时，看到的那首《虚花悟》，当时懵懵懂懂，后来恍然大悟，原来影射的是她：“将那三春看破，桃红柳绿待如何？把这韶华打灭，觅那清淡天和。说什么，天上夭桃盛，云中杏蕊多？到头来，谁见把秋捱过？则看那，白杨村里人呜咽，青枫林下鬼吟哦。更兼着，连天衰草遮坟墓。这的是，昨贫今富人劳碌，春荣秋谢花折磨。似这般，生关死劫谁能躲？闻说道，西方宝树唤婆娑，上结着长生果。”

“今生今世，多少世态炎凉。”《华严经》中的句子，对照着读，她之所以决绝地选择出家，正像弘一大师题写的格言：“若欲梅花香扑鼻，还他彻骨一番寒。”

出家的愿望达成，看似什么都没有了，恰恰什么都有了。“大慈念一切，慧光照十方。”超然物外，以慈悲为怀。她与宝玉的归宿何其相似。

三

也说不上，是谁在学谁。从宁国府到荣国府，芸芸众生，每个人有每个人的路。

因为她能画，又矢志出家，有人提出她的原型喻指朱耷，即八大山人。不知道她出家后，还画不画。出家人的诗书画，别有一种意味。看清末画家虚谷的作品，既出世，因为他是和尚；又入世，因为他是画家。无论是线条还是造型都美得出神入化。她如果一直画下去，又将如何？

看弘一大师的书法，有仙气缭绕，有神气升腾。“日日行，不怕千万里，常常做，不怕千万事。”以此自勉。“缓事宜急干，敏则有功，急事宜缓办，忙则多错。”以此自警。“自责之外无胜人之术，自强之外无上人之术。”以此自醒。出家人有超乎常人的智慧，虽不能至，心向往之。

宗教是一种文化。佛教在东方就像基督教在西方一样，深入人心。

法国思想家拉罗什福科的《道德箴言录》，连马克思都称其思想“很出色”，并抄录数段寄给恩格斯。何怀宏的汉译本，一读再读。其中有一段话，甚至可以帮助理解《红楼梦》，也有助于理解惜春的形象：“上帝在人类中安排了一些不同的人才，就像他在自然中种植了一些不同的树，因而每种人才，同样，每种树，就都有自己特殊的性质和效果。因此，世界上最好的梨树也不能长出最普通的苹果来；最卓越的人才也不能产生最普通的人所产生的同样的效果。也是由于这个缘故，想要造一些格言警句而自身却没有它的种，就像尽管人们并没有埋下郁金香的鳞茎却想要花坛里长出郁金香花来一样，都是荒唐可笑的。”

凡事不能强求，种瓜得瓜，种豆得豆。历来如此，问耕耘的人少，问收获的人多。那么就做一个只问耕耘、不问收获的人吧。

她曾说过：“现在的人都没有什么说头。”从这句话，听出弦外之意。想起陶渊明的诗句：“厌问世上语，结友到临淄。”一个不想多说，一个不愿多听；一个想出世，一个还愿入世。

四

诗歌比历史更久远，比现实更美好。如果一个民族，一个国家，没有诗歌流传，那么它的过去相对苍白。

假如《红楼梦》中没有诗歌，那么它有可能只是一部通俗小说。诗歌是这部小说的灵魂所在。甚至在品评人物时，诗歌也依然是一种标准。艾略特在《但丁论》中说：“诗的经验是瞬间的经验，同时又是一生的经验。”当熟悉了书中的人物后，随机读一首诗，也能知道是谁写的。因为人不同，诗自然不同。就像黛玉诗中带泪，宝玉诗中带悲，湘云诗中带喜，宝钗诗中谈禅，惜春的诗中则见佛。最能体现这一特点的是，戚序本第二十二回中，由她自己做的灯谜诗：“前身色相总无成，不听菱歌听佛经。莫道此生沉黑海，性中自有大光明。”谜底是“佛前海灯”。

诗歌需要学习，进步的过程，也即不断练习的过程。狄德罗说：“不读书的人，思想就会停止。”凡是经典，离不开重复阅读。一遍又一遍地感受经典，在潜移默化中，人的气

惜春

质，人的涵养，也发生了变化。

做什么事情都需要功夫。“功到自然成”，“功夫不负有心人”。有心很重要，做对很关键。启功曾说过：“有人误解‘功夫’二字。以为时间久，数量多即叫作‘功夫’。事实上‘功夫’是‘准确’的积累。熟练了、下笔即能准确，便是功夫的成效。譬如用枪打靶，每天盲目地放百粒子弹，不如精心用意手眼俱准地打一枪，如能每次二射中一，已经不错了。所以说：‘功夫不是盲目的时间加数量，而是准确地重复以达到熟练。’”说的是大实话，信佛也是一样，念经也是一样。倘若信了邪教，那么花费的时间越多，走的弯路也越多。

惜春是后来者居上，起步就高。妙玉出道早，因“尘缘未断”，坐禅还会入了“邪魔”。在第八十七回，她听说妙玉夜间中邪一事后作：“大造本无方，云何是应住？既从空中来，应向空中去。”相信有一天自己出家后，能达到“一念不生，万缘俱寂”的境界。

五

灵感降临的时候，也是模糊一团，随着写与画的进行，思路才渐渐得以通透。

画画也罢，写诗也罢，是强者对生活的抗争，也是弱者逃避生活重负的一种方法。看到污浊的周围，惜春想保持一种纯洁。大观园的内讧，她已经看够了。

第七十四回，因从她的丫鬟“入画箱中寻出一大包银锞子来，约共三四十个，为察奸情，反得贼赃”。“惜春胆小，见了这个，也害怕说：‘我竟不知道，这还了得！二嫂子要打他，好歹带他出来打罢，我听不惯的。'”她不像宝玉不求自保，但求保人。她是不求保人，先求自保。宝玉是对别人宽，对自己也宽；她是对别人严，对自己更严。

“谁知惜春年幼，天性孤僻，任人怎说，只是咬定牙，断乎不肯留着。更又说道：‘不但不要入画，如今我也大了，连我也不便往你们那边去了。'”“我一个姑娘家，只好躲是非的，我反寻是非，成个什么人了！况且古人说得好，‘善恶生死，父子不能有所勖助’，何况你我二人之间。我只能保住自己就够了。以后你们有事，好歹别累我。”她看不上那些人，那些人也不懂她。“你们不看书，不识字，所以都是呆子……”说得痛快。那是曹雪芹在借她之口，发人生感慨，“可知你们这些人都是世俗之见，那里眼里识得出真假、心里分得出好歹来？你们要看真人，总在最初一步的心上看起，才能明白呢！”

她是什么人，她们是什么人，根本不在一条水平线上。她有决绝的一面。“你这一去了，若果然不来，倒也省了口舌是非，大家倒还干净。”话说到这个份上，她和自己的嫂子之间，已不存在回旋的余地了。

从这一番话，也不难了解她的性格。正如涂瀛在《红楼梦论赞》中说：“人不奇则不清、不僻则不净，以知清净法门，皆奇僻性人也。惜春雅负此情，与妙玉交最厚，出尘之想，端自隗始矣。然玉不去则志终不决，恐投鼠者伤器也。非大有根器，而能为若是乎？彼夫柳怒而花嗔，莺谗而燕妒者，真尘且俗耳，奇僻何负于人哉。”洁身自好，出淤泥而不染，她的品行，以莲花喻之，也许是再恰当不过了。

六

人世间永远存在着一扇门，有时开着，有时关着，有时虚掩着。在外边的不了解里面的一切，在里面的也许看清了外边的一切。也许最终谁也没有看清谁。入了空门，还能走出来吗？适者生存，为什么要出来，精神的皈依高于一切。

等到第一百十五回“惑偏私惜春矢素志　证同类宝玉失相知”她的主意已定：“你打谅我是什么没主意恋火坑的人么？早有这样的心，只是想不出道儿来。”看上去一个偶然的现象，背后必有因果。

不论是雅人，还是俗人，很难走进出家人的内心世界。欢乐与烦恼，生离死别，悲喜交集。慧眼与俗眼，看待世界，不会是同一种色彩。一位犹太神秘哲学家说：“如果你想捕捉到无形的东西，你就必须尽你所能地深入到有形的事物中去。”在她感到孤立无助的时候，她曾深入到绘画这种有形的事物中去，从中获得了什么？“入我门来一笑逢。”她为什么“想起来‘入我门’三个字，大有讲究。佛教的法门最大……”从实入虚，从有到无，这其中有常人悟不透的禅机。

寻找一个合适的地方，去做尼姑。她自己要去修行，也许是前世的善缘。人总得有个伴，万事随缘。紫鹃有福了。在第一百十八回，紫鹃不仅说出了自己的心声，从中折射出惜春的喜。“姑娘修行，自然姑娘愿意，并不是别的姐姐们的意思。我有句话回太太：我也并不是拆开姐姐们，各人有各人的心。”

一个人一个命，简单地用悲观厌世、苦闷消极来诠释，是讲不通的，肯定有更深层的原因。我们肉眼看不见的事物，并不等于它不存在。它就在那里，一直在那里。人啊人，谁可怜谁，还很难说。惜春今后能有一个人陪伴，相互关照，有理由相信，她们是幸福的。这不由得让人想起张充和的那副对联："十分冷淡存知己，一曲微茫度此生。"

七

惜春前边无非两条路，她只能选择一条：要么出家，要么出嫁。

第五十一回"薛小妹新编怀古诗　胡庸医乱用虎狼药"，其中《梅花观怀古》一诗："不在梅边在柳边，个中谁拾画婵娟？团圆莫忆春香到，一别西风又一年。"《石头记探佚》的作者梁归智认为是在影射惜春的结局。

诗是一个谜，人生是更大的谜。曹雪芹借薛宝琴之手，创造真假难辨的谜，平添了几分情趣。这谜底是扇子吗？诗具有多义性，说写薛宝琴也可，说写别的女性也未尝不可。因人而异，一首诗，解读的方式越多越显示出它的生命力。

康德说："善永远使人愉快，美使所有人愉快，但不总是使人愉快，鉴赏力喜爱变化。"知行合一的人，只要站在梅边，自然有暗香浮动。她给读者留下的是清洁的思想、清洁的背影、清洁的画面。

李纨 稻香村的灯，为谁点亮

一

活得很明白，知道自己面对命运的不公能守住什么，必须放弃什么。孩子还小，自己还年轻，丈夫的离世对她意味着什么？带着孩子再嫁吗？在那个时代，即便有可能，还有比贾家更好的去处吗？为自己找个情人吗？贾家上上下下，谁能配得上她？随遇而安，李纨早早地就认命了。

女人，婚后最动人的是母性。为孩子的成长牺牲自我，人性的光辉在母亲身上闪现。一个家族，一个民族，之所以生生不息，就是因为有她那样的母亲，默默地吃苦耐劳，坚韧不拔，将自己的幸福寄托在孩子身上。

她的形象深入人心，每一个经历过艰难的读者，能从她的身上看到自己母亲的影子吗？如果你是成功者，看看自己的母亲；如果你是失败者，那么也看看自己的母亲。对你影响最大的人当中，一定有自己的母亲。

“世界所以存在，不是为了让我们能认识它，而是让我们通过它教育自己。”母亲给予我们的生命教育、人格教育、品行教育，伴随我们的一生。如果想认识一个孩子，先看看他的母亲吧。一个优秀的母亲不一定能孕育一个优秀的孩子，但一个优秀孩子的背后一定站着一个优秀的母亲。孩子是母亲生命的延续，她为此而生，为此而活着，为此而逝。

一辈子哪怕只做一件事，将孩子养育成人，培养成才，作为母亲，还有什么比这更欣慰的，也就没白来这世上走一趟。作为孩子，有一位慈爱的母亲，一位善良、质朴的母亲，还有比这更美好的吗？母亲，是最平凡、也是最伟大的称呼。

“真正的哲学不是创作书而是创作人。”费尔巴哈的箴言。由此，文学也罢，艺术也罢，人生也罢，创作人的事业才是最神圣的事业。

她将传统美德集于一身，谦和、忍让、宽容，有以退为进的柔和之美。静者，心多安；贤者，心多慧。她和风细雨地说话，润物无声地做事，即便有暴风骤雨，也被她化为雨露甘霖。

一个过早失去父亲的孩子，因为有她那样的母亲，阴影逐渐淡化，心理趋于平衡。她不写诗，却懂诗，她对诗的点评，一针见血。她自号“稻香老农”，热心为大家做事，大家自然拥戴她。

她并不刻意追求什么，却是功到自然成，在自我的修炼中，得到了应得的。

二

一个家的布置，是主人的精神写照。喜欢什么样的环境，在自己的屋子里，在自己的院中，就营造什么样的氛围。

了解一个人，首先要了解她的喜好，可以通过她的居住环境对她的喜好略知一二。我们的传统文化中，田园永远是心灵的栖息地，衣锦还乡也罢，叶落归根也罢，归去来兮，以农耕为本，总是离不开土地。在第十七回“大观园试才题对额　荣国府归省庆元宵”中，她家的结构布局所流露的精气神恰恰吻合了传统的人文精神，以及正统的生活方式：“转过山怀中，隐隐露出一带黄泥墙，墙上皆用稻茎掩护。有几百枝杏花，如喷火蒸霞一般。里面数楹茅屋，外面却是桑、榆、槿、柘，各色树稚新条，随其曲折，编就两溜青篱。篱外山坡之下，有一土井，旁有桔槔辘轳之属；下面分畦列亩，佳蔬菜花，一望无际。”

看一个人居住环境的气质，去认识这个人。你看王熙凤的家，有官僚之风，你再看秦可卿的家，有奢华的贵族之气。比较起来，只有李纨过着接近半耕半读的田园生活。走近她的家，连一脸严肃的贾政都笑道：“倒是此处有些道理。虽系人力穿凿，而入目动心，未免勾引起我归农之意。我们且进去歇息歇息。”

论她的人情练达，整个大观园中无人企及。她太清楚自己该做什么，不该做什么了。人，定准了自己的位置，说话办事都如鱼得水，左右逢源。贾母疼她，公公婆婆帮她，周围上上下下的人相信她，也是觉得她人好，处事公道正派。

在她家的门前，为题写悬匾，众说纷纭。还是宝玉机灵，想起唐人的诗“柴门临水稻花香”，才有了“稻香村”。贾政又命宝玉题一联，便有了“新绿涨添浣葛处，好云香护采芹人”。“稻香村”又名“瀚葛山庄”，“瀚”有洗涤之意，“葛”

为纺织品，喻洗衣服处，都有着美好的象征意味。仿佛看到一幅画面：一个美丽的女人，在水边浣洗，在灯下陪读……如果真有在天之灵的话，那么她的丈夫贾珠一定会在冥冥之中保佑着她和孩子。

人还年轻，心却有些苍老了。自从丈夫去世的那一天起，孩子成为支撑她活下去的动力。希望孩子当“采芹人”，走上科举之道，做好“三篇”文章，从秀才到举人再到进士，光宗耀祖。这也是天下父母寄托在孩子身上的共同的愿望。

三

女人兼具女孩儿感和母性。有的女孩儿的气息多于母性气息，有的反之。前种感觉的女人往往以自我为中心，后者则大多以他人为中心，尤其是孩子。李纨即是闪耀着母性光辉的典范。

太虚幻境为她定格的画面：一盆茂兰，旁有一位凤冠霞帔的女人。《正册》判词：“桃李春风结子完，到头谁似一盆兰；如冰水好空相妒，枉与他人作笑谈。”这其中隐含着她的名字，“纨”与“完”同音。俗语说，四年的桃树照常开花结果，可说死就死了；而枣树看上去好像死了三年了，但第四年照常发芽、结枣。一切取决于根。根的生命力决定了树的生命力。

无论是贾府还是宁府，没有一个男孩子像她的儿子贾兰那么有出息。作为贾府的长子贾珠的遗孀，别号“稻香老农”的她，对贾兰的培养，可谓尽职尽责了。

周而复始的人生轮回。“死者若不返归我们，我们就会返归死者。”梅特克林还说，“物质失落的一切，被精神获取；精神摒弃的一切，遂归于物质。”母亲失去的那些东西，只要孩子能拥有，也是幸福的补偿。她的寂寞恰恰是为了贾兰的坚实。

一首《晚韶华》写尽生命的无常，青春的易逝，命运的虚幻。不能说看破红尘，至少是看透荣华富贵的虚妄、功名利禄的梦幻。“镜里恩情，更那堪梦里功名！那美韶华去之何迅！再休提绣帐鸳衾。只这戴朱冠，披凤袄，也抵不了无常性命。虽说是，人生莫受老来贫，也须要阴骘积儿孙。气昂昂，头戴簪缨，光灿灿，胸悬金印；威赫赫，爵禄高登，昏惨惨，黄泉路近！问古来将相可还存？也只是虚名儿与后人钦敬。”

曹雪芹站得高，看得也远。即便是他心爱的人物，都带有悲剧色彩。以悲天悯人之笔，写受苦受难之人。笑谈也罢，钦敬也罢，皆如过眼烟云。在大观园中，李纨不时地敲敲边鼓，为众人助助兴，全是出自她善良的愿望。看上去位置边缘化，实际却有着主流的分量。

当大观园处于兴盛的时候，她也不能保持固定不变；当走向式微的时候，她也必须跟着变化。当有人争着干的时候，她自觉地闪到一边；当需要她的时候，她也会尽力而为。她也许比谁都明白，没有什么能长久依附，除了自己。

四

如果自己写过诗，那么去评点诗，是一种感觉；自己不写诗，而去点评诗，又是一种感觉。曹雪芹在刻画她不写诗但会点评诗的这一特点时，拿捏得很到位。

她毛遂自荐当海棠诗社社长，因为她的好人品，她的热心肠，她的公道，决定了没有比她更合适的人选。她知人善任，推荐的两个副社长“就请菱洲藕榭二位学究来，一位出题限韵，一位誊录监场”。头衔是虚的，实际是为了服务，为了大家高兴。她所说的两位“学究”（迎春，还有惜春）也乐于附和。明白人说明白话：“立定了社，再定罚约。我那里地方大，意在我那里作社。我虽不能做诗，这些诗人竟不厌俗，容我做个东道主人，我自然清雅起来了……”

民间结社的风俗，由来已久。选择什么样的人做主，决定了团体的兴衰。有才华只是一方面，最重要的是能服众、讲团结、能包容。懂得惜才、爱才、用才。“稻香村”里诗意盎然，有人气，有文气，自然就有生机。诗歌能启发人，是一种美的熏陶。她一定意识到其中的意义，事物的双赢性，既是为了大家好，也能让自己的孩子早早接受诗化的教育。“不谈诗，无以言。”她虽然不善写诗，却是真正懂诗的人。她做人本身就是一首感人肺腑的诗。宝玉对她有着中肯的评价：“稻香老农虽不善作，却善看，又最公道。”

评诗如此，评人也一样。

第三十八回“林潇湘魁夺菊花诗　薛蘅芜讽和螃蟹咏”，李纨评大家写“菊”的诗：“各人有各人的警句，今日公评：‘咏菊’第一，‘问菊’第二，‘菊梦’第三，题目新，诗也新，立意更新也……”这三首均出自潇湘妃子黛玉之手。“毫端蕴秀临霜写，口角噙香对月吟。”曹雪芹将最美的诗给了黛玉。“莫言举世无谈者，解语何妨话片时。”“篱畔秋酣一觉清，和云伴月不分明。”从这首诗中，各摘录两句，确是独领风骚。当黛玉自谦地说：“我那个也不好，到底伤于纤巧些。”

李纨客观准确地评价道：“巧的却好，不露堆砌生硬。”

写诗难，评诗更难。这也就不难解释为什么从来不缺少好的诗人，却缺少好的诗评家。优秀的诗集很多，与其匹配的诗评很少。有一种说法，李纨身上有曹雪芹妻子的影子，是贤妻良母的化身。“采芹人”是不是还包含了更多的寓意。

五

诗文毕竟是纸上的功夫，做好了不容易，但即便做不好，也没有多少成本的损失；做事就不一样，尤其是投资，面对血本无归的局面，怎么办？用好人，用对人，至关重要。

知人论事，看到李纨谈论人的段落，像她点评诗一样精彩。这说明她了解人，知道谁是谁，心里很有数。人能选好一个助手，就会有事半功倍的效果。而一旦用错了人，也即拔草寻蛇，自找麻烦。

看她和平儿、宝钗聊天，说得多透彻。“我成日家和人说笑：有个唐僧取经，就有个白马来驮他；刘智远打天下，就有个瓜精来送盔甲；有个凤丫头，就有个你！”她说的是平儿。俗话说，一个好汉三个帮，其实，有一个能帮上忙的就足矣。宝钗看人“妙在各人有各人的好处”。李纨说话更实在，“大小都有个天理，比如老太太屋里，要没那个鸳鸯，如何使得？”

人和人搭档，搭配好了效果就是积极的，搭配不好，就会适得其反。又说起宝玉：“这一个小爷屋里，要不是袭人，你们度量到个什么田地？”又想到自己，丈夫一没了，“趁年轻我都打发了。若有一个好的守得住，我到底有个膀臂了”。

第三十九回中，她的感慨也是一种无奈。人都是过客。在或长或短的人生路上，有的人陪伴的时间长一些，有的短一些，既不能勉强别人，也不能委屈自己。一切顺其自然，长有长的记忆，短有短的回忆。

世事洞明是学问，人情练达也是学问。知识不仅从书上来，实践更出真知灼见。她父亲李守中曾做过国子监祭酒，有真才实学。作为金陵名宦之女，她从小耳濡目染，在为人处世、言谈举止上，多有过人之处。她身上有大善，也即大美。她甚至不愿意看到戏弄刘姥姥的闹剧，她有不忍之心。似乎发生在他人身上的苦楚，也是自己的苦楚。她是书中第一贤人。如果我们相信有完人，那么她算一个。“善在某种意义上是绝望的表现。”一直以来，不明白卡夫卡这句话的本意。在她的一生中，“守礼之完人”能找到答案吗？如果以自己的牺牲、自己感情生活的残缺与不完美去完成一种使命——望子成龙。这一切值得吗？曹雪芹也只是提出了一个命题，他自己也无从回答。

六

花朵是美的，却离不开绿叶的衬托。在大观园中，李纨所扮演的正是绿叶的角色。为海棠诗社助兴，为孩子贾兰助力。她有向美向善的影响力。在第五十回“芦雪亭争联即景诗　暖香坞雅制春灯谜”中，看出她的趣味。

“开门雪尚飘。入泥怜洁白”，她的悟性高，诗不写则已，要写也照样出手不凡。将众人的情绪调动起来，独乐乐不如众乐乐。也许是鹿肉和酒的关系，湘云的灵感来了，即兴的联句，又多又好。其中，“清贫怀箪瓢”“煮酒叶难烧”最有意味。安贫乐道，不易点燃的叶子，并未枯干，还有绿意。

李纨和小叔子宝玉开玩笑道：“逐句评去，却还一气，只是宝玉又落了第了。”宝玉回道：“我原不会联句，只好担待我罢。”李纨笑道：“也没有社社担待的：又说‘韵险’了，又整误了，又‘不会联句’了，今日必罚你。我才看见栊翠庵的红梅有趣，我要折一枝来插瓶。可厌妙玉为人，我不理他，如今罚你去取一枝来，插着玩儿。”和宝玉的这番对话，体现出了李纨的机智有趣。想起一句诗“几生修得到梅花”，还有“只有梅花是知己”。雪中赏梅，红梅烂漫向荣，雪花冰清玉洁。

李纨出灯谜也出得妙趣横生。“‘观音本有世家传’，打《四书》一句。”湘云接道：“在止于至善。”宝钗道：“你也想一想‘世家传’三个字的意思再猜。”李纨道：“再想。”黛玉笑道：“我猜罢。可是‘虽善无征’？”一个女人和三个女孩的智力游戏，她命题的“禅味”，湘云的“直爽”，宝钗的“内敛”，黛玉的“慧心”，在这里被表现得淋漓尽致。四个女性分别像“起、承、转、合”，一起组成了一首美妙的诗。

李纨又出题：“一池青草草何名。”湘云又忙接道：“这一定是‘蒲芦也。’再不是不成？”曹雪芹又给了湘云一次挽回面子的机会。忘了是谁写的一首诗了，将数字用到了极致：“一去二三里，烟村四五家。楼台六七座，八九十枝花。”

诗写到这个份上，在平淡中，看到了“阔”和画面的张力。一首短诗，一幅大画。曾国藩说：“胸襟广大，宜从‘平淡’二字用功，凡人我之际，须看得平；功名之际，须看得淡。庶几胸怀日阔。”曹雪芹赋予了“稻香老农”一个“阔”字，不是形式上的“阔”，而是内心世界的“阔”，凡事能看得开，也能拿得起，放得下。

七

每个人都有自己的结局，“你是泥土，终将归于泥土。”君主时代，帝王的死被称作驾崩。诸侯或大官等的死被叫作薨。而平民的死就是死，平民的亡就是亡。但只是称呼不同，死亡的实质没什么不同。

对于“青春丧偶”的她来说，曾经“以纺绩女红为要”，曾经“如‘槁木死灰’一般，一概不问不闻”，曾经“侍亲养子，外则陪侍小姑等针黹诵读”。当王熙凤大势已去的时候，她和宝钗、探春一起也想挽回贾府的颓势，可毕竟势单力薄。而指望女人治家也是没有办法的办法。小说甚至预言了一百多年后，大清朝在慈禧主政后的灭亡。

在第九十四回中，为博贾母的欢心，三个孙子宝玉、贾环、贾兰即兴赋诗。“贾兰恭楷誊正，呈与贾母。贾母命李纨念道：‘烟凝媚色春前萎，霜浥微红雪后开。莫道此花知识浅，欣荣预佐合欢杯。’贾母听毕，便说：‘我不大懂诗，听去倒是兰儿的好，环儿做得不好。’”而贾母对最宠爱的宝玉，既没说好，也没说不好。都在不言中。

她在某些方面仿佛贾母的年轻版本，说话的语气都有相似之处，“我不大懂诗……”只有真正懂诗，懂生活的人，才会如是说。

“守节教子”，不论是“老来贵”还是“老来贫”，也不论贾兰最后“飞黄腾达”，还是不幸“抵不了无常性命”，都是小说家言，可信可不信。但读者与作者的愿望一致：最终好人有好报。

记得诗人波德莱尔写给母亲的话：“我想念你，至少你是一本永恒的书。”

妙玉 事如春梦了无痕

一

了解身边的女人不容易，了解出家的女人更难。她是“槛外人”，带发修行，是一个有着清洁精神的女人。

在贾宝玉的青年时代，有六个女人对他影响至深：

一是欲望的启蒙者：秦可卿和花袭人。在青春期里，贾宝玉懵懵懂懂地爱着什么，自己也不清楚。两个可爱的女人，或明或暗地诱导了他。因为本能的需求，他飘飘然，欣欣然，犹如走入神秘的殿堂。如梦如幻，如诗如画。在这之前，他只是情窦初开的男孩子。在这以后，她们为他推开了一扇门，让他由此成长为一个男人。倘若没有她们的出现，那么，他的心理障碍会更多，美的历险是他一生的财富。异性的美是多方面的，绝不会局限于一面。像贾宝玉这样的人，也是爱的集大成者。

二是婚姻的选择者：薛宝钗和史湘云。不同的版本有不同的结局。普及版里贾宝玉是娶了宝钗，在流传的版本里，贾宝玉最终找了湘云。不论怎么说，一切皆有可能。不论是曹雪芹还是高鹗，似乎都认为这两位女性是宝玉婚姻最佳的人选。她们自然符合贤妻良母的标准，既庄重大方，又解风情，食人间烟火。普通的读者，也无不希望他们终成眷属。亲上加亲，多子多福。在世俗的生活中，她们两个人是互补的，一持重，一率真。形同亲姐妹。又都心灵手巧，美丽动人。宝玉有福，却不知道如何惜福。也许真的像木心诗中写的“一生只够爱一个人”，那一个人是谁，不用说也都知道了。

三是灵性的开发者：林黛玉和妙玉。这两个女人，似乎不食人间烟火，像仙女下凡，降临到贾宝玉的身边。像触动心灵的诗，是灵界的尤物，可望而不可即。宝玉本身是犹豫不决的，她们也是飘忽不定的。在梦中相遇，在空中相识。没有见过像见过，没有深交像有过深交。两个女人，不知俗为何物，妙玉还觉得黛玉俗。有情更似无情，无缘也似有缘。《成唯识论述记》中写道：“梵云萨埵，此言有情，有情识故。……又情者爱也，能有爱生故。……言众生者，不善理也，草木众生。”两玉成“珏”，玉者欲也。三玉相逢，妙不可言。在更高的层面上，爱与不爱，有缘抑或无缘，说也错，不说也错。在错过中相逢，又在相逢中错过。宝玉最终的出家，黛玉和妙玉是直接或间接的促成者。

槛外槛内，宝玉和妙玉是一面镜子的正反两面，一个主动走进去了，一个被劫出去了。

二

似真似幻，若即若离。妙玉的为人，妙玉的生存方式，与世俗生活格格不入。

在第十七回的结尾，对妙玉有一段描写：“本是苏州人氏，祖上也是读书仕宦之家，因自幼多病，买了许多替身，皆不中用，到底这姑娘入了空门，方才好了，所以带发修行。今年十八岁，取名妙玉。如今父母俱已亡故，身边只有两个老嬷嬷、一个小丫头伏侍。文墨也极通，经典也极熟，模样又极好。”

清高，她有资本。官宦出身，傲何尝不是自我保护的面具。特立独行，她能瞧得起的人很少。除了人心，哪里还有净土？一个人在修行的过程中，还有怦然心动的时刻吗？能克服自然赋予心理与生理的需求吗？

当初宝玉神游太虚幻境时看到的一幅画：“一块美玉，落在泥污之中。”预示着作为十二金钗之一的她的命运。曹雪芹为她写下的判词：“欲洁何曾洁，云空未必空；可怜金玉质，终陷淖泥中。”这是生命的悖论。造物主在戏弄人，你想要什么，偏偏不给你什么。你不想要的东西，却又恰恰给了你。

朦朦胧胧的过去，恍恍惚惚的未来。“咏叹一人，感怀一事。”曹雪芹在《红楼梦引子》中，已经为她量身定做了一支曲子，调子是灰色的。《世难容》：“气质美如兰，才华馥比仙。天生成孤癖人皆罕。你道是啖肉食腥膻，视绮罗俗厌；却不知好高人愈妒，过洁世同嫌。可叹这，青灯古殿人将老；孤负了，红粉朱楼春色阑。到头来，依旧是风尘肮脏违心愿；好一似，无瑕白玉遭泥陷；又何须，王孙公子叹无缘？”

污泥、淖泥、泥陷，美玉、金玉、白玉。形成鲜明的对比，你越想洁净，俗世越让你脏。你越想高洁，越让你低俗。妙与不妙间，最终玉已碎、瓦未全。她一个带发修行的弱女子，无所依附的时候，“瓜州渡口……红颜固不能不屈从枯骨”。理想与现实的巨大落差。红尘依旧，万境归空。

三

看一个人的嗜好，能认识一个人的性格。所以可以通过妙玉品的茶和她用的茶器来理解她的气质。妙玉，妙在她的神秘感，妙在她出神入化的气质。

她竟然珍藏有晋代豪门王恺家传世的茶杯。从何而来？茶可醒目，茶可清心，茶可怡人。

第四十一回“贾宝玉品茶栊翠庵　刘老老醉卧怡红院”，曹雪芹既是鉴赏家，也是收藏家，然后才是作家。不仅鉴赏品评人，也鉴赏品评物。人心所向，万物一理。贾母好像什么都知道，在栊翠庵，是贾母对妙玉说：“把你的好茶拿来，我们吃一杯就去了。”再借宝玉的眼看她如何行事。上的是“老君眉”，用的是“旧年蠲的雨水”，使的是“成窑五彩小盖钟”，从这一点看，秦可卿与她有某些神似，只是一个在“槛内”，一个在“槛外”；一个暗示“欲望”，一个明示“精神”。都具有象征意味，都不能真正了解她们是谁，又从哪里来。贾母用过的杯子，又叫刘姥姥用了，妙玉就嫌弃了。她有洁癖，也是一种怪癖。

妙玉约宝钗、黛玉去耳房内，宝玉也跟着去了。品“体己茶”。她先取的两只杯子，大有讲究。给宝钗用的一只杯上镌着“瓠瓟斝”三个隶字，后有一行小真字是“王恺珍玩”，又有“苏轼见于秘府”的印记。让黛玉用的另一只镌着篆字“点犀盉”。曹雪芹的神来之笔：“仍将前番自己常日吃茶的那只绿玉斗来斟与宝玉。”明眼人不难体察，她内心的微妙变化，她将宝玉当自家人了。宝玉还处在懵懂之中，笑道：“常言‘世法平等’，他两个就用那样古玩奇珍，我就是个俗器了？”正话反说，明言暗指。器皿是人的一部分，也是有象征性的符号。妙玉的回答意味深长：“这是俗器？不是我说狂话，只怕你家里未必找的出这么一个俗器来呢。”

一个宝玉，夹在三个女性之间，始终是焦点。作者透视出她们内心的秘密：妙玉的春心萌动，宝钗的纹丝不动，黛玉的含而不露。妙玉有了展示自己的机缘，在品茶上，可谓一枝独秀了。

她拿出了最好的茶，最有意味的杯子，用收集的“梅花上的雪”化成的水烧开了泡茶。也只有她最看重的人，她才会如此用心去对待。

四

人的才情和悟性，既是先天的，也是修来的。品茶，看出妙玉之高；吟诗，读出妙玉之才。

若隐若现，大隐隐于市。在前八十回，妙玉出现的次数并不多，但在曹雪芹的笔下，妙玉的灵性，与黛玉不分上下。

第七十六回“凸碧堂品笛感凄清　凹晶馆联诗悲寂寞”，可谓诗情画意的感伤，无可奈何的人生。贾母一生浪漫活泼，爱世上一切的美。常常是娱乐的发起者，“如此好月，不可不闻笛”，人老了，想得自然多，懂得聚一次少一次了。多促成年轻人的聚会，是老人的心愿。

“社也散了，诗也不做了。”黛玉和湘云的赋诗联句，也是为了引出妙玉的诗才，显出她的高明之处。你一句，我一句，你来我往，起承转合。两个聪慧异常的女性，将诗歌的创作推向高潮。一部《红楼梦》，最经典的诗句，出自于此。大观园的深夜，窗灯已暗，月色如水。一只白鹤惊醒了湘云的灵感，有了名句：“寒塘渡鹤影。”由此，也唤起了黛玉的诗兴：“冷月葬诗魂。”一唱一和中道出人生的苍凉之美。

“好诗，好诗！果然太悲凉了，不必再往下做。若底下只这样去，反不显这两句了，倒弄得堆砌牵强。”画外音，未见其人，先闻其声。妙哉，妙哉！这是由远及近的声音，由高及低的声音。那是妙玉的声音，那是清高的人找到了知己的声音。

人外有人，天外有天。像黛玉那样孤傲的人，在妙玉面前，也谦虚了几分。“果然如此，我们虽不好，亦可以带好了。”妙玉道：“如今收结，到底还归到本来面目上去。若只管丢了真情真事，且去搜奇检怪，一则失了咱们的闺阁面目，二则也与题目无涉了。”

妙玉是带发修行，还没有彻底出家，也无法还俗。介于神与人之间，活在灵与肉的挣扎之中，介于俗与不俗之间。当她说黛玉是“大俗人”的时候，说明了她还没有完全脱俗。当她过于讲究物的出处时，说明了她还有世俗的牵挂。曹雪芹叫她说出“咱们的闺阁面目”，也就意味着她还是愿意将自己归入黛玉和湘云的行列中，把自己与她们视作一类人。

五

古人论诗：“夫诗有别材，非关书也。诗有别趣，非关理也。然非多读书，多穷理，则不能极其至。”诗有什么用？诗人何为？真正美好的事物，妙不可言，只能心领神会。

妙玉唯一的诗，是接续黛玉、湘云的中秋月夜联句诗而作的。《右中秋夜大观园即景联句三十五韵》，前有黛湘两人的联句，后有她的插入。前后呼应，一气呵成。

“香篆销金鼎，脂冰腻玉盆。箫增嫠妇泣，衾倩侍儿温。空帐悲金凤，闲屏投彩鸳。露浓苔更滑，霜重竹难扪。犹步萦纡沼，还登寂历原。石奇神鬼缚，木怪虎狼蹲。赑屃朝光透，罘罳晓露屯。振林千树鸟，啼谷一声猿。歧熟焉忘径？泉知不问源。钟鸣栊翠寺，鸡唱稻香村。有兴悲何极？无愁意岂烦？芳情只自遣，雅趣向谁言！彻旦休云倦，烹茶更细论。”

妙玉只留下这一首并不完整的诗，却可以从中读出她作为年轻女子的心境：在孤独与寂寞中，情不灭，趣还存，又何尝不渴望着世俗之爱。

欣赏是一种高尚的情操，嫉妒是一种卑下的作为。写诗的人，比一般人敏感。她们之间，既可以相轻，也可以相重。这也要看各自的修养了。面对妙玉的诗，“黛玉湘云二人称赞不已，说：‘可见我们天天是舍近求远，现有这样诗人在此，却天天去纸上谈兵。’妙玉笑道：‘明日再润色。此时已天明了，到底也歇息歇息才是。’”

妙玉希望有明天，明天有多远？如诗如画的日子吗？风雨飘摇，她所依附的栊翠庵靠谁供养？人都不是孤立的，唇亡齿寒。一荣俱荣，一损俱损。像她那样一个弱女子，怎么办？

六

欲望复杂多变，从禁欲到纵欲，或者从纵欲到禁欲，从一个极端到另一个极端的距离，究竟有多远？谁也说不清楚。也许本能在作祟，也许是因为生活充满了变数。

沿着曹雪芹的思路，高鹗续至第八十七回“感秋深抚琴悲往事　坐禅寂走火入邪魔”，写出了妙玉的芳心萌动。她与惜春在“蓼风轩”下棋，两个人的对弈：一个“槛外人”想进入“槛内”，一个“槛内人”要走到“槛外”。谁胜谁负无关紧要，人最大的对手始终是自己。

宝玉是目击者，也是妙玉走火入魔的导火索。宝玉的问话：“妙公轻易不出禅关，今日何缘下凡一走？”妙玉心有所动，看她微妙的反应：“妙玉听了，忽然把脸一红，也不答应，低了头，自看那棋。”两颗年轻的心相遇，为什么会脸红？宝玉的画外音，一会儿拉近，一会儿推远：“倒是出家人比不得我们在家的俗人。头一件，心是静的。静则灵，灵则慧。”再看妙玉的反应：“微微的把眼一抬，看了宝玉一眼，复又低下头去，那脸上的颜色渐渐的红晕起来。”那是一种朦朦胧胧的爱的感觉。妙玉痴痴地问着宝玉道：“你从何处来？”将宝玉问住了，该他脸红了。脉脉含情，脸红对脸红，多么幸福的瞬间。妙玉笑道：“久已不来，这里湾湾曲曲的，回去的路头都要迷住了。”宝玉道：“这倒要我来指引指引，何如？”

谁是“槛外人”？谁是“槛内人”？命运的不确定性，一切都在转换中。看他人明白，看自己模糊。他们听到黛玉弹琴，妙玉悟出：“如何忽作变徵之声？音韵可裂金石矣，只是太过。”宝玉疑惑：“太过便怎么？”妙玉解疑：“恐不能持久。”那是他们走过的最难忘的一段路了。

惜春是决绝的，妙玉是彷徨的，她还有微茫的寄托在“日后自知”。她心里还残存着爱的火苗。她在默默地暗恋着宝玉，“想起日间宝玉之言，不觉一阵心跳耳热，……怎奈神不守舍，一时如万马奔驰，觉得禅床便恍荡起来，身子已不在庵中”。她发出内心的声音：“我要回家去！”“你是谁？”

回到一个永恒的哲学命题：你从哪里来？你是谁？你要到哪里去？

七

从世俗的角度看，妙玉在十二金钗中，命运是最凄惨的了。

第一百十二回“活冤孽妙尼遭大劫　死雠仇赵妾赴冥曹”，她被强盗劫持了、绑架了。她似乎早有预感：“我自元墓到京，原想传个名的，为这里请来，不能又栖他处。……今日回来，那蒲团再坐不稳，只觉肉跳心惊。”

妙玉从此生死未卜。最初宝玉在太虚幻境中遇上的四大仙姑：“‘痴梦仙姑’是林黛玉，‘钟情大士’是史湘云，‘引愁金女’是薛宝钗，‘度恨菩提’即妙玉了。”

谁是谁的替身？谁是谁的转世？谁在替谁担负罪恶？谁在替谁享受福分？

袁枚，与曹雪芹是同一时代的人，他在《子不语》中写道：“惜玉怜香而心不动者，圣也；惜玉怜香而心动者，人也；不知玉不知香者，禽兽也。”

对照着看看自己吧，能做一个真实的人，就很知足了。

史湘云
湘江水逝彩云飞

一

史湘云无疑是《红楼梦》中既可爱又有趣的女性。她是贾母的侄孙女，忠靖侯史鼎的侄女。父母早逝的命运与黛玉极为相似，但她相较于黛玉，性格外向，活泼开朗。似乎有着更现代的美。

大观园是她们幸福的舞台。她们在这里聚会，结成诗社，各诉衷肠。她也是最有才情的女性之一。

在爱情与婚姻的问题上，贾宝玉面临着多重选择。好比面前有好几条路，有时竟不知走哪一条了。并且只有一次选择机会，往往自己也做不了自己的主。

三个女人，林黛玉、薛宝钗、史湘云，各有千秋，谁也替代不了谁，谁也无法独领风骚。但归根结底每个人都会有自己偏爱的个性。贾宝玉之所以更爱林黛玉，是因为她的个性更突出、更鲜明。所谓“金玉良缘”，金配玉的说法由来已久。薛宝钗有“金锁”，史湘云有“金麒麟”，但只有不沾金

史湘雲

的林黛玉才是宝玉所认定的灵魂伴侣。这就注定了三个女人的婚姻都以不幸而告终。

她像一阵温馨的风，不知道什么时候，突然来了，带着快乐的表情，美好的诗歌；又不知道什么时候，突然走了，带着些许的遗憾，悠长的惋惜。小时候在老家，走亲戚，总有一个像她那样的姐姐，或者妹妹，美得天真无邪，给予别人的多，要求别人的少。如果世俗生活中有天使，就是她那样的人了。

《正册》中属于她的画是："几缕飞云，一湾逝水。"曹雪芹为她写的判词："富贵又何为，襁褓之间父母违；展眼吊斜辉，湘江水逝楚云飞。"

美注定转瞬即逝。她与黛玉在大观园的生活诗情画意，犹如人间天堂。哪怕她调侃黛玉几句，黛玉也能接受。大观园是她们的第二故乡，在最美好的年华，寻找到了自己的精神寄托。人是环境的产物，如果没有那种氛围，也就不会有"海棠诗社"中那么美的诗。

二

爱情往往体现在那些微妙的反应上。一个眼神，一句话，一个动作，都会泄露爱的秘密。

过于敏感地在乎对方，导致一个人行为失态，都是源自情感出现了倾斜。当局者迷惑时，旁观者清楚。

史湘云是爱宝玉的。那种爱更多的是亲情和友情的自然流露。她率性而为，比如爱穿别人的衣裳。第三十一回，从宝钗的嘴里说出"他在这里住着，把宝兄弟的袍子穿上，靴子也穿上，额子也勒上，猛一瞧，倒像是宝兄弟，就是多两个坠子”。一个女孩子如果有点男孩子的性格，有点男相，也蛮可爱的。这其中有一种友情的温暖。黛玉接着宝钗的话说：“老太太的一个新新的大红猩猩毡斗篷放在那，谁知眼不见他就披了，又大又长，他就拿两个汗巾子拦腰系上，和丫头们在后院扑雪人儿去……”她活泼的形象如在眼前，那衣服她穿行，换成别人就不自然了。那衣服包含着亲情的温暖。

三个聪慧的女人在一起，好戏连台。各自的性情，跃然纸上。宝玉是她们的中心，听话外音，能听出是谁。

“云妹妹来了！怎么前日打发人接你去，不来？”

“你哥哥有好东西等着你呢。”

“什么好东西？”

“我给他带了好东西来了。”

哪句出自宝玉之口，哪句出自黛玉之口，哪句出自湘云之口？

袭人喜欢湘云。湘云人好，手工活也好。袭人托她为宝玉做鞋，她愿意为宝玉做事。她心里有宝玉，虽然宝玉不爱听“经济”的事，但她的经历决定了她知道“经济”的重要。她能吃苦耐劳，明白事理，不那么任性。宝玉见她时说：“几日不见，越发高了。”随后，她与丫头就石榴树引出感慨：“花草也是同人一样，气脉充足，长的就好。”

她为宝玉做的扇套儿，被黛玉给赌气铰了。一个懂事早，一个懂事晚。爱有一种排他性，黛玉只爱宝玉一个人，也不愿宝玉爱别人；湘云只希望宝玉活得幸福就好，是对占有欲的一种超越。一个渴望专制的爱情；一个是向往自由的情感。

“主雅客来勤。”她有儒家的务实，也有道家“闲云野鹤”

的精神。有时来无影去无踪，随心所欲，我行我素。

三个女人之间的远近亲疏，主要是由价值观所决定的。生分不生分，有很多因素，不是谁想怎么样就能怎么样。宝玉被夹在中间，有时这不行，有时那不行。左右为难，前后也为难。在别人迁就他的时候，他也迁就别人。

三

一个经常醉酒的人，一点儿都不可爱。一个从不醉酒的人，也说不上多么可爱。过于性情与过于理性，都容易造成一种隔膜。人啊，最好是该醉的时候就醉，不该醉的时候千万不要醉。醉得恰到好处也不失为一种美。

第六十二回“憨湘云醉眠芍药茵　呆香菱情解石榴裙”，是曹雪芹写湘云的点睛之笔。为宝玉的生日醉酒，一生只能醉一次。

史湘云不仅情商高，智商也高。猜起拳来，她赢了宝玉。她出题：“酒面要一句古文，一句旧诗，一句骨牌名，一句曲牌名，还要一句时宪书上有的话，共总成一句话。酒底要关人事的果菜名。”有时提出问题比回答问题更需要水平。

话离不开酒，酒也离不开诗。“人生得意须尽欢，莫使金樽空对月。”李白的《将进酒》，曹雪芹不会不欣赏吧：“天生我材必有用，千金散尽还复来。”林黛玉的身上有李清照的影子，与黛玉相比，湘云更接近李清照的内心。甚而湘云后来的婚姻，都与李清照有相似之处。

李清照的《如梦令》，写到了酒。林黛玉与酒无缘，离李清照远；湘云与酒有缘，离李清照近。“昨夜雨疏风骤，浓睡不消残酒。试问卷帘人，却道海棠依旧。知否，知否？应是绿肥红瘦。”在宝玉的怡红院中“一边种几本芭蕉，那一边是一株西府海棠，其势若伞，丝垂金缕，葩吐丹砂”。这是曹雪芹有意种下的，宝玉的心里始终有她的位置。

“……湘云卧于山石僻处一个石磴子上，业经香梦沉酣，四面芍药花飞了一身，满头脸衣襟上皆是红香散乱；手中的扇子在地下，也半被落花埋了，一群蜜蜂蝴蝶闹嚷嚷的围着；又用鲛帕包了一包芍药花瓣枕着……”，“湘云口内犹作睡语说酒令，嘟嘟嚷嚷说：‘泉香而酒冽，……醉扶归，宜会亲友。’”

读至此，想起李煜的“梦里不知身是客，一晌贪欢”。酒逢知己，酒后见真情。醉眼迷离，看世态炎凉。还是李清照的《如梦令》能写出一个女人的浪漫情怀：“常记溪亭日暮，沉醉不知归路。兴尽晚回舟，误入藕花深处。争渡，争渡，惊起一滩鸥鹭。”

湘云喜欢舟的意象，她在寻找着属于自己的船。有学者认为，她的名字是从姜白石《一萼红》词中所出：“荡湘云楚水，目极伤心。”“酒后方知情浓，醉后才知情深。”看到她的醉态，不仅是怜香惜玉，还有一种说不出来的感受。

四

人，过于自尊也是一种自卑的表现；开得起玩笑，懂得自嘲，也是一种能力；走向成熟的标志就是能心平气和地看待万事万物。

对湘云的印象，开始于第二十二回，陪贾母看戏。贾母喜欢什么，就点什么。宝钗点《西游记》，凤姐点《刘二当衣》，宝钗又点《鲁智深醉闹五台山》。贾母深爱做小旦的演员，又是赏物，又是赏钱。凤姐笑道："这个孩子扮上活像一个人，你们再看不出。"

接下来每个人的反应都体现了各自的性格特点，曹雪芹只用了三言两语，就将她们活灵活现地描画了出来。"宝钗心内也知道，却点点头不说；宝玉也点了点头，亦不敢说。"宝钗有修养，不忍心说；宝玉有爱心，不敢说。"史湘云便接口道：'倒像林姐姐的模样。'"心直口快，一副率真烂漫的样子。她以为别人没看出，只有自己发现了，她以为做演员和戏子，没什么不好。"宝玉听了，忙把湘云瞅了一眼，使个眼色……"这一个"瞅"字，叫湘云受不了了，一边让丫头翠缕收拾衣包，一边当宝玉的面说："明早就走，还在这里做什么？看人家的嘴脸！"

一个引出话题，一个沉默不语，一个口无遮拦，一个得理不让人："我原是给你们取笑的？拿着我比戏子，给众人取笑。"

在湘云和黛玉之间，宝玉是两边哄，两边自讨没趣，只有自己生闷气。伤心过后，他写了一偈："你证我证，心证意证。是无有证，斯可云证。无可云证，是立足境。"

似懂非懂，虚无缥缈的云，证与不证，有与没有。爱情也像读书，全在兴趣，求甚解也罢，不求甚解也罢，美在直觉，爱在深处，在若即若离时。再读他写在偈后的《寄生草》："无我原非你，从他不解伊。肆行无碍凭来去。茫茫着甚悲愁喜，纷纷说甚亲疏密？从前碌碌却因何？到如今，回头试想真无趣！"这是曹雪芹借着宝玉的手写的字帖儿，也是自我写照。作家贴着人物的性格写，跟着人物的事迹走。

当宝玉不哄姐妹的时候，姐妹就来哄他了。无趣的背后是有情。三姐妹给予他三种形式的爱：宝钗希望他成器，黛玉渴望他成人，湘云期望他成才。他最终成了怎样的人，只有曹雪芹知道。

五

木心说："艺术是植物性的，政治是动物性的。"植物没有攻击性，植物的美像女性的美。从一个女人喜爱的植物身上能看出她的心性。

黛玉喜欢梅花，宝钗喜欢菊花，而湘云则喜欢海棠。那是一种落叶小乔木，叶子卵形或椭圆形，花白色或淡粉红色。果实球形，黄色或红色，味酸甜。如果以花喻人，那么她的气质和海棠的气质有何相似之处呢？

第三十七回，她的《白海棠和韵二首》，其一，"自是霜娥偏爱冷，非关倩女欲离魂"，这两句诗是不是受到李商隐《霜月》"青女素娥俱耐冷，月中霜里斗婵娟"的影响？而她最后两句"却喜诗人吟不倦，岂令寂寞度朝昏？"，对于一直喜爱《红楼梦》的毛泽东来说，他的"更喜岷山千里雪，三军过后尽开颜"，还有《到韶山》中的"喜看稻菽千重浪，遍地英雄下夕烟"，是不是从中受到过启发。一个"喜"字，如此有生命力，给人昂扬向上的力量。

湘云的两首诗，其一更多乐观的元素，其二则多了一丝悲观："花因喜洁难寻偶，人为悲秋易断魂。"正所谓"水至清则无鱼，人至察则无徒"，越高贵就越挑剔，越喜欢纯洁，越难以选择。她的后一句，唤起对刘禹锡《秋词》的共鸣：

“自古逢秋悲寂寥，我言秋日胜春朝。晴空一鹤排云上，便引诗情到碧霄。”诗有传承，诗中的意境，也给人一种闲云野鹤的印象。

唐代的“三李”：李白的“云想衣裳花想容”“但使主人能醉客，不知何处是他乡”，多么像是在写她。李贺的“天若有情天亦老”“少年心事当拿云，谁念幽寒坐呜呃”，多么有感染力。李商隐的“当时七夕笑牵牛”“相见时难别亦难，东风无力百花残”，多么吻合她的心境。李清照的“庭院深深深几许”“故乡何处是，忘了除非醉”，多么像出自她的手笔。

诗人，不是梦，就是酒，还有风花雪月，大漠孤烟。将诗拆开，再重新排列、组合，又添新意。王国维的《人间词话》，正是将这个技巧用得炉火纯青。

钱锺书在《管锥编》中说：“分身以自省，推己以忖他；写心行则我思人乃想人必思我。”古今中外，人性与人情，诗意与哲理，皆可以此类推。

六

年轻时，仿佛更需要爱情和友情。当在一个人身上同时寄托爱情和友情时，是一种幸福。宝玉和湘云之间的爱情，似乎少于宝玉和黛玉、宝钗之间的，两人之间的友情却是多于他们的。

大块吃肉，大杯喝酒，一种柔情，一个侠义。人爽快了，也是一种大美。在湘云身上，既有女性的秀美，又有阳刚的东西。第四十九回中，她和宝玉在大雪天，围火烤鹿肉，饮酒赋诗，只管吃喝玩乐，别有一种浪漫情趣。

这其中，通过写黛玉、宝钗和湘云的语言特点，使三人的性格跃然纸上：“一时史湘云来了，穿着贾母与他的一件貂鼠脑袋面子、大毛黑灰鼠里子、里外发烧大褂子；……又围着大貂鼠风领。黛玉先笑道：‘你们瞧瞧，孙行者来了。他一般的拿着雪褂子，故意妆出个小骚达子样儿来。’湘云笑道：‘你们瞧我里头打扮的。’”妙哉，不正面回答，显示出湘云的自信之美、健康之美。“越显得蜂腰猿背，鹤势螂形。众人都笑道：‘偏他只爱打扮成个小子的样儿，原比他打扮女儿更俏丽了些。’”

她是这里的主角。“湘云一面吃，又一面说道：‘我吃这个方爱吃酒，吃了酒才有诗。若不是这鹿肉，今儿断不能做诗。’”她是豪放派，黛玉是婉约派，宝钗是折中派。宝钗对宝琴说：“你尝尝去，好吃的很呢！你林姐姐弱，吃了不消化；不然，他也爱吃。”雪落无声。“黛玉笑道：‘那里找这一群花子去！罢了，罢了！今日芦雪亭遭劫，生生被云丫头作践了。我为芦雪亭一大哭。’湘云冷笑道：‘你知道什么！是真名士自风流，你们都是假清高，最可厌的。我们这会子腥的膻的大吃大嚼，回来却是锦心绣口。’”

三个可爱的女人，假设以派别划分，那么黛玉偏左，湘云偏右，只有宝钗是中庸之派。顾随论诗人，有两句话：“你的手要脏，你的心要干净。”湘云就是这样的人，她如出水芙蓉。黛玉是手和心一样干净。宝钗有心机，藏而不露，爱憎都不明显，更善于权衡利弊。大观园是诗人的快活林。“诗人兴会更无前”，“湖上闲云”“枕霞旧友”，俱往矣，青春年华，一去不复返了。人只能活在当下，享受眼前的时光，回忆曾经的美好，让诗歌在灵魂中复活。

七

人的心境无时不在变化中。对一个人的印象，更不是一成不变的。

合上书，胡思乱想，谁是最可爱的女人？谁是最可敬的女人？谁是最可亲的女人？曹雪芹写她的闪光点，止于第七十六回，与黛玉“凹晶馆联诗悲寂寞”。一唱一和，两个才女的高端对话，心灵与心灵的交流，从黛玉诗中看到湘云“酒尽情犹在”，从湘云诗中看到黛玉“渐闻语笑寂”。当灵感来了，湘云的一句“寒塘渡鹤影”，黛玉的联句“冷月葬诗魂”，将两个人的才情表现得淋漓尽致。

对于经典著作的续写，不记得有哪一个作家是成功的。不是画蛇添足，就是狗尾续貂。作家的创作，是最个性化的劳动，只能独立完成。文心不同，文脉各异，续写前人的作品，往往劳而无功。

高鹗在后四十回中，将湘云许配给他人，结果丈夫久病成痨，夫逝寡居。毁了一个美的形象。不能不说是败笔。但反过来说，又能怎么样？

有一种旧时真本的说法，鲁迅在《中国小说史略》中提到过：“史湘云沦为乞丐，后乃与宝玉仍成夫妇。”这一结局也算是圆了一个梦。若果真如此，那么与曹雪芹的个人经历一定有一些联系。湘云有他妻子的身影，他是宝玉的集大成者。

“生活是一种引开，它甚至不让你去想，它是从什么地方被引开的。”阅读也是在被引开，但至于被引向哪里，因人而异。湘云是美的精灵、美的化身。记住拉罗什福科的话：“精神的高雅在于思考那些善良和优秀的事物。”

现实能否还原历史，历史能否折射未来。与其为一个美好的倩影感叹，不如背诵一首韩偓的诗：“昨夜三更雨，今朝一阵寒。海棠花在否，侧卧卷帘看。”

王熙凤
饱受争议的女人

一

王熙凤这个名字，从出现那一刻起就一直饱受争议。她尖酸刻薄、心狠手辣，当面一套、背后一套，得理不让人，是所有强势女人的化身。不论读过还是没有读过《红楼梦》，只要是提起她，真正有好感的人恐怕不多。在贾母的宠爱和庇护下，她掌管着整个贾府上下的事务，干着得罪人的差事。她读书识字不多，却生来有一种统治欲，知道如何驾驭人、操纵人，包括男人和女人。

从清代起就有人叫她“胭脂虎”，后来又称“夜叉星”。有人怕她，有人恨她，也有人爱她。她生得有姿色，爱憎分明。她崇拜“老祖宗”贾母，她敬重长辈贾政、王夫人，她有好姐妹秦可卿、李纨，还有个贪图色相的丈夫贾琏。她对宝玉、宝钗、黛玉像春天一样温暖；她对贾瑞、尤二姐、赵姨娘、贾环像秋风扫落叶一样冷漠无情。

她“口蜜腹剑、先声夺人”。只要认准了的事，她跟得紧，做得雷厉风行。她的命运与家族的命运息息相关。她是贾母意志的忠实执行者，贾母离世，失去靠山的她，生命与权力随之终结。的确应了“机关算尽太聪明，反算了卿卿性命！”。

古罗马的政治家和历史学家卡托说过：“一旦女人同我们地位平等，她们就会胜过我们。”如果王熙凤是个男人，她的行事风格和她做过的那些事，是不是会得到众人的欣赏。而身为女人，则被认为是大逆不道的。“谴责一个性别比谴责别的容易。”作为那个时代的女人，遵守三从四德，才符合那个时代的要求，她管得太多，做过了，过犹不及。

“宁可我负人，不可人负我。”像她那样过于务实的人，往往急功近利。更何况家族在走向末路的时候，想要维持正常的运转，掌权人光有灵心慧舌是不够的，得变得更强势、势利。

曹雪芹写她：“一双丹凤三角眼，两弯柳叶掉梢眉。”如见其人。她梦见秦可卿对她说：“婶婶，你是个脂粉队里的英雄，连那些束带顶冠的男子也不能过你。”

二

她设下相思局，步步为营，诱惑贾瑞一步一步落入圈套。

最初读《红楼梦》第十二回，认为贾瑞为自己的单相思宁愿受捉弄，宁愿赴死，不值得。而凤姐的歹毒很大程度是在维护自己的自尊。再读这一回后发现，贾瑞对凤姐，表面上是爱慕，实质是欲望。他被欲望牢牢控制，自己引火烧身，不懂适可而止。贾瑞不是被凤姐葬送的，是被自己的欲念葬送的。

她从来不相信因果报应。在贾瑞命归黄泉之前，贾瑞的祖父贾代儒曾找到王夫人求药方“独参汤”，王夫人又找到她，“凤姐应了，也不遣人去寻，只将些渣末凑了几钱，命人送去”。“渣末”的寓意是，在她的眼里，贾瑞不过是“人渣”而已。

她是什么人？贾瑞是什么人？在贾府也分三六九等，想要跨等级做事，一时把握不好，也就断送了前程。贾府的用人周瑞这样评价她：“这位凤姑娘年纪虽小，行事却比是人都大呢。……少说些有一万个心眼子，再要赌口齿，十个会说话的男人也说他不过。”总管贾府，协理宁府，出身王府。这三个条件，决定了她的身价。

不信阴司地狱，她有一股狠劲儿。对上层，她“心有灵犀一点通”；对同等地位者，她善于用语言应对；对下层，她有把他们收拾服帖的办法。她给平儿出点子：“把太太屋里的丫头都拿来，虽不便擅加拷打，只叫他们垫着磁瓦子跪在太阳地下，茶饭也不用给他们吃，一日不说跪一日，便是铁打的，一日也管招了。”

恐惧造物，严厉生威。王熙凤与历史上的吕后、武则天、慈禧等这些玩弄权术的女人，一脉相承。

三

是否具有诗性是我们判断文学作品优劣的重要标准。有诗歌的地方，就存在着美；没有诗性的文学作品，只是些文字堆积而已。

她看上去像个俗人，但骨子里仍不失诗意。当众姐妹在大观园中结社赋诗的时候，她也是参与者、资助者。诗中有酒，酒中有诗，诗酒向来不分家。曹雪芹在第三十八回写她饮酒，写出她性格豪爽的一面：“鸳鸯笑着，忙斟了一杯酒，送至凤姐唇边，凤姐一挺脖子吃了。”这个“挺”字用得精彩。诗人里尔克的诗：“有何胜利可言？挺住意味着一切。”她有超人的意志力，遇到那么多烦心的事，以苦为乐，豪爽、硬气。

凤姐虽不识字，但嘴上功夫不输他人。薛宝钗无意中将她与林黛玉作比，对凤姐目不识丁但能说会道的特点做出了精妙准确的评价：“世上的话，到了凤丫头嘴里也就尽了。幸而凤丫头不认得字，不大通，不过一概是市俗取笑。更有颦儿这促狭嘴，他用《春秋》的法子，把市俗的粗话，撮其要，删其繁，再加润色，比方出来，一句是一句。”两个聪明绝顶的女人，倘若生逢其时，凤姐可能会是成功的实干家，黛玉也许会是出类拔萃的作家。

看上去粗，实质上细。她的那一句“一夜北风紧”，一个“紧”字，妙不可言。还有随时铺垫的话，如果分行，近似于白话诗、口语诗了：

你们别笑话我
我只有一句粗话
剩下的，我就不知道了

她无意作诗，却能说出带有诗意的话，还有禅意。诗歌是语言的艺术，有一句极端的话，“诗到语言为止”。只要真实，就有生命力。她深谙说话的技巧，有见识，说话才明白。

某本工具书上有定义她的词条，将她解释成《红楼梦》中最出色的反面形象之一。其实，王熙凤这个人物远没有那么简单。她的性格复杂，正面中有反面，反面中有正面。互为表里。

歌德借《浮士德》剧中人物说："你可在每个人身上看到海伦。"她身上有着错综复杂的美，并且瑕不掩瑜，她有着很强的吸引人的魅力。莫罗阿在《人生五大问题》中说："'吸引'这含义浮泛的名词，能使大家怀有多少希望。'美'是一个相对的概念。它存在于每个赏识'美'的人的心目中。"不论你喜不喜欢这个人物，她的形象都是美的。这是曹雪芹的贡献，这是一笔精神的财富。

四

想要了解王熙凤，还可以从梳理她的人际关系入手。她是贾母的孙媳妇，王夫人的侄女，贾琏的妻子。她的丈夫贾琏是一个什么样的人呢?

贾府也罢，宁府也罢，从来不缺少好女人，但缺少好男人。这也是家族走向没落的重要原因之一。贾琏是具象化了的贾赦。贾赦与"假设"同音，似乎是假设的一个人物，着笔不多，给读者的印象比较模糊，让人看到的多是背影。贾琏是纨绔子弟的代表，兼具薛蟠的"混"和贾瑞的"色"。假设将他与宝玉比，那么前者是下流角色，后者是风流人物。

"一对夫妇总依着两人中较为庸碌的一人的水准而生活。"像王熙凤那样强势的女人，有时也不得不依着丈夫。除了原配王熙凤，贾琏还有尤二姐、秋桐、平儿为妾，一妻三妾，他有西门庆的影子。做事不管头不管尾，只图自己爽快。

在第二十一回中，通过贾琏与平儿的对话，真实地展现出了王熙凤生动、鲜活的一面。“平儿在窗外笑道：‘我浪我的，谁叫你动火？难道图你受用一回，叫他知道了，又不代见我呀！’贾琏道：‘你不用怕他，等我性子上来，把这醋罐子打个稀烂，他才认得我呢！他防我像防贼似的，只许他同男人说话，不许我和女人说话。我和女人说话，略近些，他就疑惑；他不论小叔子、侄儿、大的、小的，说说笑笑，就不怕我吃醋了。以后我也不许他见人。’平儿道：‘他醋你使得，你醋他使不得，他原行的正，走的正，你行动便有坏心，连我也不放心，别说他呀。’”

透过他人的眼睛，看自己；透过他人的话语，认识自己。她是什么人？她的丈夫这么看，她丈夫的妾那么说。瞧，她这个人！远在天边，近在眼前。她像什么人，什么人像她？男人看女人，雾里看花，终隔一层；女人看女人，将心比心，一针见血！吃醋是正常的心理反应，嫉妒也是人之常情，但表现的方式不同，化解的方法也不同，由此造成的后果也就千差万别。从平儿与贾琏的对话中不难看出，凤姐虽然醋劲大并且吃起醋来会变得很厉害，但是她自己却是个在男女关系上作风正派的人物。

五

在爱情上，女人的占有欲比男人更强。凤姐在处理她的情敌时，就展现出了心机重、心狠手辣又果断的一面。

曹雪芹在第四十四回，写贾琏与鲍二的老婆约会，被凤姐撞上。鲍二的老婆在屋里说笑道："多早晚你那阎王老婆死了就好了。"贾琏道："他死了，再娶一个也是这样，又怎么样呢？""……我命里怎么就该犯了'夜叉星'！"贾琏哪知隔窗有耳，这些话被凤姐听得一清二楚。之后的场面可想而知，平儿也在场，三个女人一台戏，闹起来了。凤姐为了解气，连着无辜的平儿也一块儿打。"倚酒三分醉"的贾琏，从墙上拔出剑来，豁出去要杀凤姐的样子。"这还了得！快拿了那下流种子来！"贾母最终制止了这场闹剧。

当听说"鲍二媳妇吊死了"，凤姐先是吃惊，然后反喝道："死了罢了！有什么大惊小怪的！"——这就是她行事的风格。

假如说鲍二媳妇之死是偶然中的必然，那么尤二姐之死就是她精心策划的结果，比将贾瑞玩弄于股掌之间更游刃有余，从容不迫。当得知贾琏瞒着她纳尤二姐为妾、私自在外租房同居后，她用计连哄带骗将尤二姐接进大观园。她外表佯装平静，内心陷入疯狂。实施报复的过程，被曹雪芹渲染得惊心动魄。整治一个弱女子，对她来说易如反掌。略施小计，借剑杀人，尤二姐被逼吞金而死。谁来背负这宗罪："国孝一层罪，家孝一层罪，背着父母私娶一层罪，停妻再娶一层罪。"

为此凤姐不仅背负了骂名，还为自己埋下了后患。折磨人的终将被折磨，欠债总要偿还的。

按解弢的话来说："写奸雄之可爱，无过《红楼梦》之写王熙凤了。"写作如庖丁解牛，举重若轻，大手笔就是大手笔。

峰回路转，到了第七十二回，恃强羞说病的她对贾琏说的一番话，在情理之中，又在情理之外。显出了她为人的多面性。“我因为想着后日是尤二姐的周年，我们好了一场，虽不能别的，到底给他上个坟，烧张纸，也是姊妹一场。他虽没个儿女留下，也别要‘前人洒土，迷了后人的眼’才是。”仅仅用虚伪、狡诈、阴险不足于形容她。人在病中，人之将逝，其言也善。

“当我们的恨太活跃时，它就把我们降低到我们所恨的人之下。”拉罗什福科还说，“大多数女人的精神更有助于加强她们疯狂而非加强她们的理性。”

六

理解一个女人，先要理解她的处境。假设她是一个平庸的女人也就罢了，而她的出身，她的阅历，她的能力，都让她不甘心居于人后。正所谓巾帼不让须眉，更何况又有一个并不出色的丈夫。处于时代的转折点上，家族的衰败是大势所趋。放债、揽权、得罪人，她即便使出吃奶的力，也无力回天。就像她的病，也一天天加重起来。

女人身上最可贵的是母性。人的心性也会随着身体的变化而变化，而一岁年龄一岁心。只有自己最了解自己身心的健康，她是聪明人，不会不有所觉察。

等到第一百一回，她推心置腹地对平儿说道：“我是早已明白了，我也不久了！虽然活了二十五岁，人家没见的也见了，没吃的也吃了，也算全了，所以世上有的也都有了，气也算赌尽，强也算争足了……”“只有一件，你们知好歹，只疼我那孩子就是了。”当母亲的最放心不下的还是孩子。

心里有什么，就会梦到什么。在大观园里，喜怒哀乐，生老病死，故事一直在演义。梦到幽灵，梦到冤魂……自己吓唬自己。连她那样不迷信的人，也开始迷信了。

她在散花寺抽的签，上面写着“王熙凤衣锦还乡”。底下是：“去国离乡二十年，于今衣锦返家园。蜂采百花成蜜后，为谁辛苦为谁甜？行人至。音信迟。讼宜和。婚再议。”

像一个谜，你去猜吧。像一首诗，你去悟吧。禅也有，道也有，人生就是那么回事，不知道没意思，知道多了也无趣。活在当下，活出自己的真性情。你只能是你自己，你从南京来，住在北京，还要回南京去。

牵强附会地说，明朝从南京迁都北京，清朝在北京定都，到了民国，又回到南京了。与她的经历，惊人地相似。

在第一百六回，平儿、贾琏、她，三个人的对话，道出了人性的冷暖。“平儿哭道：‘如今事已如此，东西已去，不能复来。奶奶这样，还得再请个大夫调治调治才好。’贾琏啐道：‘我的性命还不保，我还管他么！’”凤姐听后流着泪说：“只要你能够眼里有我，我死之后，你抚养大了巧姐儿，我在阴司里也感激你的。”

王熙凤不是一个简单的人。她当初能向刘姥姥托孤，其实有刘备向诸葛亮托孤的见识。这判断力来自预见性。

七

每个人都根据自己所处位置的不同，有着各自的本领。背靠大山，背靠大树，借势能得势，借力能发力。居高声自远的同时，也要懂得高处不胜寒的道理。

功不抵过，过去出力，是理所应当，一旦出事则激起众怒。权利与义务，不以谁的意志为转移的现实。失去了天时，失去了人和，自己也就难以自保了。

有人说：“精神的有力或软弱实际上只是身体器官好或者坏的状况。”而身体器官的好坏也取决于外部环境的好坏。成也罢，败也罢，从来不是她一个人的事。她更多时候是执行者，而非决策者。她只是常常冲在前边，站在第一线而已。

牺牲品是这样一些人，像她，透支自己的精力，做自己无法企及的事。她的局限在于知识不足以支撑才能，有实干的精神，但无高瞻远瞩。更何况在十七世纪前后，一个女人想做男人都很难做好的事，太多障碍，这注定了一个女人的悲情结局。

“假如我想到达的那个地方得借助梯子才行，那我就放弃这种打算。因为，我要到达的地方必须是我现在已经站立的地方。”维特根斯坦的哲学笔记还告诫，“任何靠爬梯子才能达到的地方都不能引起我的兴趣。”

写她的时候，不需要什么梯子。观点可能片面，可能存在误读，但毕竟真实地写出了心里想说的话。

贾巧姐
落入寻常百姓家

一

倘若巧姐儿不是王熙凤唯一的女儿，那么她的形象将更加模糊。曹雪芹之所以将她列为十二金钗之一，也许是因为巧姐儿的处境与他有相似之处。当年曹家被抄时，他十三岁，全家被迫离开南京，迁往北京。从此，过着穷困潦倒的生活。巧姐儿也是生不逢时，她十几岁时，贾府被抄，祖父获罪，母亲病逝，接连不断的厄运。以未成年的视角打量这个世界，感受人情冷暖，世态炎凉。

从“王谢堂前”，再到“寻常百姓”，将原诗的“飞”改成“落”，喻巧姐儿从高处沦落到低处之意。自己决定不了自己的命运，对此曹雪芹有过刻骨铭心的经历。他又借巧姐儿，重新再经历了一次。

在贾宝玉神游太虚幻境时看到的册子中，有暗指巧姐儿命运的一幅画：“一座荒村野店，有一美人在那里纺绩。”判词写道：“势败休云贵，家亡莫论亲；偶因济刘氏，巧得遇恩人。”

为什么给她先起名大姐儿，后叫刘姥姥为她改名巧姐儿？因为一切都是机缘巧合，无巧不成书。到了巧姐儿这一代，贾家已经走到了末路，败落、灾难伴随着大家族的崩溃而至，能躲过这一劫，平安着陆，过上正常人的生活，已经不失为一种幸福。

多少人，将枷锁套在自己的身上，背上沉重的包袱，为父辈还债。她的母亲王熙凤因为性格的弱点而犯下了许多致命的错误，但做对了一件事并因此解救了自己的女儿，那就是结交了刘姥姥。当初在大观园，她善待刘姥姥，多年以后，刘姥姥以民间智慧帮助了她的女儿，使巧姐儿免遭不幸。人多行善事，多做好事，总有好报。帮人就是帮自己，害人就是害自己。

安全感是幸福的基本保障因素。不论是富人也罢，穷人也罢。只有生活在一个平安的环境中，才有幸福可言。

二

人的出身由不得自己，巧姐儿生在“宁荣堂前”，看似尽享荣华富贵，但时间却很短暂。她有一个精明强干的母亲，最终机关算尽，没能给她留下什么；她有一个叫贾琏的父亲，依二知道人在《〈红楼梦〉说梦》中的说法：“贾琏乃小有才者，子未尝节取之何也？予曰：‘子不观雪芹之命名乎？贾琏者，假脸也。仆生平最恶假脸之人，愿吾子舍是勿复言。’”曹雪芹起名最讲究，还有人将“贾琏”理解为“假廉”“假怜”。总之，都不是什么好名字。有这样的母亲，有这样的父亲，还有一个叫贾赦的祖父，以及一个叫迎春的姑姑，也就不难理解她在大观园还存在时实际上并不太好的处境了。

相对于迎春，巧姐儿还算幸运，毕竟在最关键的时候，命运出现了转机，躲过一劫。否则，她有可能比迎春的结局更可怜。

《红楼梦引子》中，一首《留余庆》，穿越时空，道尽人生："留余庆，留余庆，忽遇恩人；幸娘亲，幸娘亲，积得阴功。劝人生，济困扶穷，休似俺那爱银钱、忘骨肉的狠舅奸兄！正是乘除加减，上有苍穹。"人算不如天算，人在危险降临的时刻，安全最重要。只要能平平安安地活着，其他都是身外之物。

人与人的感情，互动越多越亲近。第六回，刘姥姥一进荣国府，看上去是为自己家讨生计，实质上是为日后帮助凤姐一家埋下伏笔。刘姥姥是一个有智慧的人，既懂得"守着多大碗儿吃多大的饭"，又知道"谋事在人，成事在天"。她领着外孙板儿走进大观园，见到凤姐，她们有眼缘，可谓一见如故了。凤姐对她说："亲戚们不大走动，都疏远了。"一下拉近了她们的距离。第一次见面，彼此都留下了好感。

穷亲戚，富亲戚，凤姐也有念旧的一面。"一则外面看着，虽是烈烈轰轰，不知大有大的难处，说与人也未必信呢。今你既大远的来了，又是头一次儿向我张口，怎好教你空手回去。可巧昨儿太太给我的丫头们作衣裳的二十两银子，还没动呢，你不嫌少，且先拿了去用罢。"刘姥姥自然是喜出望外，话虽说的粗俗，却句句在理："瘦死的骆驼比马还大些。""你老拔一根寒毛比我们的腰还壮哩！"

凤姐不知道这看似帮刘姥姥的行为，实质都是在帮自己。有一种说法，是巧姐儿原本跟了板儿，只是被高鹗改写成嫁到了一个富裕之家。无论如何都离不了刘姥姥从中牵线搭桥。

三

巧姐儿童年有过快乐的时光。直到第二十七回“滴翠亭杨妃戏彩蝶　埋香冢飞燕泣残红”，她的名字还叫大姐儿，跟着宝钗、迎春、探春、惜春等一起玩耍，无忧无虑，自由自在。

从第四十一回“刘老老醉卧怡红院”，到第四十二回，醒来后，领着板儿去与凤姐辞行。在大观园住的两三天，刘姥姥也算是见世面了，用她自己的话说：“把古往今来没见过的，没吃过的，没听见的，都经验了。”发现美的事物，需要保持一段距离。一个人整天生活在一个地方，一切都司空见惯了。即便如大观园，对有的人来说，也不过就是一个园子而已，但对另外一些人，那不一样了。他们能从中体会出一种诗意，或者一种世俗的惊喜。

人只有在给予中才能充分体现自身的价值。向需要物质的给予物质，向需要精神的给予精神。这个过程是交换，也是报答。

刘姥姥是绝顶聪明的人，这也是凤姐欣赏她的原因。她懂得贴着人心说话。了解对方需要什么；知道自己有什么对方缺的。把话说到别人的心坎上，让听者舒心。她能叫别人快乐，别人自然善待她开心。一个乡下老太太，为什么能赢得上至贾母，下至小姐、丫头的好感？她看似粗俗，实则精细；而且有趣，又讲情义。她懂得感恩：“我这一回去，没别的报答，惟有请些高香，天天给你们念佛，保佑你们长命百岁的，就算我的心了。”老练的凤姐说话欲扬先抑，一波三折，以贬代褒地表达了对刘姥姥的喜爱。“凤姐儿笑道：‘你别喜欢，都是为你，老太太也被风吹病了，睡着不舒服；我们大姐儿也着了凉，在那里发热呢。’”

刘姥姥知道大户人家的小姐，从小娇生惯养，自然柔弱。她有高明之处：“大姐儿只怕不大进园子。生地方儿，小人儿家，原不该去，……一则风扑了也是有的；二则只怕他身上干净，眼睛又净，或是遇见什么神了。依我说，给他瞧瞧祟书本子，仔细撞客着。”凤姐叫平儿依照做了，真起作用，“果见大姐儿安稳睡了”。

庄稼人能压住邪，能担当。凤姐有预见性，想到让刘姥姥帮大姐儿正式起个名。因为大姐儿“可巧是七月初七”生，刘姥姥顺势起了“巧姐儿”。“这个叫做‘以毒攻毒，以火攻火’的法子。姑奶奶定依我这名字，必然长命百岁。日后大了，各人成家立业，或一时有不遂心的事，必然遇难成祥，逢凶化吉，都从这‘巧’字儿来。”

四

人的名字都是有象征意义的，小说中人物的名字，更有意思。表褒义的，表贬义的，还有中性的。有的直白，有的含蓄。究竟是人如其名，还是名如其人，也是一个谜。

王熙凤与刘姥姥的缘分，曹雪芹写得很巧妙。让原本阶层观念重又很势利的贵族当家人，由衷地对一位乡下老妇人慷慨大方。也许是凤姐在冥冥中感到了有助于巧姐儿的未来吧，“那边屋里，只见堆着半炕东西”，在第四十二回，既简略地写，又详细地写，借平儿的陈述表现凤姐的慷慨大方。

“这是昨日你要的青纱一匹，奶奶另外送你一个实地月白纱做里子。这是两个茧绸，做袄儿裙子都好。这包袱里是两匹绸子，年下做件衣裳穿。这是一盒各样内造点心，也有你吃过的，也有没吃过的，……这一包是八两银子。这都是我们奶奶的。这两包每包五十两，共是一百两，是太太给的，叫你拿去，或者做个小本买卖，或者置几亩地……”这都是凤姐在使巧。分得出远近亲疏，盛时为衰时着想。舍得送，使得也是巧劲儿，自己人永远是自己人。王夫人和凤姐是一条心，凤姐是王夫人的代言人。看上去是凤姐一个人在发声，却不知她背后还站着一个人。人和事，只有联系起来分析，才能看出点门道。谁真正当家，谁真正说了算，读透曹雪芹的文字，才能略知一二。

俗话说，来得早不如来得巧。刘姥姥进大观园，不早也不晚，是赶巧了。正逢其时，那时的凤姐，正处在生命的巅峰时期，要权有权，要钱有钱，除了贾母、王夫人，没有几个人能被她放在眼里。刘姥姥的阅历和经验，让她看得出大观园里的深浅，懂得应该重点去讨好谁。西园主人说：“巧意欢多一味承。”不仅指凤姐，也可以用来指刘姥姥。

一个巧字，把两个人的命运连接在了一起。刘姥姥是大巧若拙，凤姐是大拙若巧。当刘姥姥为她女儿起名巧姐儿时，无疑起到凤姐的心里去了，正合她的心意。

五

巧姐儿以王熙凤女儿的身份登场，她没有什么个性，也没有什么才情。不同的场合，凤姐出尽风头。不能说独领风骚，也是仅有的几个狠角色之一。巧姐儿生来就是配角，是为了衬托她母亲的，也同时衬托了刘姥姥。看似不起眼的巧姐儿，实质上是“善有善报”的诠释者，是她母亲做的为数不多的善举的唯一证明。

一百二十回的《红楼梦》是曹雪芹和高鹗的两人接力，相当于一百二十公里的马拉松长跑，比心力也比体力。曹雪芹跑了前三分之二，状态极好。本身能力就不济的高鹗接棒跑后三分之一，能跑完全程就实属不易了，同时还得顾虑不能太狗尾续貂。

第九十二回“评女传巧姐慕贤良　玩母珠贾政参聚散”。巧姐儿有出息了，喜欢读书识字，“认了三千多字。念了一本《女孝经》，半个月头里又上了《列女传》”。宝玉鼓励她，有一天可能比凤姐强呢！

巧姐儿是凤姐的化身，只是没有凤姐那么精明、机灵而已。巧姐儿还小，不懂世事的艰辛，平时出现的次数也不多，存在感很弱。到第一百十三回“忏宿冤凤姐托村妪　释旧憾情婢感痴郎”，那时的凤姐，心机用尽，巧劲儿使完，众叛亲离，重病缠身。生命已落入最低谷。她最放心不下的是巧姐儿，最牵挂的还是巧姐儿。天下为人父母的，如果还有良心，莫不如此。

人之将死，其言也善。凤姐有预感，有先见之明。在弥留之际，叫巧姐儿来见刘姥姥，说道：“你的名字还是他起的呢，就和干娘一样。你给他请个安。”巧姐儿很单纯，当刘姥姥问起：“一年多不来，你还认得我么？”她这样回答：“怎么不认得？那年在园里见的时候，我还小。前年你来，我还合你要隔年的蝈蝈儿，你也没有给我，必是忘了。”巧姐儿还是一个天真无邪的少女，没有什么高低贵贱的成见。她也喜欢自然之趣，乡野之风。刘姥姥对她说："好姑娘，我是老糊涂了。若说蝈蝈儿，我们屯里多得很，只是不到我们那里去。若去了，要一车也容易。"凤姐看出她们很合得来，很融洽，才说道："不然，你带了他去罢。"那是凤姐的肺腑之言，不论在哪里，不论贫穷，还是富有，只要活得开心，活得幸福就好。她是过来人，已经明白了这个道理。

刘姥姥又提起乡下的大财主人家，为巧姐儿做媒的事。凤姐说："你说去，我愿意就给。"这为巧姐儿今后的生活铺了一条路，也因此躲过一劫。

刘姥姥是巧姐儿命中的贵人。在这里，巧姐儿又一次衬托出凤姐的机智，刘姥姥的侠义。

六

如果相信生命中有贵人，那么就一定会有贱人；如果承认有君子，那么自然也有小人。一切来自对比中。

物以类聚，人以群分。第一百十七回，几个心术不正的人凑在一起，喝多了酒。"邢大舅说他姐姐不好，王仁说他妹妹不好，都说的狠狠毒毒的。贾环听了，趁着酒兴，也说凤姐不好，怎样苛刻我们，怎么样踏我们的头。"判断一个人的好坏，有一个简单的标准：如果一味觉得别人不好，只有自己好，那么这个人也好不到哪里去。好人最重要的一点是反省自己的不足。人都有共同的弱点，只是有的人多，有的人少，有的人懂得克服，有的人放任自流。"'大凡做个人，原要厚道些。看凤姑娘仗着老太太这样的利害，如今'焦了尾巴梢子’了，只剩了一个姐儿，只怕也要现世报呢！”

贾环、贾芸、贾蔷，这三个在贾府不得势的人，为了解气，害起了自家人。他们提起巧姐儿：“模样儿是好的很的，年纪也有十三四岁了。”陪酒的说：“现今有个外藩王爷，要选一个妃子……”王仁略有动心。

不怕贼偷，就怕贼惦记。这些人心眼子不好好使，别有用心。第一百十八回“记微嫌舅兄欺弱女　惊谜语妻妾谏痴人”，贾环趁贾琏不在家，将对凤姐的怨气发泄到巧姐儿身上。他主张把巧姐儿卖给藩王。臭味相投的王仁、邢大舅，与贾环一拍即合。贾芸，贾蔷，也跟着凑热闹。表面是“王府相亲”，实质是“出卖巧姐”。祖父犯了罪，母亲病逝，父亲顾不上。由邢夫人做主，舅舅王仁做保山，这门所谓的亲事就这样敲定了。“巧姐哭了一夜，必要等他父亲回来作主”，却一直没有贾琏的音信。

有人走投无路，有人幸灾乐祸。“贾环听说，喜欢的了不得，连忙答应了出来，赶着和贾芸说了，邀着王仁到那外藩公馆立文书、兑银子去了。”

七

也许是迎春的悲剧提醒了王夫人，也许是平儿的好心感动了苍天，也许是凤姐的在天之灵保佑了巧姐儿。

一切赶巧了。第一百十九回，在关键的时候，刘姥姥又来了。“这有什么难的呢，一个人也不叫他们知道，扔崩一走就完了事了。”惹不起的时候，躲着走。巧姐儿和平儿就这样被刘姥姥藏到乡下去了。

等贾琏回来，一切都明白了。一场由贾环导演的闹剧随之结束。卑鄙的贾环，令人不耻，贾蔷、贾芸，跟着折腾，也不是什么好意儿。

巧姐儿有了一个好的归宿。人生的波折，也化为她一生的财富。在刘姥姥的眼里，巧姐儿的母亲是最机巧的人，心巧、嘴巧，巧姐儿命里缺巧，就给她起了一个“巧”字。刘姥姥的每一次到来，都赶巧，这就是命运吧。

秦可卿 灯火阑珊处的隐秘

一

一个人坐在书房里沉思，顶灯照着一个人，射灯斜照着一个人。不知道如何走进秦可卿的世界。不同的时代有她不同的画像。哪一幅都写着她的名字，哪一幅也像她，也不像她。

沉鱼落雁的美，注定了她一生孤独。

她的身世是一个谜，她的爱恨情仇是一个谜，她的早逝也是一个谜。她只是一个美的过客，来得突然，走得更加突然。

高贵的女人，即便有短处，也难遮其高贵；卑鄙的女人，即便有长项，也难掩其卑微。她身上散发出的异香，常人只可意会，难以言传。

“夫人之相知，贵识其天性。”贾母是什么人？可谓曾经沧海，阅人无数。“贾母素知秦氏是极妥当的人，生得袅娜纤巧，行事又温柔和平，乃重孙媳中第一个得意之人。”贾母能看走眼吗？王熙凤是什么人？宁府和荣府之中，她能瞧得起的人不多，尤其是年华相近的女人。她最欣赏的大概就是秦可卿了。惺惺相惜，女人之间能引为知己，一定有相互吸引的地方。

贾珍和贾蓉又是什么人？秦可卿是让父子俩围着她转的女人。她真实的身份究竟是什么？从养生堂抱养的孤儿，到默默无闻地成家。她的生父母是谁？只知道她的养父是营缮司郎中秦邦业。宁府给予她的礼遇，超乎寻常。她的辞世不明不白，婆婆尤氏“正犯了胃痛旧症，睡在床上”，不愿管，也不想管她的后事。丈夫贾蓉也显出漠不关心的样子。只有公公贾珍“哭的泪人一般”，他要“尽我所有”为她办葬礼。他说：“谁不知我这媳妇比儿子还要强十倍。”给“爱媳”用亲王棺木，一条街上“白漫漫人来人往，花簇簇官去官来”。死后受到的待遇又为她套上了一层神秘光环。

原书中的“秦可卿淫丧天香楼”一章虽被删去，但无论是研究者还是读者，对秦可卿之死的秘密都表现出浓厚的兴趣。记得法国哲学家拉罗什福科说：“如果我们自己毫无缺点，我们也就不会在注意别人的缺点中得到那样多的快乐。”

这里面有看客的心理在作祟，即从他人的不幸中感受自己的幸运，站在道德制高点审判他人的道德沦丧，从而产生道德优越感。

二

一部《红楼梦》，最出彩的莫过于第五回，书的构思、书的框架、书的宗旨在这里充分展现。《脂砚斋重评石头记甲戌本》中第五回的章节名为“开生面梦演红楼梦　立新场情传幻境情”，普及本是“贾宝玉神游太虚境　警幻仙曲演红楼梦”。

一场白日梦，一座妙不可言、美不可测的迷宫，开门的是秦可卿，走进去的是贾宝玉。一边贴着《燃藜图》，两侧对联“世事洞明皆学问，人情练达即文章”。入之愈深，其景愈美。秦氏房间“甜香袭人，眼饧骨软”，贾宝玉看到壁上明画家唐伯虎的《海棠春睡图》，两面是宋学士秦太虚的字“嫩寒锁梦因春冷，芳气袭人是酒香”……那里想要什么有什么，天下的奇珍异宝，人间的稀世之珍。

两个人的世界中，究竟发生了什么？男欢女爱，如醉如痴。一个是“春梦随云散”，一个是“飞花逐水流”。也许有过，也许没有过；也许有就是无，也许无就是有；也许不存在，也许……

曹雪芹在这一回中，将宝玉游太虚幻境写得跌宕起伏，细节美不胜收。宝玉打开了一本花名册，故事由此繁衍生息。通灵的、魔幻的秦可卿，以她的美激起他的创作欲。她手里有一把美妙的钥匙，能开启一道通向未知的门。正是沿着她的预言，有明线，有暗线，编织起一串又一串的故事。

她的到来一如她的离去，像仙女下凡，带着仙气而来，留下余香而逝。

三

一个有灵性的美丽女人，对于一个幼稚的阳光男孩来说，既是一种诱惑，又是一种启发和引导。引导他回到自然的状态中去，让他知道什么是人的欲求，生理的需要。这是给一个少男最好的成人礼。

冥冥之中，仿佛有一种相互的精神愉悦，以情动情，以性情之美，促成他的成熟。治疗他青春期苦闷、彷徨、忧郁的最好的处方，就是这种神奇的快乐的慰藉。既是感官的一种享受，也是心灵的一种升华。好奇心打开的，不仅是一道宫门，还有二层门，还有十数个大橱。

他看到的《金陵十二钗正册》，里面写的不正是他自己的亲人姐妹吗？开始是黛玉与宝钗，结尾是秦氏。他生命中重要的三个年轻女性。秦氏官名“兼美”，小名可儿。兼有黛玉聪颖灵秀之美，宝钗妩媚大方之美。上下左右无不赞美她：“这么个模样儿，这么个性情儿，只怕打着灯笼儿也没处找去呢！”

一个女人的三重身份：一是秦可卿，二是仙姑，三是警幻。在他的梦乡，这个女人不停转换着身份。宝玉在恍恍惚惚中感受，朦朦胧胧中成长。“至次日，便柔情缱绻，软语温存，与可卿难解难分。”人生苦短，儿女情长。走出困境的唯一可能就是勇于尝试。事物永远存在着正反两面，有多少惬意，就有多少烦恼；有多少平坦，就有多少陡峭。噩梦醒来是早晨，美梦醒来是现实。

万丈迷津，“遥亘千里，中无舟楫可通，只有一个木筏，……但遇有缘者渡之”。

警幻既教他儿女之事，又告诫他、警示他，哪些可以做，哪些不可以做。经历快感过后，等着宝玉的是许多夜叉海鬼，最终“吓得宝玉汗下如雨，一面失声喊叫：‘可卿救我！’”。人最无助的时候，想起谁，说明谁在他心里的分量重。

从梦中醒来之后，他找到了秦氏的替身袭人。“初试云雨情”后的他，与袭人的感情贴得更近了。别人不能说的话，袭人可以说；别人不能做的事，袭人可以做。这都是秦氏教授的结果。这对他以后的生活，都埋下了伏笔，撒下了种子。

由此不难理解在第十三回时，他为什么“从梦中听见说秦氏死了，……只觉心中似戳了一刀的，不觉‘哇’的一声，直喷出一口血来”。终究有过一段刻骨铭心的爱，哪怕关乎的是性，即便是在幻境中。

四

她有一套奢华的房子，有自己一个相对独立的生活空间，有自己的精神世界，只要愿意，她能做许多人一辈子做不到的事。她虽然辈分低，却是过来人。她不仅以其生的快乐去唤醒两个人，而且以其死的悲哀与解脱去警醒两个人。那就是宝玉和凤姐。希望前者觉悟情与色的空，希望后者懂得权与利的虚。她临终前托给凤姐的梦是智慧的预言，是曹雪芹借他心仪的秦氏吐出的心里话：“常言‘月满则亏，水满则溢’，又道是：‘登高必跌重。’如今我们家赫赫扬扬，已将百载，一日倘或‘乐极悲生’，若应了那句‘树倒猢狲散’的俗语，岂不虚称了一世诗书旧族了！”

曹雪芹写下的是肺腑之言，因为自己的家族就是如此衰败的，刻骨铭心。凡事预则立，不预则废。总要早做打算，为以后着想，以免自己落入被动的境地。

“‘否极泰来’，荣辱自古周而复始，岂人力所能保常的。但如今能于荣时筹画下将来衰时的世业，亦可以常永保全了。”字字泣血，句句含情。荣华富贵如过眼烟云，只要是赐予的，也可以被剥夺。耕读之家，退一步也是出路。

人生知己，同怀视之。她在弥留之际，将自己悟出的天机，告诉凤姐：“三春去后诸芳尽，各自须寻各自门。”

这“三春”既有抽象的寓意，也有具体的含义。是不是暗示元春、迎春、探春、惜春？“三春怎及初春景”，当她们离去后，百年荣华的大家族将走向没落。所谓的先知先觉，除了天赋，也是后天经历和悟的结果。

秦可卿看人很准，所以她将自己的后事，托付给了凤姐。她死后被封龙禁尉。秦氏已逝，凤姐协理宁国府，将秦氏的葬礼做到了一种极致。多年后，凤姐的后事，谁来料理？从这一点上说，又是秦氏高于凤姐的地方。“裙钗一二可齐家”，但又能维持多久？

活透彻了的女人，既懂得生之快乐，也知道死之超脱。她泄露生的天机，可能是她想实现而无法实现的梦想，她明白谁能帮她实现。虽然出生无法选择，但是死亡是可以选择的。她最后做了自己生命的主人。

歌德断言：“最好的灵魂转世，莫过于我们能附在别人的身上再生。”

她的灵魂最终附在了谁的身上？

五

既然曹雪芹叫她“兼美”，她的灵魂也许就依附在了金陵十二钗的“三钗”——林黛玉、薛宝钗、王熙凤身上。

爱屋及乌，如果你爱一个人，那么自然也会爱她爱的人，以及与她有关系的东西。

有什么样的姐姐，也就有什么样的弟弟。即便有血缘上的差异，还是有很多的相似点。秦可卿的弟弟秦钟，不仅长

可卿

得好，用王熙凤的话说，将宝玉比下去了。而在重情这一点上，也丝毫不逊色于他的姐姐。

短暂而逝的美总让人平添一种惋惜之情。王熙凤与秦可卿，情同手足。贾宝玉和秦钟，莫逆之交。而他们之间的感情又是相互交织的，可谓你中有他，他中有你。在精神上，他们有太多的共鸣点。

当初贾宝玉神游太虚幻境看到判词所暗示的两个女人的命运，对照后来的事实，彼此吻合。一片冰山，一只雌凤。“凤鸟偏从末世来，都知爱慕此生才；一从二令三人木，哭向金陵事更哀。”“凤，神鸟也。”最终也飞不起来了。这是王熙凤的写照。一座高楼，美人自缢。“情天情海幻情身，情既相逢必主淫；漫言不肖皆荣出，造衅开端实在宁。”这是秦可卿的写真。一本书，不仅要从前向后读，也要学会从后往前读。还可以从中间插入读，也就能读出更多的味道来了。

秦可卿走了，一个丫鬟自尽，跟着走了。另一个丫鬟“认亲”，尽一份孝心。而她弟弟秦钟在书中的价值和意义也不大了。在姐姐的葬礼上，“原来秦业年迈多病，不能在此，命秦钟等待安灵罢。那秦钟只能跟着凤姐宝玉”。凤姐对秦钟的感情不亚于宝玉。

悲喜交加。曹雪芹最擅长将大喜大悲并列着去写。在宝玉的姐姐入宫当娘娘的时候，可卿的弟弟走上黄泉路。

人在临终的时候，念叨着的名字，一定属于最难忘的人。秦钟最好的朋友就是贾宝玉。

秦砖汉瓦，断壁残垣。古诗云：“未嫁先名玉，来时本姓秦。”秦钟，这名字在曹雪芹的笔下，有何喻义？

解盦居士在《石头臆说》中写道：“秦氏与情事同音，谓情事之幻境也。秦氏名可卿，言可人之情事也。弟名秦钟，情所钟也。”

当钟声响起，也是祈福的钟声吧。

六

小说终归是小说，曹雪芹在创作《红楼梦》的过程中，是先有框架再写，还是边写边建构框架？

秦可卿真正爱过谁？为谁盛开过？谁不在乎天长地久，只在乎曾经拥有。以她的美，贾蓉自然不配，贾珍也不配。她究竟属于谁？也许谁也不属于的时候，就只属于她自己了。

年轻的时候只重视花，年老了又过于看重果实。却常常忽略了绿叶。泰戈尔说：“绿叶恋爱时便成了花，花崇拜时便成了果实。”里尔克说：“每一个好的果实，都来自当时开放的一枚花朵。”每个女人都是花朵，但不是每朵花都有果实。自然规律可以掌握，但命运很难把握。可以预知的是命，不可预知的是运。

最难揣摩的是感情上的事，最难写的是爱情诗。

狄金森的《我若知道第一杯是最后一杯》，曾在济南历城的洪楼读过，也不知为什么，想起秦可卿这个人，会记起这一首诗。女人的心境与东西文化的差异无关。

我若知道第一杯是最后一杯
我一定久久不饮，
我若知道最后一杯是第一杯
我一定一口饮尽。

杯啊，这是你的过错，

嘴唇并没有骗我。

不，嘴唇，那是你的，

欢乐应负最大罪责。

她把欢乐给予了许多人，给自己留下的是痛苦。人需要归属感，更需要安全感，而她恰恰缺少这些。谁为她建起的迷宫？在那里住久了，自己已经成为迷宫的一部分，挣扎不出。从希望到失望，再到绝望，人言真的那么可畏吗？！

“与人的交往诱使人进行自我观察。”她认清了自己，在最合适的时间，以最合适的方式离开，未尝不是一种脱胎换骨的重生。

七

有的人走了，一盏灯随之熄灭；有的人走了，她身后的灯还一直亮着。

“爱是对美貌的欲望也是对幸福的欲望。”人最大的绝望是对爱的绝望。她看开了，想爱的人永远得不到，不想爱的人却已形成事实上的婚姻，一生这样厮守，还不如遁入虚无。这是个从幻境到幻灭的过程。

荣誉常常伴随着耻辱，谁也别苛求完美。当我们指责一个人的不足时，一定想想对方有什么优点是自己没有的。秦可卿作为一个女人，她的幸与不幸，都给读者留下了美的思考。她对一部书的推进起到至关重要的作用。沿着她的思路，我们能走向更开阔的地带，那里有关人性、有关美和命运。

卷三 红楼物语

王夫人
母爱的多面性

一

每一个母亲都有她的难处，即便像王夫人，生于名门，嫁与望族。她所操的心，她对子女的牵挂，她因爱而产生的恨，她内心的苦楚，也许有的能让人理解，有的却是不能得到原谅。

作为读者，自身的经历不同，对她的认识也不同。将“大观园”当成一个单位，她置身于什么位置？贾母高高在上，是一种精神的象征；贾政如果说在主外的话，那么是由她来主内的。人际关系错综复杂，她深陷其中，她能掌控什么？

鼎盛的时候，什么都好说；衰微的时候，丁点儿的问题都成了难题。风光的背后又有多少难言的苦衷？老一辈的辉煌，既是一种资本，也是一种包袱。她是贾、王、薛三大家族中的焦点人物，也是贯穿小说始终的关键人物。她是贾政的妻子，王子腾的妹妹，薛姨妈的姐姐；她生有长子贾珠，可惜婚后不久贾珠夭折了，好在留下了孙子贾兰；她生有贾元春，成为贵妃，又不幸英年早逝；就只有一个“掌上明珠”宝玉，可以想象会被宠爱到什么程度。

有贾母的恩在，有王夫人的威在，宝玉享受到了超人的待遇。在蜜罐里泡大的孩子，在女孩子的侍候下长大的他，无可无不可，没有多少进取心。作为母亲，爱之切，也痛之切。怎么办？严不行，松也不行；管不好，不管也不好；听天由命不行，不听天由命也不行。她活在两难的境地中，由他不可，不由他也不可；惯他不成，不惯他也不成。

王夫人最后的一根稻草，最后的一线希望，是希望通过婚姻去改变他。结果事与愿违，不仅没能喜结良缘，而且，直接导致了黛玉的辞世、他的出家、宝钗的守寡。

哪一个母亲不期望子女幸福，哪一个母亲不望子成龙？

二

爱，也要保持一种分寸，尤其是母爱，过分了就转化为溺爱。爱，同时也得考虑方法和对方的感受。

王夫人的愿望是好的，她最大的失策就是替宝玉选择了错误的婚姻对象。如果是选了黛玉，那可能是另一种结局了。前世姻缘，被人为地拆散，导致黛玉的早逝。无疑又为大观园的衰落鸣一次丧钟，也是宝玉看破红尘的开端。而始作俑者恰恰是他的母亲——王夫人。

第三回“托内兄如海荐西宾　接外孙贾母惜孤女”，黛玉初到贾府，王夫人用“孽根祸胎”“混世魔王”形容宝玉（又恰巧去庙里还愿，一种预兆，与后来的出家相对应）。又说了一句意味深长的话：“你以后只不要采他，你这些姊妹都不敢沾惹他的。”王夫人不放心宝玉，更不放心他身边妩媚的女孩子们。

人年轻的时候，在感情上容易做出格的事。像宝玉和黛玉的一见钟情，不认识却像认识，没见过却像见过，也许在想象中，彼此就该长成那种模样。最初的印象将形成一生的标准。爱情似乎只有一次，谁也无法取代彼此。

在王夫人眼里，他们是幼稚的，那种感情本身有太多的孩子气。但她并不真正懂得他们。黛玉当真了，宝玉也当真了。两个任性的少男少女，已萌发了爱的幼苗。爱情是一种谜团。只有爱着的人能感觉到，能体会到，内心是有火焰在燃烧。一日不见，如隔三秋。每一句话都是温暖，每一个眼神都是火花，每一次接近都是幸福。是王夫人无法扭转和改变的。

宝玉和黛玉是非常感性的，而王夫人和凤姐她们是属于理性、世故的。当这两类人发生冲突的时候，是无所谓是非的。物质是基础，精神是上层建筑。当物质已极丰富的时候，不同类型的人关注的焦点已然不同，这也是造成他们不幸的根源吧。

三

王夫人看上去宽仁慈厚，却又有尖刻阴损的一面。第三十回，王夫人的丫鬟金钏儿，因与宝玉调情而被王夫人掌掴，并被赶出大观园。其实错并不全在金钏儿，事情是由宝玉先挑起的：“我和太太讨你，咱们在一处吧。”哪知王夫人只是合着眼，并未睡着，金钏儿如果一直沉默不答，也就没有后边的事了。宝玉又跟了说：“不然，等太太醒来，我就讨。”迷迷糊糊的金钏儿，忘了是在王夫人的身边，说出了最不该说的话："你忙什么？'金簪儿掉在井里头，有你的只是有你的。'连句俗语难道也不明白？我告诉你个巧方儿，你往东小院子里拿环哥儿同彩云去。"宝玉一味顽皮，不知道轻重，又添了一句："凭他怎么去罢，我只守着你。"王夫人听得一清二楚。她不管自己的儿子，而顺手就打了金钏儿。她最不能容忍的，一是金钏儿的允诺"有你的"；二是提贾环与彩云的事，这触碰了她的底线。就为这几句话，喊出玉钏儿，让她母亲白老媳妇领她姐姐金钏儿出去，不论金钏儿如何哀求都不答应。金钏儿服侍了王夫人十几年，就因为说错了几句话被撵出去了，可见王夫人凶狠、不留情的一面。

第三十二回"诉肺腑心迷活宝玉　含耻辱情烈死金钏"。一个丫鬟被逐出大观园，就像从天上掉到了地下。别人怎么看她，她怎么活？她无意中说的那句话——"金簪儿掉在井里头"——竟成谶语。在绝望中，金钏儿投井自尽。而王夫人和宝钗的对话，又折射出她们伪善的一面。对金钏儿的投井，王夫人解释："原是前日他把我一件东西弄坏了，我一时生气，打了一下，撵了他下去。我只说气他几天，还叫他上来……"宝钗也世故地在为王夫人开脱："或是在井跟前玩，失了脚掉下去的。"宝钗像年轻时的王夫人，王夫人是年老时的宝钗，她们太神似了。王夫人和宝钗都没将金钏儿当真正的人来看待。其实在王夫人的世界里，宝玉也只是一件东西，只是比别的贵重罢了。

四

王夫人与贾政，似乎很少在一起。贾政是不是正人君子，是不是年轻时也像宝玉那样，不能轻易论断。人的转变需要一个过程，人的好奇心，人的求知欲，人的互补性，也很难一言以蔽之。他们更像形式上的夫妻，各干各的事。第三十三回，贾政痛打宝玉时，王夫人苦苦哀求，贾政无动于衷。好像并不把她放在眼里，并且有同时责备她过于宠溺宝玉的动机。如果不是贾母及时救场，还不知道会酿成什么后果。

王夫人的心里是什么滋味？贾政伤害得更多的是宝玉的肉身，而她身上强大的“母爱”，却是深深伤害了宝玉脆弱的内心。她始终不会明白，爱是一种启蒙，性是一种觉悟。人，过度的放纵不符合常理，但过度的压抑更违背人性。她和女儿元春，对黛玉都有某种成见。她们更欣赏宝钗型的女人，比如善解人意的袭人。王夫人欣赏袭人是因为袭人受控于她，像她安插在宝玉身边的密探，能通过袭人随时掌握宝玉的动向。袭人和她一个心眼，也看不上黛玉的为人。

袭人也懂王夫人，懂得她心里想什么。第三十四回的一席话，说到了王夫人的心坎里。什么“一生的声名品行”，什么“君子防未然”，恰恰是王夫人最纠结的。袭人有“小智若愚”的一面，精明藏在心里，有意无意出的点子，加强了王夫人对她的信任和依赖。

同样的，王夫人也会用手段巩固袭人对自己的衷心。第三十六回，王夫人以姨娘的待遇，提携了袭人。给姨娘发多少钱，就给袭人发多少。这在贾府是超常规的。不论是王夫人，还是凤姐，都擅长恩威并施、软硬兼施的手段，想奖就奖，想罚就罚。谁撞到枪口上，谁倒霉；谁做到心坎上，谁受益。

五

人，不能苛求完美，不能小题大做，不能什么事都较真。

贾家没落的导火索是由自己点燃的。是多年累积的爆发。

第七十三回，一个绣有春宫画的香囊，不知道被谁丢在了大观园里，恰巧被贾母的丫头傻大姐拾到了。香囊上面绣的“一面却是两个人，赤条条的拥抱，一面是几个字”。她“心性愚顽，一无知识”，只觉得好玩，“敢是两个妖精打架？不就是两口子打架呢？”所以还想拿给贾母看呢。恰巧遇到了邢夫人，这又是一个搅事的人。

贾赦住在荣国府之外，象征着被边缘化，邢夫人自然心怀不满。而大观园也恰恰是一个焦点。绣春囊的事让她以为大观园里的一件丑事被她抓住了把柄，可以发难了。她想抖抖威风，树自家的威信。

第七十四回，绣春囊被送到王夫人手里，邢夫人想给王夫人难看。王夫人在王善保家的调唆下，下令抄检大观园，绣春囊事件被无限放大了。评论家沃尔波尔在《论喜剧》中写道：“这个世界，凭理智来领会，是个喜剧；凭感情来领会，是个悲剧。”简单的绣春囊事件，不论是邢夫人，还是王夫人，都是凭感情去领会了。原本可以小化了的事，却被折腾成连累了许多人的悲剧，最终王善保家的搬起石头砸了自己的脚。

水落石出，邢夫人做何感想？王夫人又有何感想？贾府中的二位夫人，因为出身不同，家庭背景不同，想法也不会相同。其实，邢夫人已被架空了。荣府的话语权，主要被掌握在两个女人的手里，一是王夫人，二是凤姐。而凤姐主要是听王夫人的。不论对的，还是错的，王夫人的决策，大多通过凤姐去执行。而凤姐之所以能为所欲为，也是因为背后有个王夫人。

六

主人随便的一句话就有可能改变仆人一生的命运。

第七十七回，王夫人焦躁到了极点。她一下改变了四个丫鬟的命运。因为抄检大观园时被发现与男人私通的证据，迎春的丫头司棋被逐，最后撞墙身亡。宝玉的丫鬟晴雯拖着病体被逐，因为王夫人固执地认为她勾引了宝玉，带坏了宝玉。王夫人的冷笑，阴森森的，带着一股煞气。小丫头四儿被逐，是因为和宝玉说了同日生日便是夫妻的玩笑话，又是谁告到了王夫人那里？不论告发者是谁，原是没有城府的孩子的话，有那么严重吗？王夫人够阴险的，为了宝玉，各种手腕都用上了。“可知我身子虽不大来，我的心耳神意时时都在这里。”揭女孩子的短，然后，“也快把他家人叫来，领出去配人”。还有芳官被逐，体现了王夫人的傲慢与偏见：“唱戏的女孩子，自然更是狐狸精了！”颐指气使的王夫人喝道：“唤他干娘来领去！就赏他外头找个女婿罢。他的东西，一概给他。”

王夫人把事做绝了。如果说贾政对宝玉施行的是肉体的惩罚，那么王夫人则是换了一种法子，对宝玉施行精神的惩罚。你越是喜欢什么人，越不让你接近什么人。而且，她不明白一个道理，人心是相连的，你在驱逐宝玉喜欢的人的时候，也是在一点一点地驱逐宝玉。

宝玉的喜剧，在王夫人的编排下，演着演着成了悲剧。被逐的四个女孩子，司棋绝望而死；晴雯忧愤而死；四儿活着，背负着骂名，不知所终；芳官“疯了似的，茶饭都不吃，勾引上藕官蕊官，三个人寻死觅活，只要铰了头发做尼姑去”，最终入了佛门，索性出家去了。

曹雪芹一面称王夫人为善人，一面又刻画出她的恶毒。对待丫鬟们，她绝不手下留情，只要她看着不顺眼，先撵了再说，做得决绝，不留丝毫的情面。凤姐与她，可谓一脉相承。

七

母爱是一个很崇高的词，母爱是无私的。但每一个母亲都以自以为然的方式去爱自己的孩子。所以爱的初衷与爱的结果，有时大相径庭。

王夫人最爱的肯定是宝玉，她却并不了解宝玉的心。宝玉的善良，宝玉的敏感，宝玉的脆弱，宝玉本质上是一个抒情诗人。他虽置身于大染缸中，却依然保持一颗赤子之心。而王夫人想把他管教成什么人，塑造成什么人？即使成不了他祖父贾代善那样的人，也要像他的舅舅王子腾、父亲贾政那样。

这一切可能吗？每个人有每个人的路。每个人有每个人的造化，每个人只有成为他自己，活得才有意义。

当母亲的不能将自己的意志强加给子女，更不能在强加意志不成功时就肆意破坏。当王夫人心中的怒火熊熊燃烧的时候，伤及的不仅是丫鬟们，连同宝玉和黛玉，以及她自己，都伤着了。宝玉最后为什么要出家？不论是外界压力还是自我因素，都是因为人世间幸与不幸，真实与虚假，善良与恶意，美与丑陋，他见得太多了，也看够了。他需要一种解脱。

王夫人在这其中充当了什么角色？宝玉的私生活，宝玉的婚姻大事，她不插手，都挺好的；只要她插手，就是一团糟。这不仅是她一个人的悲哀，也是天下当母亲的悲哀。是值得反省的。

贾政

假作真时真亦假

一

也许没有哪一句话比“假作真时真亦假”更能用来形容贾政了。

从政也罢，为父也罢，治家也罢，他都是不确定的：在真中看到假，又在假中看到真；在孝中看见不孝，在忠里看见不忠；在硬时看到软，在软时看到硬；在爱中看见恨，在恨里看见爱……

他注定了既是大家族衰落的参与者，也是见证者。曹雪芹的老一辈中，一定不乏贾政这类人。假如只是实写，也未免太单调了。他是多种素材的一个组合。有正的，有邪的；有虚的，有实的；有伪的，有真的；有高的，也有低的；有大的，有小的；有宽的，有窄的；有贵的，也有贱的。

一部《红楼梦》，突出的矛盾之一，表现在父与子的矛盾上。贾政与贾宝玉，为父的时常居高临下地压迫，为子的恐惧、脆弱。父子关系是扭曲的。贾政也有年轻的时候，那时的他是什么样的呢？也许他一半似宝玉、一半似贾环。或者反过来说，宝玉似他诗性的那一部分，贾环似他恶俗的那一部分。

接班的问题，继承人的问题，传宗接代的问题，是他最关心也最焦虑的。这一问题，摆在他的面前时，他在权衡、在掂量、在对照，谁是最佳的人选？人才是家族与事业兴旺的关键所在，后继无人，后继无才，即便当年如何兴盛，也俱往矣。谁成为终结者，谁就是罪人。

他面临的困境，他内心的焦虑，他的无望。他的父亲早逝，母亲年事已高。有出息的长子贾珠早夭；次子宝玉，贪图玩乐，充斥着脂粉气；姨娘生的老小贾环，颇顽劣，不成器。他能寄托于谁？希望从哪里来？

唯一的希望，在第三代贾兰的身上了。还有吗？也许宝玉与宝钗的孩子，也算一丝希望吧！

二

贾赦为物所累，贾政为事所累，宝玉为情所累。贾赦玩物丧志，贾政无所“事”从，宝玉情何以堪。

在荣府，贾赦是长子，却撑不起一个家，也担不起世袭的爵位；贾政作为次子，是不容易的。哥哥就那样了，也没有争气的后人。贾琏和他爹，一个半斤，一个八两。贾琏即便比贾赦好，也好不到哪里去！贾政就不一样了，子嗣多，且不乏十分优秀者，所以希望也最大。三个男孩子是三种希望。宫中有女儿元春，家里有女儿探春。假如个个成人，人人成才，那么贾家的兴旺就有可能得以保存和延续。

可惜，事与愿违。最有出息的一男一女，都先后离开了人世。虽然没有直接描写贾珠，但通过对李纨、贾兰的描写，不难读出贾珠的才情和品格。假如贾珠活着，那么贾家也算有了一根顶梁柱。也许还会潜移默化地影响到宝玉的成长。元春在深宫得宠时，是贾家强大的物质靠山和精神寄托。可惜，还是没能长久，还未生育，就早早地离世了。在封建时代，一个女人，不论贵为妃子，还是平民百姓，没有儿女是最大的不幸。

父亲是一个沉甸甸的词。它包含了太多的酸甜苦辣，太多的喜怒哀乐，太多的记忆与憧憬。也许只有父亲不会嫉妒孩子的才华、孩子的成功。每一个父亲都希望孩子超过自己，比自己幸福。

从第十七回“大观园试才题对额　荣国府归省庆元宵”中不难看出，贾政与宝玉这一对父子之间不光有反抗与压迫，还有默契。当父亲看到孩子的才气，虽然含而不露，心里却是喜悦的。而宝玉也能感受到贾政对他才华的欣赏，心中暗喜，超常发挥。

古往今来，没有十全十美的人才，往往优点突出的，缺点也突出。贾政即使从政再勤勉，也算不上称职的官员。宝玉也许是看明白了，所以不想走仕途之路。

三

父与子相处，既对立又统一，既矛盾又和谐。当父亲难，子不教父之过；当儿子也难，人才的成长有自身的规律，不可能一味地按照父母的意愿发展。哪个父亲不望子成龙，望女成凤？但世间哪有那么多龙，那么多凤？当孩子的活得很被动很压抑，像宝玉，所以他在寻找一种感情寄托的同时，也是在逃避一种责任。

宝玉是才子，他的后面站着曹雪芹。每一部伟大的小说或多或少都有自传的色彩。曹雪芹在宝玉的身上寄托了无限的同情。宝玉的形象，既体现了艺术创作的美；也不能排除曹雪芹有一个类似贾政一样的父亲，是写他自己真切的体验，即写实的美。

元春的省亲，让我们看到了贾政在对待贾宝玉时内心柔软的一面。姐姐对弟弟的爱，既有亲情，又有友情，还有一种很特殊的感情。贾政看得出，宝玉是众人宠爱的焦点，贾母的爱，王夫人的爱，元春的爱，凤姐的爱，还有小姐、丫鬟的爱……他作为父亲，内心虽有宠爱的冲动，只能端着架子，他怕宠坏了孩子。

他命宝玉题对额，是在考宝玉。宝玉趁机展示了自己的灵性、才气。“编新不如述旧，刻古终胜雕今。”宝玉为什么在贾政面前套用古人的话？也是为了迎合父亲的心意吧。当众人夸赞宝玉时，“贾政笑道：‘不当过奖他。他年小的人，不过以一知充十用，取笑罢了。’”当父亲的心中自然欣喜。

宝玉的表现，他看在眼里，乐在心里。当父亲的最幸福的事莫过于看到孩子很优秀。青出于蓝而胜于蓝，这是每一个父亲的共同心愿，他的期望值可能更大。

落差折射出一个人的痛苦。第三十三回，宝玉挨打，惊心动魄。贾政为什么暴怒，为什么出手那么狠？假如宝玉真的有个三长两短，他还能活下去吗？这个家还能维持吗？贾环的告状固然是诱因，但是不是还有其他的隐情让贾政如此气急败坏？他是不是也有一种无处释放的压抑感，一种无望的苦楚，所以怒火中烧，大打出手。假如不是贾母拦着，后果不堪设想。贾政习惯了居高临下地说教，而宝玉又总想躲着他。躲不开了就有冲突，冲突的后果，两败俱伤。

四

贾政无疑是一个失败者。当父亲不称职，想做一个好官，也没能做好。他始终想找却未能找到自己的位置。

自古文人有良吏，与贾赦比，他也算得上良吏了。在官场上，人的驾驭力最重要。他有吗？圆通，上通下达，要么以万变应不变，要么以不变应万变。他曾一度有过天时、地利、人和，自从元妃辞世后，势能减弱了。背靠大树好乘凉，宫中有人好当官。他不能说不努力，却是被手下人架空了。工部员外郎是一个尴尬的官职，他干得并不顺心如意。蔡元培在《石头记索引》中写道："其人名如贾代化、贾代善，谓伪朝之所谓化、伪朝之所谓善也。贾政者，伪朝之吏部也……"不过蔡先生是反清斗士，不排除有排满情绪掺杂其中。

对贾政形象的评价，千差万别，关键看读他的人是谁。小说中的人物，很难盖棺论定。因为他始终活着，活在不同时代的读者中。

第二十二回"听曲文宝玉悟禅机　制灯谜贾政悲谶语"，看见他的真性情。与贾母在一起，他想哄着母亲高兴，尽一番孝心；和晚辈在一起玩文字游戏，也能玩得尽兴。在这里，曹雪芹赋予了他性格的多重性，既有严肃的一面，也有活泼的一面。

有一段，写三代人一起猜谜，很是温馨。贾母出灯谜："猴子身轻站树梢——打一果名。"传神和精彩之处在于贾政的反应："贾政已知是荔枝，故意乱猜，罚了许多东西，然后方猜着了，也得了贾母的东西，然后也念一个灯谜与贾母猜，念道：'身自端方，体自坚硬。虽不能言，有言必应。——打一用物。'"他懂事，他也怕贾母猜不着，为难了母亲，"说毕，便悄悄的说与宝玉，宝玉会意，又悄悄的告诉了贾母。"那一瞬间，亲情很美好。"是砚台。"大家都高兴，其乐融融。

五

人最重要的是认识自己，然后，是认识他人。人的成功在于知人善用。看错了人，看走了眼，悔之晚矣！

贾政有他华而不实的一面，虽然，还够不上装腔作势。所以他才会被贾雨村迷惑，从而帮助他。

贾雨村是什么人？小说的第一回"甄士隐梦幻识通灵　贾雨村风尘怀闺秀"，曹雪芹就点明了贾雨村的本质。

知人论世之言，写活了。话石主人的《红楼梦本义约编》中有一段话："起首雨村、士隐皆住仁清巷，言人情真假不分也。雨村去，士隐留，是去假存真之本；士隐仙，雨村仕，是以假代真之始。至急流津则甄来贾去，卷终则弃贾归甄。此真假之说也。作者言真事隐去，用假语村言演出，知著眼处先在命名。细绎百二十回各人名，皆有用意。"

真与假，谁能认清？

《红楼梦》是一部小说。假话当真话说，真事当假事写；纪实中有虚构，虚构中有纪实。小说可以当历史读，历史也可以当小说看。贵在审美。每一个人物都是某一类人的缩影，彼此对照，见惯也就不怪了。

贾政不是政客，贾雨村则是典型的政客。势利眼，随风倒。假如没有甄士隐举荐，没有贾政的关系，贾雨村不会飞黄腾达。从知府到御史，再到吏部侍郎，直至兵部尚书，在明清官场，一定有这类的政客。即便被连降三级，只要贾府不倒，还是补了京兆府尹，监管税务。贾政被贾雨村的伪装所蒙蔽，没能认清他的本质。他是一个踩着别人往上爬的人，有用则用，没用则弃。没有什么感情可言，忘恩负义是必然的。

贾家兴，贾雨村跟着沾了大光；贾家衰败，荣、宁两府被抄，他就翻脸不认人了。“株连，斩草除根”，好在最终被赦免了。世态炎凉，经历过浩劫的人，更能看清他人的面目。吃一堑，长一智。贾政的眼光，在历练中，不会不发生变化吧。

一时认不清人的真面目是正常的，假如一直认不清，那就麻烦了。

六

假与真，正与邪。了解贾政，还要了解家政——家庭中的事务，谁做主？

贾政出生的时候，是贾家最辉煌的时候，他的祖父荣国公，是开国功勋。他的父亲贾代善、母亲史太君，都出身真正的名门望族。哥哥贾赦是否贾母亲生，是个谜。小说还要当小说看，不能较真。

他小时候，贾母待他像不像王夫人之待宝玉；他年轻时，也像宝玉那么风流多情吗？世家子弟的优越感，也是一种时尚。他是否因为成家立业而改变？他和王夫人之间，很少有感情的交流，更多夫妻礼节性地相处；他又怎么会喜欢上赵姨娘？看不出，猜不透。一个让人讨厌的女人，没长什么好心眼，嫉妒、浅薄、恶毒，贾政为什么纳她为妾？这又是一个谜。

也许是因为在王夫人面前，他感到自卑，所以需要一个卑贱的人，平衡自己的感情生活，找回一种自信。曹雪芹也会搭配，让前者给他生了两男一女；让后者为他生育一女一男。虽然是儿女双全，却没人能承担守护大家族的重担。儿子要么英年早逝、要么不长进不成器；女儿要么宫中暴毙、要么远嫁他乡……

他为官为政，在异地，在充满潜规则的官场，他很容易被架空。他想有所作为，却又无能为力。官场是另一种江湖，他做不到游刃有余，又不想随波逐流。他的处境尴尬，也很无奈。

在复杂多变的时局中，贾家的败落除了外部因素之外，后继无人，自己折腾自己，也是问题所在。可惜人品好、又有能力的探春是个女孩子。女大当嫁，也主不了事。宝玉看破红尘，选择了出家这条不归路。如果贾环想主家政，做人却是如此不堪，满脑子坏点子，不盼着别人好。在报复他人的过程中，自己的恶行暴露无遗。如果贾环一旦成了气候，那贾府的未来更是不堪设想。

好在天无绝人之路。他有长孙贾兰，继承了前辈的遗志，走在正路上。高鹗的续中，又让宝钗怀上了宝玉的孩子，又有一种希望在。

七

小说只能是小说。至于从中读出多少内涵，多少寓意，那要靠读者通过自身的阅历想象与发挥，是一种再创造。

贾政是曹雪芹塑造的人物形象，又由高鹗延伸了。在书中，父与子的传说源远流长。哪一个父亲不疼爱自己的孩子，只是表达的方式不同罢了。

最后一回，"贾政扶贾母灵柩，贾蓉送了秦氏、凤姐、鸳鸯的棺木到了金陵，先安了葬"。让自己的亲人们最终有了归宿。养老送终，对贾母算是尽孝了。而年轻人的夭折，不会不给他的心灵罩上一层阴影。

"悲喜交集"这个词，用在他身上再合适不过了。宝玉和贾兰科举考试中了，是值得欣喜的事，但宝玉又走失了。

最终宝玉向他道别的那一幕，也是很感人的。父子一场，"俗缘已毕"。下雪天，在岸边，"抬头忽见船头上微微的雪影里面一个人，光着头，赤着脚，身上披着一领大红猩猩毡的斗篷，向贾政倒身下拜。贾政尚未认清，急忙出船，欲待扶住问他是谁。那人已拜了四拜，站起来打了个问讯……"一切如在梦中。宝玉匆匆别过父亲后，什么都放下了。"还不快走！"谁在催宝玉？"说着，三个人飘然登岸而去。""贾政还欲前走，只见白茫茫一旷野，并无一人。"

随口评价一个人很简单。置身世外，与己无关。当切实、恳切地看一个人时，就会发现谁活得都不容易。小说的结局，"兰桂齐芳"。皆大欢喜了。

的确，完整地概括他很难，却能理解他，理解一个父亲的苦衷，一个人的难处。

薛姨妈 无法摆脱的困境

一

也许是因为薛姨妈的女儿宝钗、长子薛蟠在书中个性太突出了，反衬的她似乎没有什么个性。作为一个过早失去丈夫的母亲，带着这一儿一女，一个总是惹是生非，一个又超人的体贴懂事。她是一个慈善的人，对谁都很和气，懂得中庸之道。也许没有个性正是她的个性，代表着隐忍与和善。

四大家族的势力与关系，都浓缩在民间流传的几句俗语里：

贾不假，白玉为堂金作马。
阿房宫，三百里，住不下金陵一个史。
东海缺少白玉床，龙王来请金陵王。
丰年好大雪，珍珠如土金如铁。

一荣俱荣，一损俱损，这一切都与她有关。她姐姐王夫人嫁给了贾家，她嫁给了薛家。但她们王家不比任何一家逊色。

所谓金陵，也就是如今的南京了。六朝古都，金粉世家。几代人的显赫……

母以子贵，薛姨妈没有这种福分。第四回，薛蟠为了争一个丫头，大打出手，惹上了人命官司。他倚仗家族的势力去解决，为后来埋下了祸患。只要有薛蟠在，就会有一个接一个的麻烦出现，他们家就永无宁日。薛蟠是真正意义上的混世大魔王。

读过《金瓶梅》，能看出兰陵笑笑生对曹雪芹的影响。能否说《金瓶梅》是平民版的《红楼梦》,《红楼梦》是贵族版的《金瓶梅》？薛蟠身上明显有西门庆的影子。一个是有深厚背景的纨绔子弟，一个是土生土长的暴发户。他们的共同点是：能经营，是封建地主与新兴资产阶级的混血儿，知道如何积累资本，如何拥有更多的财富。西门庆是一个人闯荡于商场与官场之间，薛蟠是生来就有得天独厚的势力，他们同样具有恶俗的一面，又不尽相同。西门庆可以不对任何人负责，而薛蟠却是极其孝顺母亲，善待自己的妹妹。恶中有善，善中也有恶；可恨中有可怜，可怜中又有可恨。刻画出人性的复杂面，这也是《红楼梦》高过《金瓶梅》的地方。

薛姨妈活得很无奈，她既要对儿子的罪过担责，又要为女儿的幸福尽职。一个女人能有多大的能耐？而命运又是不可预测的。儿孙自有儿孙福，可怜天下父母心！

二

人不到一定年龄，不会想那么多。年轻的时候，相信直觉，相信一见钟情；在感性中，不分对错，往往一意孤行，一旦清醒却发现已经晚了三秋。所以不妨相信经验，相信成熟的思考胜过冲动的激情。

从女儿的身上，总能看到母亲的影子。之所以有宝钗这样可爱的女性，首先是因为有薛姨妈。

她活着仿佛就是为了别人。性情宽厚，懂得隐忍，用微笑面对生活。从某个侧面打量她，有点像中年的李纨；而李纨像不像她？高贵的女人，为了孩子，不得不守寡，牺牲个人的幸福。也许在她们的心目中，后代的幸福就是自己的幸福。

即便是姐妹两个，性格也会截然不同。王夫人是她的姐姐，很强势，像中年版的王熙凤，或者说王熙凤像年轻时的王夫人。古代女性以夫为贵，以子女为贵。贾政是什么人？贾琏是什么人？她丈夫是什么人？

她为什么要寄居贾府？不仅仅是为了“金玉良缘”，主要还是因为丈夫不在了以后，她也需要寻找依靠。姐姐的家是她最佳的选择。

从老一辈看，姨表亲比姑表亲，亲近得多。贾母站得更高，看得更远。从感情上说，她肯定更疼爱外孙女黛玉，那是直系亲戚；从理性上说，她更欣赏宝钗。黛玉太多愁善感，做宝玉的红颜知己固然好，而当妻子的确不如宝钗理想。王夫人看宝钗肯定比看黛玉顺眼。一个既有物质的富有，又有精神的美；一个只有精神的美。宝玉爱得很美好、很执着、很纯洁。而她们就不一样了，想得更深、更复杂。阅历改变着人的观念。

三

女人只要当了母亲，最牵挂的就是孩子了。孩子当中，最受关注的要么是最强的，要么是最弱的，介乎两者之间的容易被忽略。然而后来发展最好的可能恰恰是那些被忽略的人。人的成长有自身的规律，过度的爱又何尝不是一种负担。

《红楼梦》中，薛姨妈出场的次数是比较多的，但不是为了薛蟠，就是为了宝钗，很少是为了自己。

最让她操心的莫过于薛蟠了。一个宽厚善良的母亲却有一个不安分的儿子，打架斗殴，好勇斗狠，也不知给她找了多少麻烦，没有贾家的庇护，薛蟠的故事也就截然不同了。

孩子既能让母亲抬不起头，也能让母亲扬眉吐气。薛蟠有兽性的一面；也有人性的一面。他对母亲、宝钗、宝玉，都流露出温情。这正是曹雪芹的高明之处，好人并非绝对的好，坏人也不绝对的坏。人性处在不断地转换和改变中。

薛姨妈一家寄居在贾府的梨香院，有什么寓意？提起薛姨妈，能想到谁？提起薛蟠、宝钗，又会想起谁？小说中虚构出的人物，唤醒了对很多人和事的联想。

第八回，薛姨妈留宝玉和黛玉在家吃酒，不禁让人联想到鲁迅先生的母亲鲁瑞。也许鲁瑞也读过《红楼梦》吧，她曾经请鲁迅和他的学生许广平等在家吃酒，鲁迅日记中有记载。但用意又有区别了。薛姨妈毕竟还是为了宝钗。第八十回，儿媳夏金桂闹事，对于蛮横霸道的儿媳，她一点儿办法也没有。由此想到，周作人的妻子信子也不是省油的灯。面对着这样的儿媳，即便再有智慧，婆婆也无可奈何。最终导致的不仅是兄弟失和，周作人的命运也类似薛蟠命运的翻版。

鲁瑞的命运像不像薛姨妈？也许千千万万的读者，都可以对照着《红楼梦》看看自己的家庭，有没有与小说人物相似的家人，有没有与小说情节相仿的经历？

四

如果说薛蟠给薛姨妈带来的更多是失望甚至绝望的话，那么宝钗给她的则是希望。

宝钗懂事，从她对色彩的选择——洁白，也能看出她的性格——沉稳、有定力。与宝玉喜欢的，象征热烈的红色，形成鲜明的对比。

薛姨妈为什么告诉宝钗“金锁是个和尚给的，等日后有玉的方可结为婚姻”，这说明薛姨妈很早就有那种想法了。真也罢，假也罢，目的是为了宝钗有一个好的归宿。

都说好女人惠及三代，薛姨妈是真的做到了。第二代有很多不尽如人意的地方，到第三代，仿佛能看到一线希望了。她不仅对宝钗好，对黛玉也好。第五十七回“慧紫鹃情辞试莽玉　慈姨妈爱语慰痴颦”，当宝玉听说黛玉要回苏州，他的痴病又犯了。“薛姨妈劝道：‘宝玉本来心实，可巧林姑娘又是从小儿来的，他姊妹两个一处长得这么大，比别的姊妹更不同。这会子热剌剌的说一个去，别说他是个实心的傻孩子，便是冷心肠的大人，也要伤心。这并不是什么大病，老太太和姨太太只管万安，吃一两剂药就好了。’”她懂得如何安慰人、开导人。

薛姨妈是热心肠，她为侄子薛蝌做媒娶邢岫烟，而没让邢嫁薛蟠，能看出她的心胸和知人之智。她给黛玉讲月下老人的故事，能看出她的智慧。婚姻有它的不确定性。她说："自古道：'千里姻缘一线牵。'管姻缘的有一位月下老人，预先注定，暗里只用一根红丝，把这两人的脚绊住，凭你两家那怕隔着海呢，若有姻缘的，终久有机会作了夫妇。这一件事，都是出人意料之外。"她看得很远。在她的心目中，宝钗的位置很重，即便是对宝玉也是取一种顺其自然的态度，并不勉强为之。多年的母女成姐妹，"着了正经事，就有话和他商量；没有了事，幸亏他开我的心"。

如果黛玉有她这样一位母亲，那可谓完美了。曹雪芹是欣赏薛姨妈的，她说的话，句句在理。即便是长辈对下一辈说的，也不乏平等的态度，有人情味。薛姨妈是贵族化的刘姥姥，刘姥姥是平民化的薛姨妈，她们有亲和力。

五

家庭幸福与否，看婆婆与儿媳的关系，就一目了然了。幸福的前提：婆婆善待儿媳，儿媳孝敬婆婆；反之，痛苦的现实：儿媳与婆婆反目为仇，婆婆与儿媳水火不容。

第七十九回"薛文龙悔娶河东吼　贾迎春误嫁中山狼"，一物降一物。薛蟠是什么人？夏金桂是什么人？曹雪芹对后者的描述："原来这夏家小姐今年方十七岁，生得亦颇有姿色，亦颇识得几个字。若论心里的丘壑泾渭，颇步熙凤的后尘。只吃亏了一件，从小时，父亲去世的早，又无同胞兄弟，寡母独守此女，娇养溺爱，不啻珍宝，凡女儿一举一动，他母亲皆百依百顺，因此未免酿成个盗跖的情性，自己尊若菩萨，他人秽如粪土；外具花柳之姿，内秉风雷之性。在家中和丫鬟们使性赌气、轻骂重打的。今日出了阁，自然要作当家的奶奶，比不得做女儿时腼腆温柔，须要拿出威风来，才钤压的住人。”

一个男人的成功，事业只是一方面，还要看他娶了什么样的女人，有的旺夫，温柔、体贴、贤良；有的克夫，粗暴、尖酸、刻薄。“那金桂见丈夫旗纛渐倒，婆婆良善，也就渐渐的持戈试马。先前不过挟制薛蟠，后来倚娇作媚，将及薛姨妈，后将至宝钗。”

夏金桂是妒妇、悍妇、母夜叉。面对这样的儿媳妇，薛姨妈一点儿办法也没有，更倒霉的是侍妾香菱。宝玉心中纳闷，世间还有这样的女人：“金桂不发作性气，有时欢喜，便纠聚人来斗牌掷骰行乐。又生平最喜啃骨头，……吃得不耐烦，便肆行海骂，说：‘有别的忘八粉头乐的，我为什么不乐！’薛家母女总不去理他，惟暗里落泪。薛蟠亦无别法，惟悔恨不该娶这‘搅家精’。”

六

每一个以夫妻为单位的小家庭，如果有条件的话，最好能保持一定的独立性。小家过好了，大家也随之安稳。

金桂是一个任性的人，谁也不服，谁也管不了。薛蟠名字的谐音可读作“削藩”，他老婆金桂就是最大的“藩”，他想“削”也“削”不了。

第八十三回，有薛姨妈与金桂的一段对白。“薛姨妈道：‘你们是怎么着，又这样家翻宅乱起来？这还像个人家儿吗？矮墙浅屋的，难道都不怕亲戚们听见笑话了么？’金桂屋里接声道：‘我倒怕人笑话呢！只是这里扫帚颠倒竖，也没有主子，也没有奴才，也没有妻，没有妾，是个混账世界了！’”生活习惯不同，价值观不同，又沟通不畅，矛盾丛生。宝钗也只能忍气吞声，小姑子怎能对嫂子无礼呢！至第一百三回，金桂施毒计想害香菱，最终害了自己。她也是一个悲剧人物，有点像《金瓶梅》中的潘金莲。而薛蟠加香菱约等于西门庆加武大郎。

家家有一本难念的经。最让薛姨妈放心不下的是宝钗和宝玉的婚姻。宝玉的人属于宝钗，心却被黛玉带走了。当母亲的什么都明白，苦在心里。她守寡守了那么多年，好在还有儿女可以指望，她知道作为女人的苦楚。薛蟠不安分，被关在监狱里，金桂算是半守寡，最终自己葬送了自己，也不足为惜。宝钗，自己的掌上明珠，却因为留不住宝玉的心，早早地守了活寡。薛姨妈的痛心疾首可想而知。

七

一个人在世上，不论有多少能耐，还是会处在两难的境地中。

管不了的事不管，操不了的心不操。一切照常运行，一切周而复始。太阳升起来的时候，既是新的，也是旧的；每当夕阳西下，有人看到的是黑暗即将降临，有人想到黎明不久会到来。

从薛姨妈的身上，看到最多的是母亲的无奈，生活的无奈。

赵姨娘 损害与被损害的

一

损害人的人，最终被损害了；被压迫的人，也想压迫人。

她的存在是一种悖论，面对不公平的命运，她以卑微的方式抗争，结果越争越卑微；她正道走不通，只有走邪道了。

人和人是有差别的。奴才、半主子半奴才、主子，在这三个点上，她已走到第二个阶段了，也是尴尬的一个地位。如果头脑清醒，多少聪明一点儿，就不会去干那种傻事了。她的烦恼和无趣很大程度是自找的。

她有一个很有出息的女儿，却不认她那一套；她有一个儿子，却不成器，而且随她，一肚子坏水。这就是她的处境。她不一定这么想，她也许认为，女儿是被王夫人她们带坏了，儿子和她一条心：为什么偏房生的要受歧视，被人瞧不起？不是反省自己做得不好，而是把责任归咎于他人。

梳理她在贾府中的关系，观察她的遭遇，她其实可以有多种选择：安于现状是一种，躁动不安又是一种；温良贤惠是一种，歹毒阴险又是一种……她的思维太简单了，以为加害对手，自己就能得逞了。她的愤怒来自内心的不平，来自妾与妻的矛盾，来自人性中阴暗的那一部分。

如果没有与贾政的这一层关系，她的背景与王夫人的是没有可比性的。王夫人是大家闺秀，生于名门望族。两人原本就不属于一个阶层，虽然因为婚姻而变得地位相近了，终究不是一类人。更何况赵姨娘连基本的修养和平民的智慧都缺失。愚蠢的人，做些愚蠢的事。除了为贾家生育两个孩子，还有什么？她是有些自不量力了。

大观园里的丫鬟，像平儿、香菱、袭人等，十有八九希望能走上赵姨娘年轻时的路。有的走成了，有的没有走成。无论成与不成只要知足，在哪里都容易幸福；只要不知足，在哪里都觉得痛苦。

做人多知足，做事少抱怨。也就没那么多无谓的纠纷了。

二

好事常常是自己找的，坏事也是。

第二十回“王熙凤正言弹妒意　林黛玉俏语谑娇音”，赵姨娘第一次出现，曹雪芹就让她交“霉运”。看似不合情却又合理。虽然她是庶出，但毕竟是长辈，凤姐叫王夫人姑，那么该叫她什么？即便她为贾家生有一男一女，却并没什么地位。而赵姨娘还认不清自己，总想争位置，可都是占不了理，越发窘下去了。

母亲的言传身教，对孩子的影响很大。种豆得豆，种罂粟得罂粟。贾环的好与坏，与赵姨娘有着最直接的关系。一次掷骰子的游戏，输赢无非是几个小钱。贾环明明输给了丫头莺儿，却是输不起，耍无赖，急眼。贾环和一个地位低下的丫头计较，显得自己更低了。宝钗刚好在场，她旁敲侧击，一语双关。“见贾环急了，便瞅莺儿，说道：‘越大越没规矩！难道爷们还赖你？还不放下钱来呢。’”如果贾环懂事，也不难听出话外音。理在莺儿一边，莺儿拿他和宝玉比，是瞧得起他。宝玉大方，宝玉不在乎。他还在自贬，也是真话：“我拿什么比宝玉？你们怕他，都和他好，都欺负我不是太太养的。”谁养的固然重要，自立自强更重要。

哭有什么用？宝玉看见了，又说了他几句：“大正月里，哭什么？这里不好，到别处玩去。……你原来是要取乐的，倒招的自己烦恼，还不快去呢。”贾环反倒把自己弄得两面不是人。赵姨娘如果是明白人，也不会这样对待他。“是那里垫了踹窝来了？”贾环不仅撒谎，还诬赖人：“同宝姐姐玩来着，莺儿欺负我，赖我的钱，宝玉哥哥撵我来了。”“赵姨娘啐道：‘谁叫你上高台盘了？下流没脸的东西！那里玩不得？谁叫你跑了去讨这没意思？’”这不讲理的话，也只有她能说得出口，又偏偏让凤姐听见了。凤姐是得理不让人的主，就给训斥上了，赵姨娘只有忍气吞声的份儿。这也为她伺机报复埋下了伏笔。

三

人和人之间，有时为了一句话，有时为了一件事，既可能成为朋友，走得越来越近；也有可能变成敌人，离得越来越远。

年轻气盛时，容易不知不觉就得罪人。如果对方是君子，不会放在心上；如果是小人，有什么后果就很难预料了。当然，君子和小人，是相对的。在相互的转换中，善良是底线。

赵姨娘是一个受气的角色。之前受的凤姐的气还没有消，又惹了一身臊。第二十五回“魇魔法叔嫂逢五鬼　通灵玉蒙蔽遇双真”，贾环烫伤了宝玉，不仅自己一连挨了凤姐、王夫人的痛骂，还连带着赵姨娘被教训。赵姨娘就记恨上了凤姐和宝玉。如果只她一个人，也成不了气候。偏偏为宝玉“寄名”的马道婆来了，这是一个在贾母面前“从善”、在赵姨娘跟前行恶的人。

马道婆和贾母做的是表面文章，与赵姨娘却是一拍即合、臭味相投。图谋害凤姐和宝玉，用的是迷信的魔法，恶毒的诅咒。赵姨娘不惜付出钱财，写下“五百两的欠契”。以她的说法：“果然法子灵验，把他两人绝了，这家私还怕不是我们的？那时候你要什么不得呢？”一个雇凶，一个图财害命。

魔鬼的伎俩也就使出来了。马道婆“向赵姨娘要了张纸，拿剪子铰了两个纸人儿，递与赵姨娘，叫她把二人的年庚，写在上面；又找了一张蓝纸，铰了五个青面鬼，叫她并在一处，拿针钉了：‘我在家中作法，自有效验的。’”。

魔咒起作用了。宝玉头疼、说胡话、蹦跳；凤姐“拿刀弄杖，寻死觅活的，闹得天翻地覆”。俗话说就是中了邪。

命在旦夕，连棺材都备好了。

讨人嫌的人，什么时候都讨人嫌。“赵姨娘外面假作忧愁，心中称愿。”在贾母最难过的时候，赵姨娘愚蠢地雪上加霜，对贾母说：“老太太也不必过于悲痛。哥儿已是不中用了，不如把哥儿的衣服穿好，让他早些回去，也免他受些苦，只管舍不得他，这口气不断，他在那里，也受罪不安生。”被贾母痛斥了一顿，只得暂时夹起尾巴来了。

伴随着木鱼声出现的一个癞和尚同一个跛道士，是逢凶化吉的使者，将他们从生死线上解救了回来。

四

置之死地而后生。那一次经历，损害人的，没有得逞；被损害的，心里留下了创伤。

曹雪芹笔下的女性，多半是可亲可爱的，赵姨娘是个例外。只要她出现的时候，不是挑起事端，就是惹是生非。自己生闲气，也叫人不顺心。第五十五回“辱亲女愚妾争闲气　欺幼主刁奴蓄险心”，她的兄弟赵国基亡故，为了补贴被扣，她又和探春较上了劲儿。

在公道与私情之间，探春选择了前者。在治理家务上，探春的威信更高了。而赵姨娘意气用事，争来争去，更让人瞧不起了。以惯例处事，离不了大谱，前有车，后有辙。一个人除非有大手笔，可以随心所欲。像探春，本是姨娘生的，就比别人矮了三分，在做事上，她按旧例、查旧账，是很稳当的方法。

赵姨娘致命的弱点，是私心太重。只想着自己，不考虑别人。她以为探春是自己的亲生女儿，就会无条件地站在她这一边，却不知道探春恰恰怨恨亲妈的姨娘身份，并且也看不起她的不端行为，不愿与她同流合污。清宫中有一种传统，管生不管养。探春与赵姨娘的关系很像这种生养模式下的结果。她想借探春为自己出口气，却不知出气口在哪里。探春既不领她的情，也不吃她那一套。

她有不满情绪，以为总被人作践。如果自己不往前凑，不先自己作践自己，哪有那么多作践人的事。优秀的母亲心里装着孩子，给予爱，不是只索取。这样一来，孩子也会学到优秀的品质。为什么探春不认她，实在是因为她说话做事太不靠谱了。

人的薄情是相互的。母亲挖苦女儿，女儿不认生母。“如今没有长翎毛就忘了根本，只‘拣高枝儿飞’去了。”哪有母亲不希望孩子往高处走的，但她的心理过于阴暗，认为探春混出了头却不带着她，所以咬牙切齿，不甘心。探春则看透了她的下作，自然也嫌弃她了。其实，赵姨娘也很不幸，被人瞧不起，处处受不公平对待，深受阶层观念之害。

五

如果别人不把你当回事，你太把自己当回事，又不能通过完善自己提高价值，而只想以不地道的方式勉强别人把你当回事，那么最终自取其辱的还是自己。

人际关系，说单纯也很单纯，说复杂也很复杂。俗话说不经一事，不长一智。但像赵姨娘这样的人，总是不长记性，一次次重蹈覆辙，犯一些低级错误。第六十回“茉莉粉替去蔷薇硝　玫瑰露引来茯苓霜”，曹雪芹把她可怜又可恶、无中生有、无事生非的形象写得活灵活现。

人穷志短，马瘦毛长。赵姨娘不认这个理，逞强好胜，为了一件小事，发作起来了。芳官把茉莉粉当蔷薇硝掷给贾环，这一个“掷”字，也能读出一种轻视。贾环不懂，揣在怀里，要讨好彩云，彩云见过世面，笑着说道：“这是他们哄你这乡老儿呢！这不是硝，这是茉莉粉。”一句不经意的话，说者无心，听者有意，惹恼了赵姨娘。

一句是一句，句句不饶人。泼妇的形象跃然纸上。“有好的给你？谁叫你要去了？怎么怨他们要你！依我，拿了去照脸摔给他去。趁着这会子，撞尸的撞尸去了，挺床的挺床，吵一出子，大家别心净，也算是报仇。”被压抑太久了，怒火中烧，值得吗？不明事理，唯恐不乱。“趁着抓住了理，骂那些浪娼妇们一顿，也是好的。”这样教育孩子，能教育好吗？“呸！你这下流没刚性的，也只好受这些毛丫头的气！……你明日还想这些家里人怕你呢！你没有什么本事，我也替你恨！”她不明白一个道理：只有爱才能赢得爱，而恨只会引出更多的恨。

窝里斗，能斗出什么结果？贾环不是善茬，针尖对麦芒地说道：“你这么会说，你又不敢去。支使了我去闹，……闹出事来，我捱了打骂，你一般也低了头。这会子又调唆我和毛丫头们去闹！你不怕三姐姐，你敢去，我就服你！”这话太厉害，算是激怒她了。“气得眼红面青”的她，又经夏婆子煽风点火，抖起威风来了。她朝着芳官发泄起来了。

闹是容易的，收场却很难。惹人笑话，威风扫地了。探春很无奈，说什么呢？赵姨娘“这么大年纪，行出来的事总不叫人敬服！……耳朵又软，心里又没有算计，这又是那起没脸面的奴才们调唆的，作弄出个呆人，替他们出气！”，探春算是看明白了。

六

曹雪芹已经把赵姨娘的飙、呆、闹、泼、昏……刻画出来了。她的出场与否，无关大局。只剩最后的交代，她的悲剧命运，也早已注定。

直到第一百十二回“活冤孽妙尼遭大劫　死雠仇赵妾赴冥曹”，在高鹗的笔下，赵姨娘中邪了。她“满嘴白沫，眼睛直竖，把舌头吐出……”，贾环乱嚷，她胡言乱语。终于流露出悔意：“我有一千日的不好，还有一天的好呢。好二奶奶，亲二奶奶！并不是我要害你，我一时糊涂，听了那个老娼妇的话。”——也是一种忏悔。正应了那句，害人终害己。

因果报应说，十八层地狱说，在人的意念中是一种刑罚。信则有，不信则无。赵姨娘“双膝跪在地下，说一回，哭一回。有时爬在地下叫饶说：‘打杀我了！红胡子的老爷，我再不敢了！’”，这是一场现世报。赵姨娘被有形无形的势力逼疯了。

姨娘的命，是偏房侧室的命。如果不愿认命，那就得积极抗争。偏偏她以狭隘的心理、阴险的手段去报复他人。没想却给自己留下了阴影，挥之不去。恶变成了一种罪，自己审判自己，自己惩罚自己。

活着的时候，不停地闹，是闹别人；临死的时候，还在闹，就是在闹自己了。有出息的女儿，远嫁他乡，不认她这个生母；不成器的儿子，虽然守在身边，也只是一件废物而已。

最终赵姨娘在寺内暴病而亡。“这里一个人传十，十人传百，都知道赵姨娘使了毒心害人，被阴司里拷打死了。”精神的酷刑虽比肉体的酷刑抽象，影响却更大。

七

赵姨娘不仅仅是赵姨娘，是所有姨娘的统称。她不是孤立的个体，而是一个群体的象征。一个人死了，又有无数个降生了。

这类人一旦陷入困境，不从自身找根源，而是把责任推卸至他人。随意发泄怨恨，想清除所有和他相悖的人。在这种人眼里，没有公理，只有私敌。

假如探春站在她这一边，假如贾环考中了进士，假如她有一天成为贾府的主子，那会是一番什么景象？

恨那些损害过她的人，恨那些曾经比她强的人。成了是她，败了也是她。她的一生就是闹腾的一生，有她在，周围别想安宁。

曹雪芹写出了她的闹剧，高鹗续出了她的惨剧。这不仅是一个人的悲哀，也是一类人的悲哀。

贾瑞 镜子两面的射线

一

镜子无处不在，以不同的形式，出现在每个人的面前。以铜为镜，以玻璃为镜，以史为镜，以人为镜……知衣冠，知相貌，知得失，知心性，总之，从出生到去世，谁也离不开镜子。

剖析自我不难，剖析别人也不难。在镜子面前，有已知的，也有未知的。尝试着去剖析一个人，就像是做一次复杂的手术，顺利也好，不顺利也好，至少能提供一种参考。

人能不能认识自身在于自己，自己的悲剧一定是由自己导演的。

贾瑞面对“风月宝鉴”这面镜子，是照正面还是照反面，全由他选择，也即选择死还是选择生的问题。一个人的自制力决定他是一个什么人。镜子该不该照，如何去照，有什么后果，自己应该明白。曹雪芹把他刻画成一个迷途的人，走火入魔，丧失了理智，被感官的欲望引入深渊。

贫穷而自尊是好的，贫穷而能自立、自强也是好的。他的位置游离于宁、荣两府之外，父母双亡，从小跟着迂腐的祖父贾代儒长大的他，是相对贫穷的。在半封闭的环境中生存，没有什么阅历。打个比方，拿鲁迅笔下的人物来说，不读古书，像那个阿Q；只读古书，正像孔乙己。只能是“哀其不幸，怒其不争”。

他本身是一个弱者，却想通过征服一个强者来证明自己。王熙凤是什么人？那是“生当作人杰，死亦为鬼雄”的雌雄。你贾瑞是什么人？充其量是一个穷酸的私塾先生，除了“之乎者也”，还懂得什么人情世故？一穷二白，寄人篱下，还不安分守己。招惹谁不行，竟敢招惹她。的确是鬼迷心窍了。

五色令人目盲。自己不能给自己解套，也没有一个亲人或友人伸出援手帮他一把。在他最难的时候，在他被惩罚的时候，他唯一的亲人贾代儒又往他伤口上撒盐，一个打击连着另一个打击，他不能承受生命对他的蹂躏，彻底被打垮了。

镜子，既能照妖，也能驱魔；镜子，不论照出的是美还是丑，不会一成不变。厄运是对惰性的惩戒，好运是对勤勉的奖赏。

二

一见钟情是怎么回事？初恋又是怎么回事？他对王熙凤的感情也叫一见钟情吗？也叫初恋吗？那是因为年轻而犯下的幼稚病，不知轻重，不考虑利害，草率、鲁莽、一意孤行。

第十一回“庆寿辰宁府排家宴　见熙凤贾瑞起淫心”。“凤姐儿正看园中景致，一步步行来，正赞赏时，猛然从假山石后走出一个人来，向前对凤姐儿说道：‘请嫂子安。’凤姐儿猛一惊，将身往后一退，说道：‘这是瑞大爷不是？’贾瑞说道：‘嫂子连我也不认得了？’凤姐儿道：‘不是不认得，猛然一见，想不到是大爷在这里。’贾瑞道：‘也是合该我与嫂子有缘。我方才偷出了席，在这里清净地方略散一散，不想就遇见嫂子。这不是有缘么？’一面说着，一面拿眼睛不住的观看凤姐儿。”

卞之琳的诗歌《断章》：“你在桥上看风景，看风景的人在楼上看你。明月装饰了你的窗子，你装饰了别人的梦。”写出了男人的一种心理。

假如只是看，只是一种保持距离的欣赏，仅仅停留在欣赏“装饰”的层面，就绝不会因此而丢了性命。他不满足于此，相信了自以为是的“缘”，一心想打破欣赏的距离。凤姐原本是搪塞他：“听你这几句话儿，就知道你是个聪明和气的人了。”“一家骨肉，说什么年轻不年轻的话。”让他忘乎所以，以为凤姐也认了这份“缘”。

既不了解凤姐的为人，也不知道自己的轻重。那时，秦氏病重，凤姐心情坏到了极点，他是没事找事，惹火烧身。他说的那些不着调、不靠谱的话，凤姐原原本本告诉了自己的心腹平儿。平儿简洁准确地评价了二人之间的关系：“癞蛤蟆想吃天鹅肉。”

人要学会照镜子。黑泽明在自传《蛤蟆的油》中写道：“日本民间传说中，有种外表丑陋又多长了几条腿的蛤蟆。人们捉到它后，将其放在镜子前，看到自己丑陋不堪的模样，蛤蟆会惊出一身油来。这油也是珍贵的药材……”人有时连蛤蟆也不如。倘若贾瑞从镜子中，看出自己卑微的模样，吓出一身冷汗，也许就能至此收手，保住性命。

三

一次情感的冒险，后患无穷。他以为凤姐“天天也闷的很”，自己要能帮着解闷呢，“死了也情愿”。“凤姐笑道：‘果然你是个明白人，比贾蓉兄弟两个强远了。我看他那样清秀，只当他们心里明白，谁知竟是两个糊涂虫，一点不知人心。’”

喜不自禁的他，以为“知人心”的好事降到他的头上了。稀里糊涂，不知什么叫正话当反话说。第一次约会就被捉弄，“黑地里摸入荣府，趁掩门时，钻入穿堂”。当所有出去的门都关了，“贾瑞急的也不敢则声，只得悄悄出来，将门撼了撼，关得铁桶一般。……这屋内又是过门风，空落落的；现是腊月天气，夜又长，朔风凛凛，侵肌裂骨，一夜几乎不曾冻死。好容易盼到早晨，……从后门一径跑回家去”。

这一夜，度日如年，苦不堪言。原以为他会就此打住，没想到这只是开始。

他父母早亡，祖父贾代儒“素日教训最严，不许贾瑞多走一步，生怕他在外吃酒赌钱，有误学业”。由此可见，贾瑞从小缺乏关爱和宠溺，内心渴望被温柔相待。这一回，“贾瑞先冻了一夜，又遭了打，且饿着肚子，跪在风地里读文章，其苦万状”。

爱能抚平创伤。联想宝玉挨父亲贾政的打后，有多少人给予关爱。贾瑞遭遇的却是被严重羞辱过后，又被十分严厉地对待，孤立无助。在一个地方摔倒一次，还可以爬起来。摔倒第二次的时候，想爬起来就很难了。

一个将计就计，一个错上加错。他没有朋友，没有谁帮他出点主意。凤姐却是操纵着贾蓉、贾蔷，两个“不如他”的兄弟，一起在黑夜中等着他，像不像《水浒传》中鲁智深为打抱不平而假扮“新娘”的场景。只是一个高尚，一个龌龊。贾瑞“直臊得无地可入，不知怎样才好”，“魂不附体”，又被贾氏兄弟敲诈了五十两银子，画了押。他们也算得上远房亲戚了。

“他二十来岁人，尚未娶亲……”，不过一年，染上病了，“梦魂颠倒，满口乱说胡话，惊怖异常”。病入膏肓的他，还有一次被拯救的机会。“有个跛足道人来化斋，只称专治冤业之症”，送他一面镜子，嘱咐他只许照反面，不许照正面。那是一面魔镜，既可以帮他，也可以损他，由他取舍。他最终还是听不进道人的话，怎么高兴怎么来。即便在弥留之际，还没有忘了说：“让我拿了镜子再走……”

生不觉悟，死不悔改。他始终没有弄明白，自己究竟做错了什么。懵懵懂懂地来，懵懵懂懂地去。

四

一次偶然的相遇，断送了他年轻的生命。

阅历的确是一笔财富。贾瑞长期处于僵化的思想、礼教的禁锢之下，处在祖父贾代儒严厉的监督下，他对异性的认识几乎等于零。他的青春期变成漫长的苦役。他异想天开的追求，导致了毁灭性的结果。

也许是基因出了问题，也许是才子佳人的书读多了，误解了什么。《西厢记》他读过吗？《金瓶梅》《聊斋志异》，他读过吗？一介落魄的书生，有多少美梦最终能够成真？“一步醒来错，回头已百年。请观风月鉴，多少泣黄泉。”这一首诗，是不是写他的？

什么才是真正的立身之本，无论爱情再美妙，无论青春再激情，最终生活还要回归到常态中来，感情只有依附在事业中，才能有所保障。不计后果的冲动，只能愉悦一时，长久的幸福来自稳定的生活。记住，诗情画意的浪漫源自柴米油盐酱醋茶的现实。

他也算是读书人，都读了些什么书？那个时代的学问，又有多少科学的成分？站在道德的高地上评判，他被钉在了耻辱柱上。从心理学的角度分析，他是个性饥渴的病人，一个人格不健全的人。

好书也是镜子。早在十七世纪，即中国明朝的后期，英国的哲学家、科学家培根在《论求知》中就说过：“读史使人明智，读诗使人聪慧，演算使人精密，哲理使人深刻，道德使人高尚，逻辑修辞使人善辩。总之，知识能塑造人的性格。”每一类知识都是一面镜子，全面地照一照自己，看问题，做事情，也就不会太狭隘，太自以为是了。从人性出发，他何尝不是封建专制的殉葬品。

他的祖父贾代儒，在曹雪芹的眼中究竟是个什么人？代儒的谐音有“歹儒”“呆儒”，是巧合，还是故意为之。

歌德说：“有的老学究就是文痞，这种人不值一钱。”

五

贾瑞将追逐目标定得不切实际，也注定了惨败的结局。

赴约会时的心潮澎湃与归来时的失魂落魄形成巨大的落差。路是一样的路，道却不是一样的道。感情是两颗心共鸣时发出的和声。而冷淡的对待、瞧不起的拒绝，是记忆中不和谐的声音。

"权势者认为牺牲者的痛苦是忘恩负义。"他的失策还在于该照镜子的时候没有照，不该照的时候又照了。即便是远亲，但与荣、宁两府毕竟存在依附关系，有强势群体与弱势群体之别。他恰恰处在弱势的一方。

有一种说法，没有生命的物体也有一定的记忆能力。镜子，尤其是收藏已久的镜子，不知有多少人曾经照过，也不知其中保存了多少有益或有害的信息。

爱情是一个包罗万象的词，越解释越解释不清。一切都隐含在过程中，一旦达到目的，更多的是责任和义务。爱情和幸福来自人格的平等与自愿的付出。你的爱慕唤起她的爱慕，两情若是久长时，又岂在朝朝暮暮。爱情，如果只和欲望连在一起，不会长久。只有与友谊携手，再加上勤勉与智慧，才会走得更远。

喜欢一个人，却不被喜欢，就赶紧走开，感情勉强不得。追求一个人，被对方回绝，也不要固执，一切顺其自然。锲而不舍，反而往往会自讨没趣。正如他之于凤姐。人总是缺少什么就想要什么，越得不到越想得到，不可企及的东西最令人着迷。邪思妄动，色迷心窍，不能自拔，最终走入歧途。

他的可悲之处在于，自己两手空空地来，一无所有地去，只留下了被人鄙视的骂名。除了"四书五经"、八股文，他还知道什么？

他死后，贾府内外，多的二十两，少的一二两，凑了有百十两银子，赠给他的祖父："代儒家道虽然淡薄，得此帮助，倒也丰丰富富完了此事。"

贾瑞以一种奇特的方式，尽了孝道。

六

只要小说还在，他那被贬义化的名声便在，常被拿来形容色迷心巧的人。

篆刻家陈巨来，博闻强记，能说会道，他的回忆录《安持人物琐忆》，记录了民国时期上海书画、篆刻界及文坛一些名家闻人的掌故轶事，为读者打开一扇了解海派文人的窗子。在《记庞左玉与陈小翠》一文中，写人矮貌陋的女画师庞左玉"自命为南浔富翁之女，故性格既骄且娇"，将二十世纪六十年代的上海画院戏比为"大观园"，又将其中人物比作"红楼"中人：那时唐云红得发紫，庞左玉"比之为宝玉"，将叶露园比作袭人，将陈巨来比作晴雯，"有一沈迈士，道貌岸然，比之为贾政；王个簃面孔好人样子，比之为薛姨妈；贺天健动辄骂人，比之为焦大"，"某青年学员徐姓，尝偷窥女生洗澡，而被遣送崇明劳动三年，此人回来后，她见人即说贾天祥回来了；最谑而虐者，比螺川周女为多姑娘也；陈小翠性格孤洁，不喜与人多交际，比之为妙玉"。当她问陈巨来自己像谁？陈巨来说她"如史湘云，口没遮拦"。他们两个"坏分子"一唱一和，聊得开心。回来后的"贾瑞"，也没少说他们。"文革"中，庞左玉自尽了，陈巨来也被劳动改造。那本书是他在"文革"结束后写成的。看上去真实，也不乏杜撰，姑妄听之罢了。

文中被比作多姑娘的“螺川周女”，指的是我国著名国画家周炼霞（号螺川）。我曾见过一张旧照片，是二十世纪五十年代初齐白石去上海，周炼霞等往车站迎接时的合影。才女的气质，她美得如花似玉，画也画得好，从年轻一直美到迟暮，复旦大学著名教授苏渊雷曾盛赞她“七十犹倾城”。她的《西江月·寒夜》：“几度声低语软，道是寒轻夜犹浅；早些归去早些眠，梦里和君相见。丁宁后约毋忘，星华滟滟生光；但使两心相照，无灯无月何妨。”这词也不知是写给谁的，也许是为吴湖帆而写吧。

螺川这样的一位女人，怎么也联系不上多姑娘。将偷窥者比作贾瑞，还能说得过去。说穿了，无论是偷窥者还是贾瑞，他们都属于精神空虚、性格懦弱、缺乏自制力的一类人。

七

还是出家人看得开，还是禅家的觉悟高。同样是说镜子，也有形而下和形而上的区别。一个说：“身是菩提树，心如明镜台，时时勤拂拭，勿使惹尘埃。”还能看得见，摸得着。另一个说：“菩提本无树，明镜亦非台。本来无一物，何处惹尘埃。”站得更高，立意更远了。

记得鲁迅先生曾藏有弘一法师的一副字：“戒定慧。”任何事情都要讲究一个度，适可而止，知止而后定。

贾环
人性中的阴暗

一

也许能理解，也许不愿理解，也许能包容，也许不想包容；也许存在过这类人，也许只是虚构和加工……

只指责别人，不反省自己；好事似乎与他无关，坏事又与他形影不离。越想推诿，越招惹人们反感。贾环是书中典型的反面角色，为人贱得可悲，赖得无聊，活得无趣。

他与宝玉的个性截然相反，谁离他近谁受损。他从小就坏心眼子多，心胸狭窄，狗肚鸡肠。不过也不能完全怨他，环境对他的不公和周围人对他的鄙视，也是加剧他“坏”的一个重要原因。被瞧不起的后果是破罐子破摔了。谁对他坏，他对谁更坏。

叫他坏，他能坏到哪里去。有时做点小动作，有时打个小报告，有时要点小无赖……既然没有什么好值得记住，那么使坏使得令人记住，也是一种本事。宝玉是他同父异母的哥哥，有手足之情，宝玉没有什么对不起他，他却总是嫉恨着宝玉。他是在渴求“公平”吗？从上到下，爱宝玉的人那么多，喜欢他的人那么少，为什么？身世固然重要，人的相貌，人的造化与修养更重要。可爱之人一定有可爱之处，可憎之人一定有可憎之处。

每个人都有他的两面性：阳光的一面，阴暗的一面；温暖的一面，冷漠的一面；高大的一面，渺小的一面。最重要的是一个人的底色，如果是善良的、明智的、纯真的、朴素的、唯美的，他就会发扬积极面，抑制消极面；而可恶的、邪气的、虚伪的、丑陋的，则与此相反，他就会走向另一个极端。

一个人自尊自重，才会赢得他人的尊重。凡事多从自身找原因的人，看问题会更全面、更客观。人在情绪化、冲动的时候，脑子容易错乱。越是置身在高雅的氛围中，就越显得卑微。那原来不是他的“大观园”，他没能活出自尊。别人为什么瞧不起他，别人为什么瞧不起他的母亲，别人为什么排挤他、指责他？他自己肯定弄不明白，他母亲也弄不明白。他们一定有一种被压迫感，有一种难言的屈辱感。为了消除屈辱感，宣泄愤恨，他们就选择用一种阴暗的方式和下作的手段还击。不论是有意为之，还是无意为之，以歹毒的心理对待别人，最终害了自己。

德国批评家、哲学家赫尔德说得好，“只有让人压迫的人，别人才会去压迫他”。

他原来是一半主子、一半奴才。他当不了主子，也当不了奴才。不伦不类，定不准自己的位子，尽做些不三不四的事，令人不齿，让人心寒。翻开《红楼梦》，只要他一出现，准没什么好事。殊不知他在难为别人的时候，也是在难为自己。

“亲人是父母给自己找的朋友，朋友是自己给自己找的亲人。”这话不知道最先是从谁嘴里说出的，却是道出了人生的哲理。

兄弟是天生的朋友。假如他们能和谐相处，那会怎么样？如果他们的哥哥贾珠活着，又将怎么样？权和利面前，兄弟之间，是争还是让，是进还是退，是一个复杂的问题。

二

一个人最终在社会上能否站稳脚跟，取决于和什么人在一起，交什么样的朋友。物以类聚，人以群分。宝玉最吸引人的地方，是他的善念与大度，他眼里没有坏人。即便贾环一次次害他吃苦头，他不仅不报复，甚至连抱怨都没有，待贾环也一如既往。这也没能感化贾环。正所谓“坏人永远不知道好人有多好，好人永远不知道坏人有多坏”。季羡林以一生的经验感喟，坏人是变不好的。

他没有真正的朋友，只有损友腻友。而宝玉既有益友，又有挚友。一个是自私自利的个人主义，一个是大公无私的人道主义；一个是宁可我负人，不许人负我；一个是宁可人负我，我不负人。这就是他们之间的差距。宝玉和秦钟、蒋玉函、柳湘莲，是生死相托、患难与共的朋友。他有谁呢？利则相攘，患则相倾，连自己哥哥宝玉都倾轧、陷害，更何况他人了。

好朋友越多，路越走越宽广，越走越踏实。经得住时间的检验。帮助的人越多，得到的回报也越多。反过来说，损害的人越多，被损害的可能性也越大。

看宝玉如何对待人，看他如何对待人。评价一个人，最简易的办法就是比较。宝玉是什么背景，他是什么背景；宝玉是什么资质，他是什么资质；宝玉在读什么书，他在读什么书；宝玉给予的是爱心，他能给予什么？假如他有自知之明，绝不会与宝玉攀比。倘若他有姐姐探春身上的丁点长处，也不会堕落至此。

贾环，贾家的祸患。曹雪芹给他起这个名字，有没有这层贬低的意思，不得而知。“环”字从玉旁，是否有“玉边上的患”的含义，也不得而知。不过围绕着宝玉发生的几件不愉快的事，他都脱不了干系。

羡慕、嫉妒、恨，在他的一举一动中，暴露无遗。也许宝玉不在乎，但爱宝玉的人在乎。他如果对宝玉友善，那么不知会赢得多少人的友善对待；他与宝玉为敌，自然也就树了更多的敌人。这世界没有完全的公平，却有正义在。人心所向、人心所爱的，无非一个真，一个善，一个美。人性所厌、人性所恨的，也无非一个假，一个恶，一个丑。他为什么不能从羡慕开始，沿着勤勉，抵达爱与幸福？

三

优越感从何而来，自卑感因何而生？宝玉的存在，仿佛成了他的一个坎，他知道迈不过去，所以他选择让对方痛苦，以此减轻他内心深处的自卑感，寻找某种失落的平衡。

最触目惊心的是第二十五回，宝玉与丫鬟彩霞嬉闹，贾环吃醋报复的一幕。“宝玉便和彩霞说笑，只见彩霞淡淡的不大答理，两眼只向着贾环。宝玉便拉他的手，说道：‘好姐姐，你也理我理儿。’一面说，一面拉他的手。彩霞夺手不肯，便说：‘再闹就嚷了。’二人正闹着，原来贾环听见了，素日原恨宝玉，今见他和彩霞玩耍，心上越发按不下这口气。因一沉思，计上心来，故作失手，将那一盏油汪汪的蜡烛，向宝玉脸上只一推。只听宝玉‘嗳哟’的一声，满屋里人都唬一跳。连忙将地下的戳灯移过来一照，只见宝玉满脸是油……”贾环没有丝毫的负罪感；宝玉还在替他开脱：“有些疼，还不妨事。明日老太太问，只说我自己烫的就是了。”

人和人是不一样的，有的人心硬，有的人心软；有的人看着别人受罪，自己跟着受罪；有的人看着别人难过，自己感到高兴。宝玉是那么善良，他却是如此歹毒。让一个好人变坏很难，让一个坏人变好也不容易。

第三十三回“手足眈眈小动唇舌　不肖种种大承笞挞”，他向父亲贾政一番造谣，险些葬送了宝玉的性命，阴险至极。“贾环便悄悄说道：‘我母亲告诉我说，宝玉哥哥前日在太太房里，拉着太太的丫头金钏儿，强奸不遂，打了一顿，金钏儿便赌气投井死了。’”还一口一个哥哥，更显得贾环狡诈。并且连王夫人也捎带上了，可见心坏到了什么程度。

假如没有王夫人，假如贾母不出面，宝玉很有可能一命呜呼了。由此推断，宝玉后来的出家，不会与这一次次的劫难没有关联。看破红尘的种子，早就埋下了。有的是源于爱，有的是来自恨，还有的是不明不白的原因。

兄弟，这是多么美好的词。为什么会反目为仇？算计来算计去，他从中能得到什么？宝玉从未与他计较过，好像什么都没有发生，他为什么总是耿耿于怀、愤愤不平。最看不惯他行事的是凤姐：“老三还是这样‘毛脚鸡’似的，我说你上不得台盘。”他记在宝玉的账上。王夫人骂赵姨娘：“养出这样黑心种子来，也不教训教训！”他也记在宝玉的账上。一切都是宝玉引起的。他恨宝玉什么都比他好，什么都比他强。不用说主子了，连仆人丫鬟都瞧不起他，这对他的打击最大。他大概以为只要打倒了宝玉，自己也就从此高大起来了。未免想得过于简单，只有完善自我才是最佳的自救之路。

四

贾环虽顽劣，毕竟是孩童，有小孩任性的成分。但随着时间的推移，贾环的品性越发往邪道上走，这就与他母亲赵姨娘的“教导”密不可分了。

法国诗人阿波里内尔在写给女友的信中说：“毋庸置疑，我的母亲就像我是诗人一样，我所写出的好些作品都来自于她，来自于她的话，甚至来自于她的想法。”诗人描述的是母亲带来的正面影响，促使他成为一位诗人。而赵姨娘给贾环灌输的全是负面的情绪，对宝玉、凤姐、王夫人等的不满，教唆贾环去搬弄是非。

当贾环烫伤了宝玉后，赵姨娘竟然买通了马道婆，施下更阴险的毒咒。

曹雪芹写的不正是魔幻现实吗？“宝玉大叫一声，将身一跳，离地有三四尺高，口内乱嚷，尽是胡话。……一发拿刀弄杖，寻死觅活的，闹的天翻地覆。”“正没个主意，只见凤姐手持一把明晃晃的刀，砍进园来，见鸡杀鸡，见犬杀犬，见了人，瞪着眼就要杀人。”“看看三日光阴，那凤姐宝玉躺在床上，连气息都将微了。”众人哭得死去活来，“只有赵姨娘外面假作忧愁，心中称愿”。想必贾环此刻的心理活动与赵姨娘的相差无几。

五

要么落井下石，要么过河拆桥，不论在前八十回，还是后四十回，只要他出现，准没什么好事。

妙玉被贼寇劫走，本是件不幸的事，他听说了，却道：“妙玉这个东西是最讨人嫌的。他一日家捏酸，见了宝玉，就眉开眼笑了。我若见了他，他从不拿正眼瞧我一瞧。真要是他，我才趁愿呢！”他身上有一种恶俗，一种邪气。当初给凤姐做帮闲整治贾瑞的贾芸、贾蔷，这时和他已经混到一起了，打牌赌博，酗酒闹事，还有邢大舅，这群乌合之众。“管他梦不梦，咱们快吃饭罢，今夜做个大输赢。”

俗话说，宁得罪君子，不得罪小人。“度尽劫波兄弟在，相逢一笑泯恩仇”，这是君子之风。而得罪小人就不那么简单了。凤姐在生前看不上贾环，“得罪”过他，他因为害怕凤姐而不敢怎样。凤姐死后，他就以加害巧姐儿的方式报复凤姐，坏点子一个套着一个。在第一百十八回“记微嫌舅兄欺弱女　惊谜语妻妾谏痴人”中，当贾芸输了银钱，“无所抵偿，便和贾环相商。贾环本是一个钱没有的，虽是赵姨娘积蓄些微，早被他弄光了，那能照应人家？便想起凤姐待他刻薄，要趁贾琏不在家，要摆布巧姐出气，遂把这个当叫贾芸来上，故意的埋怨贾芸道：‘你们年纪又大，放着弄银钱的事又不敢办，倒和我没有钱的人相商。’贾芸道：‘三叔，你这话说的倒好笑，咱们一块儿玩，一块儿闹，那里有银钱的事？’贾环道：‘不是前儿有人说是外藩要买个偏房，你们何不和王大舅商量，把巧姐说给他呢？’”如果不是刘姥姥的及时出现，后果不堪设想。

“赵姨娘这样混账的东西，留的种子也是这混账的！”这是王夫人给他们娘俩的评价。

六

曹雪芹写赵姨娘母子的坏，还留有余地，没有将两人写得十恶不赦。人的坏，有时也是因为犯糊涂，活得不明白，脑子出故障了。

第六十七回，通过一次送礼，反衬出宝钗会做人。“赵姨娘因见宝钗送了贾环些东西，心中甚是喜欢，想道：‘怨不得别人都说那宝丫头好，会做人，很大方，如今看起来，果然不错！他哥哥能带了多少东西来？他挨门儿送到，并不遗漏一处，也不露出谁薄谁厚。连我们这样没时运的，他都想到了；若是那林丫头，他把我们娘儿们正眼也不瞧，那里还肯送我们东西？’”她一高兴，想向王夫人表白表白，“谁知抹了一鼻子灰，……只得讪讪的出来了”。如果能摆正自己的位置，也就不会有那种尴尬。其实，也挺可怜的。所以除了自己犯糊涂使坏外，人的坏也有可能是被恶劣的环境逼出来的。

人，没有绝对的好，也没有绝对的坏。可以学好，也可以学坏。取决于学什么人，和坏人在一起，学好很难；和好人在一起，学坏也很难。

第七十八回，通过贾环做的五律诗，能读出曹雪芹的良苦用心。贾环不是没有才，要是能专注于学问，能改进自我，必能有更好的结果。

他的诗不失男儿气概："红粉不知愁，将军意未休。掩啼离绣幕，抱恨出青州。自谓酬王德，谁能复寇仇？好题忠义墓，千古独风流。"可以看出，曹雪芹并没有一棍子将他打倒，还是赋予了他一些闪光点。等到后四十回，高鹗写他劣迹斑斑，人物形象愈发不堪，一步步坠入深渊，不足论矣。

七

人是矛盾的。即使同样的父母，同样的环境，造就出的人却是不一样的。探春和他就是极好的例子。

涂瀛在《红楼梦论赞》中写道："贾环，纯秉母气，蜂目而豺声，忍人也。"

卑鄙只能是卑鄙者的耻辱柱，不会成为他的通行证。美之所以美，是因为有丑的衬托；生活之所以有希望，是因为有公理在。像他那类的人，也可以作为反面教材，去阅读，去审视。

邢夫人 尴尬的人与事

一

每个人都会遇到尴尬的事，就看自己如何处理了。能够成功化解尴尬，也是一种能力的体现。

《红楼梦》中，邢夫人是一个尴尬的人，做了不少尴尬的事。从出场到收场，她常常处在尴尬的境地。她有贵族的地位，却缺少贵族的气质。不论说话还是做事的分寸，她都把握得不到位，没有什么原则和标准。要么一味附和贾赦；要么不分青红皂白地挑起事端。

与王夫人比，邢夫人没有家庭背景的优势，更没王夫人的气场；与赵姨娘比，虽有几分相似，但邢夫人却是多了几分自信，少了几分恶念；与薛姨妈比，两人的差异就很大了，一个持重、平和，一个偏激、过分。在同辈分的女人当中，她原本为长，却没有在贾家树立起相应的威望，地位远远低于王夫人。

她和贾赦的婚姻关系很微妙。她算不上贤妻，也算不上良母。贾琏不是她亲生的，所以凤姐不把她放在眼里。迎春是姨娘生的。这意味着她没有能为贾家生儿育女。俗话说，母以子贵，她没有自己的后代，她在大家族中的威望就不能靠子女来建立和巩固，自然有一种危机感。

与生俱来的尴尬，如何克服？而接二连三的尴尬，又将如何处理？她所面临的困境，很无奈。

二

邢夫人的第一次露面是在第三回。黛玉在母亲去世后，被贾母接到贾府来生活。来到姥姥家后，先拜见贾母，后拜见两个舅舅。邢夫人是她的大舅母。当邢夫人携黛玉去见贾赦时，贾赦却在外书房中，没有出来，也未叫她进去。只是传出话来："连日身上不好，见了姑娘彼此伤心，暂且不忍相见。"

贾赦像个隐身人，邢夫人像他的半个替身。夫唱妇随，邢夫人传递着贾赦的信息。了解邢夫人，不能不先了解贾赦。二知道人在《〈红楼梦〉说梦》中写道："贾赦性昏聩，而气亦骄傲，谋石呆子旧扇一事，以玩物杀一不辜，何其忍也！"贾赦的罪与恶，在于不择手段地玩人、玩物。他与邢夫人，一阴一阳，心术不正，动机不纯。

邢夫人的尴尬，很大程度上是因为自己唯命是从的丈夫是贾赦。第四十六回"尴尬人难免尴尬事　鸳鸯女誓绝鸳鸯偶"，邢夫人将鸳鸯推向绝境，又把自己置于尴尬中。他们究竟想要什么，难道仅仅是看中一个大丫头吗？一切远没有那么简单。一个人牵动着多少人？没有一定阅历的读者，悟不出背后的企图。

青山山农在《〈红楼梦〉方义》中的论述，真可谓知人论世之言："贾赦刚愎而多欲，邢夫人柔邪而多猜，是天生一对。夫妻其欲娶鸳鸯也，虽为好色而起，实为贪财而生。是时贾母已老，所有私财尽归鸳鸯掌管，宝玉美而幼，贾母钟爱之甚，他日成家，必为宝玉有也。琏、凤向外，各自为谋，邢夫人又不合亲心，惟鸳鸯于贾母言听计从，收之房中，既可因鸳鸯而联络贾母之心，又可借鸳鸯而觊觎贾母之财，此东窗下夫妇之秘计也。"

也即是说，鸳鸯不是以孤立的个体存在的，她的背后是贾母，贾母的身边还有宝玉。贾赦和邢夫人，看重的不仅是一个鸳鸯，更是她的利用价值。

三

人一旦较起劲儿来，不是找别人的茬，就是找自己的茬；不是与别人过不去，就是和自己过不去。算计来，算计去，最终算计到自己的头上。

邢夫人游说鸳鸯失败是尴尬人难免尴尬事。第七十三回，她拿绣春囊说事，并引发了大观园里的一场大风波。又是一件被扩大了的尴尬事。

她想达到什么目的，整肃风化吗？还是她想给什么人下马威？自然是大观园的主人了。绣春囊是在大观园捡到的。大观园本来就是是非之地，自从建成之日起，就成为贾府的中心，而这个中心与她没有什么关系。

对于变相地被边缘化，她表面不说，心里的不满郁积已久。贾赦是长子，她是长媳，在贾府的地位，却远远逊色于贾政、王夫人，老二的生活比老大的优越，老大肯定是不平衡的。只是贾母在，谁也没有办法。贾赦即使愤愤不平，也只能隐忍，像一条冬眠的蛇，缩缩着，却是不甘心的。她负责抛头露面，时不时挑起点事端，以证明他们夫妻二人的存在。

以尴尬起，又以尴尬收。绣春囊究竟是谁丢失的，最终也没有水落石出。会是贾琏和凤姐的吗？王夫人的话不是没有道理。第七十四回，凤姐回答王夫人的质问，是心虚的，“太太怎么知道是我的？”王夫人认定，“自然是那琏儿不长进下流种子那里弄来的”。凤姐又说：“太太说的固然有理，我也不敢辩我并无这样东西……”

邢夫人不会不知道贾赦是什么人，贾琏又是什么人。想让王夫人难堪，却也让自己人下不了台。

四

从她的丈夫贾赦，到不是亲生的一儿一女——贾琏、迎春，也都有着尴尬的影子。

贾赦的尴尬在于，官不像官，商不像商，民不像民。年轻时的纨绔子弟，年老了也不思悔改，落得荒淫无耻的名声。做事太绝，唯我独尊，不像是贾母的长子。以周汝昌先生的说法，他的确不是贾母亲生的，看上去和贾母也没什么感情。这是一个情商不高、智商也不高的人。

贾琏呢，一半随贾赦，一半随他的亲生母亲。而亲生母亲是谁，作者没有提及，总之不随邢夫人，和她没有多少感情。她的为人处世也令凤姐不屑。

迎春呢，既没有父爱、又没有母爱，感情近乎麻木。曹雪芹给她起诨名“二木头”，是大有寓意的。探春喜书法，惜春善画，迎春善下棋。她自己正像一枚任人摆布的棋子，被父母出卖给孙绍祖，被虐待至死。贾赦与邢夫人，没有多少人情味，没有给人留下什么好印象。因为有这样的父母，迎春在贾母心中的分量，也比其他姐妹轻多了。

曹雪芹写邢夫人的尴尬，写得一针见血。自己尴尬，也让别人尴尬；自己烦恼，也让别人烦恼。高鹗的续，也是如此。第一百十九回，巧姐儿的婚事原本由她做主。如果不是王夫人，还有刘姥姥，以及其他的好心人解救了巧姐儿，邢夫人又会因为被哄骗而坑害了巧姐儿。如果巧姐儿嫁与了藩王，难保不与迎春同一下场。说她没脑子吧，似乎也不是；说她有吧，又尽做蠢事。

她活得尴尬极了。高不成，低不就；左不左，右不右。她虽已被扶正，但依旧是姨娘的心态，不断地迁就贾赦。她没有自己的底线，没有爱心，也无牵挂。

你如何对待他人，他人就会如何对待你。她为什么不得人心？自己处事不得体是一方面，另一方面与身边的人有关系。她的陪房王善保家的，也是一个不安分的女人，不时拨弄是非，给别人添些麻烦。晴雯的被逐丧命，就与她的调唆有直接关系。所谓的仗势欺人，在邢夫人与王善保家的身上，表现得比较明显。而王善保家的恰恰没有想到邢夫人的势力并没有那么大。当她幸灾乐祸地带了众人抄检大观园，不成想最终是自己被推到了尴尬的位置，自己打了自己的脸，自讨没趣。

五

叫板，为什么叫板？谁在和谁叫板？

邢夫人在第七十四回，向王夫人叫板。绣春囊只是个引子，王夫人对凤姐诉说苦衷："你婆婆才打发人封了这个给我瞧，把我气了个死。"邢夫人的意思很明显，事情发生在你们家的园子里，你看着办吧！

该说的，不该说的；该管的，不该管的；说多了，管多了，难免尴尬。何苦呢！风化，什么是风化？虚伪，什么是虚伪？折腾来，折腾去，折腾到自己身上。

洪秋蕃在《红楼梦抉隐》中说："邢夫人初具人形而已，处事则糊涂无见，待人则刻薄居心，于时为秋，于行为金，于声为商，于官为刑，故取声象形而氏邢。"这写出了曹雪芹的原意，也表达了高鹗的心声。

婚姻是一道门槛。婚前的女性，可爱的是有少女感，天真无邪，活泼灵秀；婚后的女性，可敬的是母性，无私无畏，勤劳贤惠。以此衡量她，也就有一种标准了。

像贾赦这样的好色之徒，如果邢夫人年轻的时候没有几分姿色，贾赦也不会看中她。那么她最像谁，谁最像她？尤二姐命不如她，运也不如她。薛蟠的妾宝蟾，争风吃醋，心有不甘，却也没有她的机缘。她表面上比赵姨娘风光，实质却又不如赵姨娘。赵姨娘毕竟有一儿一女，虽然贾环不成器，却还有一个见识不凡的探春。

换一个角度打量她，也蛮可怜的。除了依附贾赦，她还能依赖谁？人老色衰，贾赦看重的是她的言听计从。邢家人，既没有史家的贵气，又没有薛家的财气，也没有王家的官气，嫁给贾家，靠的是运气。时间长了，巩固自己的地位是需要实力的。她有什么？如果为人好、善解人意、通情达理，也就不会处处“尴尬”了。

六

看一个人，评价一个人，不能太绝对了。站在她的角度想一想，以她的经验，除了了解贾赦、陪房王善保家的，其余的一切，她知道得都太少了。

人一旦没有底气，在婚姻家庭中就会处于依附的地位。即便是一个好人，像迎春，不迎合、依附丈夫，等待她的只能是被迫害被折磨的命运。还有别的出路吗？那个时代，嫁鸡只能随鸡，嫁狗也只能随狗。同样的，她在贾赦跟前也别无选择。要么同流合污，要么死路一条。

贾赦的为人，连儿子贾琏都看不上。曹雪芹在创作小说中，对人名的安排，大有说头，可谓用心良苦。解盦在《石头臆说》中说：“贾假也，政正也，琏廉也，琮忠也，蓉容也，蔷祥也，芹勤也，以及敬也、赦也、珍也、瑞也，而皆贯以贾姓，令人失笑。”天才的小说家，写作先是取悦自己，含着泪在笑，忍着苦在笑，呕心沥血地在写。

贾赦年轻的时候像谁？像贾环吗？那么贾环上了年纪，是不是也像贾赦？邢夫人的尴尬，是因为夹在贾赦和王善保家的中间，这是左右关系；还有上下关系。“婆婆跟前不过应景儿。”婆婆贾母待她冷漠，媳妇凤姐从骨子里就瞧不起她这个婆婆。这是她在上下关系中的尴尬。

七

尴尬人遇到尴尬事。这样不合适，那样也不合适；做不行，不做更不行。

假如她跟的不是贾赦，而是贾政，夹在王夫人和赵姨娘之间，她又会怎么办？假如能有自己的孩子，老有所依，也许就不会那么尴尬了吧。

假如她知道反省，经历一次尴尬后，知调整和改正，也许就不会再尴尬了吧。

慎独，自律，好自为之。从她身上也许能得到更多的启迪吧。

北静王
平生风义兼师友

一

北静王是谁？历来有不同的说法。至于以什么人为原型，也许不重要。他不过是小说家笔下的一个人物而已。他在书中若隐若现，更多是在烘托贾宝玉的形象。他与宝玉一见如故，引为知己。他为什么欣赏宝玉？因为气息相近，气味相投。北静王看宝玉，就像在他人的身上看见自己，在画卷上打量自己的肖像，在水中看见自己的影子一样。

宝玉身上有着北静王所赞赏的美。一种出世的美，诗人的美，超凡脱俗的美。北静王身上也有宝玉所仰慕的美，皇室的儒雅，平和的心境，既含蓄又持重。

北静王与宝玉年龄相仿，趣味相似。他注定是宝玉生命中的贵人，也是保护神。虽然宝玉从未想那么多。但在一个人情社会中，有北静王这层关系存在，无疑是为贾家保留了一条后路。

对于宝玉来说，女人是很重要的一个方面；朋友也一样，

北静王
改琦

是第二个方面，像北静王、甄宝玉、秦钟、柳湘莲；亲人是第三个方面。他处在焦点上，是爱的焦点，希望的焦点，也是招人嫉妒的焦点。

宝玉生来不是攀缘富贵权势的人，倘若北静王和他不是同类人，他也不会心生好感，最多不过敬而远之。北静王属性情中人，既有才能，长相也好。面由心生，天遂人愿。他们生来即为人上人。

二

一个小说家倾其一生如果能创作出一个不朽的形象，那么也即创造了一个世界。

读过也罢，没有读过也罢，众所周知，《红楼梦》中的贾宝玉无疑是多情的青年男子的化身；林黛玉又是多愁善感的青年女子的化身；还有王熙凤，是精明严厉的少妇的化身。曹雪芹的伟大就在于他创造了众多不朽的人物形象，穿越漫漫时空，揭示永恒的人性。

相比以上的形象，北静王是模糊的。他不是宝玉刻意想交往的，甚而在林黛玉的眼里也无非是“臭男人”，没什么大不了的。这也是曹雪芹的观点。

还是小说家最了解小说家，诗人最懂得诗人。刘绍棠在《十谈红楼》中说：“也许全盘接受贾宝玉的高论，我对《红楼梦》中的男性兴趣不大，在女性中对已婚者也不大感兴趣；而对未婚少女，在丫头身上下力多，小姐身上用心少。”读来也深有同感。

北静王还只是一个称呼，是世袭的王位。要是真的称王后，霸气出来了，也许就不那么容易让人亲近了。宝玉是能舍得、能放下的人，看开了，就那么回事。比起看重北静王的外壳，宝玉更看重作为一个人的北静王，这也是他愈加被北静王看重的缘由吧。

“朋友”是一个被用滥了的词。也许无须挂在嘴上，关键时刻就用上了。北静王是宝玉的朋友，宝玉也许帮不上他，他却能实实在在地帮衬贾家。当家族面临没落的时候，北静王象征着一线希望。

三

人间的事，聚也好，散也好，都讲个缘分。有生正逢时的，就有生不逢时的。固有的存在，都因时机的不同而千差万别了。

第十三回“秦可卿死封龙禁尉　王熙凤协理宁国府”，曹雪芹写一个女人死得隆重，同时烘托另一个女人活得精彩。“不知生，焉知死。”反过来说，“不知死，焉知生。”生与死的强烈反差，也预示了多年以后，凤姐的凄惨之死。

一个作家要想写好一部书，只能写他最熟悉的领域。天赋只是一种先决条件，对于不了解的东西，只凭想象与虚构，是写不出味道来的。曹雪芹对宫廷里大大小小的事务，了如指掌。所以他才能把秦可卿的葬礼写得如此具体、准确。

北静王的出场恰恰是在秦可卿的葬礼上，第十四回“林如海捐馆扬州城　贾宝玉路谒北静王”，规格彰显身份。秦可卿究竟是一个什么人，的确是一个谜。她的去世所引起的轰动效应，在《红楼梦》中无人能够企及。别的不说，“东西南北”四个郡王的祭，北静王的亲临，对于一个妇道人家来说，绝对是极高的礼遇了。

曹雪芹这样写道：“原来这四王，当日惟北静王功最高，及今子孙犹袭王爵。现今北静王世荣年未弱冠，生得秀美异常，情性谦和。近闻宁国府冢孙妇告殂，因想当日彼此祖父有相与之情，同难同荣，未以异姓相视，因此不以王位自居，上日也曾探丧上祭，如今又设路祭，命麾下各官在此伺候。”秦可卿的身份和背景，能与贾母相比吗？但此一时，彼一时也。人生毕竟有运势，小说也只能当小说读。

当贾家人以国礼相见，“世荣在轿内欠身，含笑答礼，仍以世交称呼接待，并不自大”。贾政领宝玉前来谒见，“那宝玉素闻得世荣是个贤王，且才貌俱全，风流跌宕，不为官俗国体所缚，每思相会，只是父亲拘束，不克如愿，今见反来叫他，自是喜欢。一面走，一面瞥见那世荣坐在轿内，好个仪表”。

四

这是贾宝玉对北静王的第一印象。

北静王对宝玉的好感，也是多方位的，不仅指向一个人。“世交至谊”，祖上的福祉，传下来了。曹雪芹为北静王起世荣的名，也充满了敬意，是希望他世世代代繁荣昌盛吧。

第十五回“王凤姐弄权铁槛寺　秦鲸卿得趣馒头庵”的开篇，延续十四回的结尾。“话说宝玉举目见北静王世荣头上戴着净白簪缨银翅王帽，穿着江牙海水五爪龙白蟒袍，系着碧玉红鞓带；面如美玉，目似明星，真好秀丽人物。”

宝玉和北静王并未深交，但人内心皆能感觉到共鸣。对欣赏之人的赞许，也是对自己的赞许。北静王向贾政夸宝玉："令郎真乃龙驹凤雏，非小王在世翁前唐突，将来'雏凤清于老凤声'，未可量也。"读书至此，不禁想象曹雪芹少年时代，是否也有此际遇，一个让自己敬重和羡慕的人，也同样欣赏自己。是相当美好的记忆。尤其在年少时，"荣誉培育了艺术"。曹雪芹虽与功名利禄无缘，但他有一部《红楼梦》，却是与日月同辉，未可量也。

贾宝玉与北静王也有合而不同之处。这是北静王的肺腑之言："只是一件，令郎如此资质，想老太夫人自然钟爱；但吾辈后生，甚不宜溺爱，溺爱则未免荒失了学业。昔小王曾蹈此辙，想令郎亦未必不如是也。"北静王很看重宝玉。"若令郎在家难以用功，不妨常到寒第，小王虽不才，却多蒙海内众名士凡至都者，未有不垂青目，是以寒第高人颇聚，令郎常去谈谈会会，则学问可以日进矣。"宝玉在以后的日子，却始终没有主动拜访过北静王，宝玉的心不在这里。

曹雪芹善于埋下伏笔。"世荣又将腕上一串念珠卸下来，递与宝玉，道：'今日初会，仓卒无敬贺之物，此系圣上所赐蓥苓香念珠一串，权为贺敬之礼。'"为什么偏偏是念珠，而不是别的信物。命运深不可测，也是一种前兆吧。

五

一个过于看重精神的人，有可能轻视物质；一个过于重视物质的人，也有可能忽视精神；当然，如果既在乎物质，又追求精神，不顾此失彼，生活会更精彩一些。

因为衣食无忧，宝玉和黛玉他们，对物质的理解不深。过惯了衣来伸手、饭来张口的生活，对财富没有多么强烈的占有欲。所谓富不过三代的概念，有一定的道理。

第十六回“贾元春才选凤藻宫　秦鲸卿夭逝黄泉路”，在悲喜交加中，有一个细节，充分显现了宝玉和黛玉的性格：“宝玉又将北静王所赠鹡鸰香串珍重取出来，转送黛玉。黛玉说：‘什么臭男人拿过的，我不要这东西！’遂掷而不取。宝玉只得收回，暂且无话。”宝玉将一件贵重的皇室用品转赠黛玉，黛玉却不屑。说明黛玉的心里只装着宝玉一个人。

北静王待宝玉好，不能说与贾元春无关。“宫中府中俱为一体”，北静王不会不知道元妃的事，他们也算得上沾亲带故了。小说讲述至此，贾元妃还处在上升的阶段，还蕴含着未知。

六

北静王想见宝玉不难，宝玉想见北静王就不那么容易了。而见面做什么？宝玉也不是愿攀上的人。

第八十五回“贾存周报升郎中任　薛文起复惹放流刑”，因为北静王的生日，贾赦、贾政带了贾珍、贾琏、宝玉去拜寿。“别人还不理论，惟有宝玉素日仰慕北静王的容貌威仪，巴不得常见才好……”

一个人的魅力和他的年龄大小、职位高低没有必然联系。“那北静郡王单看宝玉道：‘我久不见你，狠惦记你。’因又笑问道：‘你那块玉儿好？’”他们之间，即便不见，还是互相牵挂的。北静王对宝玉很用心，既有客套的一面，又有真性情的一面，处处留心。“这贾宝玉，王爷单赏的饭预备了。”北静王为什么要用特殊的方式招待宝玉？

高鹗续得天衣无缝。“我前次见你那块玉，倒有趣儿，回来说了个式样，叫他们也作了一块来。今日你来得正好，就给你带回去顽罢。”北静王无疑是宝玉的靠山，宝玉需要靠吗？宝玉只是觉得北静王人好，并没有想得那么多，也没看得那么远。

第一百五回“锦衣军查抄宁国府　骢马使弹劾平安州”，如果北静王不及时出现，那么贾府可能一蹶不振了。抄家没有尺度，没有法律的依据。以赵堂官的心思，是一抄到底。以西平王的话说：“我正与老赵生气，幸得王爷到来降旨；不然，这里很吃大亏。”北静王还惦记着宝玉，他也在替贾家想办法迈过这道坎。可是人证物证俱在，他能保贾家多久？

宝玉始终没有出面，也不宜出面。被逮的是贾赦，跪送的是贾政。“北静王把手一伸，说：‘请放心。’觉得脸上大有不忍之色。”唇亡齿寒，兔死狐悲。贾家的没落，不是孤立的事件。北静王是一个念旧的人，他不会不想到当年的繁华，俱往矣，一切就这么过去了吗？

七

三代人，三十年河东，三十年河西。百年的喧哗与寂寞，历史的周期兴衰论。等待诊断，是良性，还是恶性？

从一个家族，到一个民族，谁能静观其变，谁能置身局外？人人都是同谋，每个人都是参与者。

第一百六回“王熙凤致祸抱羞惭　贾太君祷天消祸患”，

年轻人惹的事，还需要年长的去平息。遇上大事了，求王爷施恩，是最后一线希望。“贾政进内谢恩，并到北静王府西平王府两处叩谢，求两位王爷照应他哥哥侄儿。两位应许。”那时的宝玉，已经疯疯癫癫，精神出现错乱了。

第一百七回，北静王的转奏、北静王的美言，救了贾家。在厅堂，众目睽睽，一个居上，一个居下。北静王对贾政说：“你该叩谢天恩，更有何奏？”贾政书生气十足，画蛇添足，还想多说什么。北静王止住他：“主上仁慈待下，明慎用刑，赏罚无差。如今既蒙莫大深恩，给还财产，你又何必多此一奏？”

贾家在最后出现了转机。曹雪芹的创作初衷也许不是这样，高鹗的续写心存大团圆的念想。宝玉出家以后，贾家的后人，还有若干路可走。

善待贾家的北静王，在曹雪芹的心中，一定有那么一个原型，是谁并不重要了，重要的是曾经有过这样一个给予贾家帮助和温暖的人！

贾雨村
成则公侯败则贼

一

贾雨村，摆在面前的一道难题。小说开始的地方，他登场；小说结尾的时候，他在场。他追随着小说，还是小说追随着他？

跌宕起伏、潮起潮落的人生。写他不容易，几次拿起笔，又放下。不想写，又不能不写。他之于这部书，这部书之于他，都至关重要。他就立在那里，横在那里，注定绕不开他。

他备受争议，就看读者从什么角度看了。

他是文人中的政客，政客中的文人。他既有英雄的一面；又有势利小人的一面，称奸雄亦可。贾家对他有知遇之恩，他却始终把贾家当作利用的对象。盛时顺时，人模人样；衰时逆时，方见人的真面目。他忘恩负义，才有平儿对他的定论："没天理的，饿不死的野杂种。"

贾雨村的两面性十分明显。不得志时，隐居读书，写诗论道；一旦得势，他就不再是他了。开始上司的奏本中，为什么说他“性情狡猾，擅改礼仪，外沽清正之名，暗结虎狼之属，使地方多事，民命不堪”。雄心勃勃，恃才傲物。他咏中秋的那两句诗：“天上一轮才捧出，人间万姓仰头看。”可谓春风得意。

封建时代，为什么有的读书人，处江湖之远不失君子之风，而居庙堂之高反而多为势利小人？舒展先生套用马基雅维利《君主论》中的“具备狮子、狐狸和男子汉这三种品格”去形容他。狮性是威猛、霸气、凶悍；狐狸性是狡猾、善变；男子汉的本色是敢作敢当。他早期与甄家丫鬟一见钟情，引为红颜知己，终成眷属。权力是动物性的，弱肉强食，适者生存。独善其身的是隐士；兼济天下的是英雄。置身险恶的环境中，无论是隐士还是英雄都是很难成为的。更多的人会像贾雨村这样，成为居庙堂之高的小人。

他是不甘平庸的。“玉在椟中求善价，钗于匣内待时飞。”他有雄心壮志，一直等待着时机的到来。从生不逢时到时来运转，他的命运当然也离不开自己的奋斗，虽然其中充斥着见风使舵。

二

要了解贾雨村这个人，只有重温《红楼梦》。在文本与阅历的对照中，体会曹雪芹赋予这个形象的生命力。

第一回“甄士隐梦幻识通灵　贾雨村风尘怀闺秀”。“真事隐”与“假语存”是作者对这个世界的认识。真与假的质疑，虚与实的想象，贫穷与富贵的演义……此消彼长，新陈代谢。“姑苏城”是哪里？“仁清巷”呢？包含“认清”的寓意吧；“葫芦庙”呢，又有模糊不清的概念了。

“假话全不说，真话不全说。”这是季羡林先生明哲保身的人生观。什么是假话？什么是真话？小说创作中，假话说得动听了，妙不可言。虚构艺术，达到一定高度，假的也是真的。在阅读与欣赏的过程中，最好把作品当成封闭的个体，但往往还是喜欢从现实中找根据。

贾雨村，谐音“假语存”。既然历史都可以篡改，更何况小说了。假如全是写实，还会有看点和卖点吗？贾雨村既性情，也势力；既单纯，也复杂。寄居“葫芦庙”内的穷儒，“姓贾名化、表字时飞、别号雨村”，半真半假，“这贾雨村原系湖州人氏，也是诗书仕宦之族，因他生于末世，父母祖宗根基已尽，人口衰丧，只剩得他一身一口，在家乡无益，因进京求取功名，再整基业。自前岁来此，又淹蹇住了，暂寄庙中安身，每日卖字作文为生，故士隐常与他交接”。怎么看怎么像曹雪芹在写自己潦倒时的境遇。湖州犹如苏州，曹雪芹在穷困潦倒中，住在北京西郊的破庙中，靠卖书画为生。后用十年时间，发愤著书，写成《红楼梦》前八十回。还不到五十岁，就死于贫病交加。可不可以说，贾雨村是一个假的“曹雪芹”，矛盾的、世俗的、欲望中的；贾宝玉是一个真的“曹雪芹”，自由的、精神的、梦想中的。然后让这两个人物分别实现自己出世和入世的愿望，让贾雨村飞黄腾达，让贾宝玉索性出家。

“好像在哪见过”，甄家的丫鬟见到贾雨村，有这种感受；林黛玉看见贾宝玉，也有这种体会。每一个读者在自己的生活中，也会有这类似的体验吧。有的能说出口，有的只能埋在心里。倘若重复多了，真话也像假话，假话更是假话了。

三

曹雪芹为小说中的人物起名，可谓挖空心思。甄家的丫鬟称娇杏，确实侥幸，只因在贾雨村落魄时多看了几眼，眉目传情，便改变了自己的丫鬟命。在贾雨村中了进士，当了县太爷后，还牵挂着她。于是娇杏做了二房，生有一子；原配辞世，扶为正室。“偶因一回顾，便为人上人。”

福无双至，祸不单行。他被上司参了一本，惹怒龙颜，被革职。他却能坦然面对，如闲云野鹤，游览天下名胜。当游至维扬时，听说了新任盐政为林如海。阴差阳错，将林黛玉收作了学生。由此，他和贾家扯上关系了。

收集新闻，打探消息。他时刻做着出山的准备。有“大追求”的贾雨村和“大本领”的冷子兴相遇了。两个人的谈话，多知人论世之言。曹雪芹让冷子兴将贾宝玉说成色鬼，又让贾雨村“罕然厉色忙止道：‘非也。可惜你们不知道这人来历，大约政老前辈也错以淫魔色鬼看待了。若非多读书识事，加以致知格物之功、悟道参玄之力，不能知也。’”，这正是他的过人之处。第二回“贾夫人仙逝扬州城　冷子兴演说荣国府”，前后呼应，承接第一回，是在为贾雨村铺路搭桥。如果说甄士隐给予他的是物质上的资助，那么冷子兴给予他的则是精神上的引导。

寻找门路。在第三回“托内兄如海荐西宾　接外孙贾母惜孤女”中，冷子兴为他出谋划策：“令雨村央求林如海，转向都中去央烦贾政。”时来运转，起复旧员的信息，又一次帮了他。“天缘凑巧”，趁送黛玉至贾府之机，贾雨村与贾政搭上关系了。因为有林如海的推荐信，贾雨村一开始就获得了基本的信任，再加上“雨村相貌魁伟，言谈不俗，且这贾政最喜的是读书人，礼贤下士，拯弱扶危，大有祖风……”，他恰恰是贾政欣赏的一类人。

有了工部员外郎贾政的极力题奏，“不上二月，便选了金陵应天府，辞了贾政，择日到任去了”。他算是找对人了。在关键时候，遇到了一个关键性的人，他的仕途又光明起来了。与他相比，贾政毕竟太书生气、贵族气；他是从底层一步步走出来的，知道这一切来之不易，世俗的功利心更强，向上爬的欲望也更强烈。所以，贾政做不到的，他能做得到；贾政能守住自己的底线，他根本就没有底线。

四

人的能力最终体现在解决问题上。位置越重要，面临的问题越多。“向上应无快活人。”这是吴昌硕一副对联中的话。

贾雨村补授了应天府，是被提拔重用了。一上任，一件人命官司就摆在他的面前。第四回“薄命女偏逢薄命郎　葫芦僧乱判葫芦案”，命案的元凶，不是别人，正是“丰年好大雪，珍珠如土金如铁”的薛家公子薛蟠。麻烦也就来了。贾雨村的恩人贾政是薛蟠的姨丈，金陵四大家族之间有着很复杂的人际关系网，迁一发动全身。贾雨村知道，要想保住升官通道，就不能得罪那个网络中的任何一个重要人物。

怎么判？如何判？倾向哪一方，袒护哪一方？他的门子知根知底，全盘托出了。“这门子本是葫芦庙里的一个小沙弥”，他们曾是旧相识。被拐的恰恰是甄士隐的女儿英莲，即后来的香菱。一个出卖灵魂的拐子破坏了几家人的生活。先是甄家，然后是被害的冯家，也包括肇事的薛家。

门子是一个有城府的门子，懂察言观色，伶俐智慧，懂得如何运用潜规则。替贾雨村出了馊主意：明着发签拿人，暗里放薛蟠一马，令薛蟠“暴病身亡”，实则逃之夭夭。被殴致死的冯渊确是逢冤了。门子，工于心计，献言献策，贾雨村老谋深算，斟酌斟酌。

这案的了结，全仗门子。贾雨村卖了贾政、王子腾的好：“令甥之事已完，不必过虑。”又因门子知道底细太多，“后来到底寻了他一个不是，远远的充发了才罢”。落井下石，过河拆桥，这正是贾雨村的手段。利弊权衡之际，两害相权取其轻。

曹雪芹写了一个微不足道的门子，人小鬼大老于世故，做人做得滴水不漏。一个原本没读几天书的小沙弥，因为耐不住寺院的冷清凄凉，而蓄发还俗，却是比世俗的人更精明、更善于钻营、更善于琢磨人，的确为贾雨村上了一堂课，打开了一道门。作为门子，他竟能引古人的话开导贾雨村：“大丈夫相识而动”，“趋吉避凶者为君子”。贾雨村也不是省油的灯，他知道这么长于算计的人不能久留身边，学到了门子的思路，就把他打发走了。

五

“比”这个字，由两把匕首的“匕”组成，一左一右。比较而言，既能伤己，也能伤人。写作、创造之前，也需要比着葫芦画瓢。

贾宝玉和贾雨村，有可比性吗？前者的出身以及聪明、悟性都更高，但他没有上进的奢求，能舍得，能放弃，不失赤子之心，是真正的贵族；后者出身卑微，是从底层挣扎出来的，考取功名也罢，投机钻营也罢，他懂得这一切来之不易，只有不断地进取，不断地寻找自己的新靠山，才能保住自己的乌纱帽，所以在关键时候，会不择手段。倘若贾环有宝玉的智力，那么不是没有可能成为贾雨村式的人物。

曹雪芹在第一回，写甄士隐馈赠贾雨村“五十两白银并两套冬衣，又云：‘十九日乃黄道之期，兄可即买舟西上，待雄飞高举，明冬再晤，岂非大快之事。’”。士隐是个好人，是真心想帮贾雨村，也看出他不是等闲之辈。“雨村收了银衣，不过略谢一语，并不介意，仍是吃酒谈笑。”像他那样做大事的人，不会轻易流露感激，不会太在意别人的感受。贾雨村临行前留下话：“读书人不在‘黄道’‘黑道’，总以事理为要，不及面辞了。”

正所谓从底层起来的人，要么是个人主义，唯我独尊，舍我其谁；要么是人道主义，我为人人，人人为我。

高鹗续至第一百三回“施毒计金桂自焚身　昧真禅雨村空遇旧”，是在十九年后了，“贾雨村升了京兆府尹，兼管税务”。恰值得势的时候，“路过知机县，到了急流津，正要渡过彼岸”，他乡遇知己。他认出了甄士隐，甄士隐已经不认识他了。

形同陌路，隔着十九年的沧桑。一个是道士，一个是官员。谁活得更明白，谁活得更自在，从不同的角度判断，有截然不同的答案。一个在修炼，一个在历练。

“来自有地，去自有方。”

甄士隐已经不是过去的甄士隐了。

“或欲真修，岂无名山？或欲结缘，何不通衢？”

贾雨村也不是过去的贾雨村了。

对贾雨村的不屑，甄士隐表露无遗：“‘葫芦’尚可安身，何必名山结舍？庙名久隐，断碣犹存，形影相通，何须修募？岂似那‘玉在椟中求善价，钗于匣内待时飞’之辈耶！”士隐只是不愿再认他了。

六

第一回，葫芦庙着火，累及隔壁的甄家，原本富足的乡宦之家，从此灰飞烟灭。

第一百四回，在十九年后，贾雨村逛过的一座小庙又起火了。他没有走远，刚欲渡河，还来得及营救，他却是“欲待回去，又恐误了过河；若不回去，心下又不安”。火，欲火，燃烧的光，照出了他内心的纠结。

曹雪芹写的那一把火，最终导致甄士隐看破红尘，“一声‘走罢’，将道士肩上的搭裢抢了过来背上，竟不回家，同了疯道人飘飘而去”。决绝地出走，再不回头。高鹗续写的另一把火，照出世态的炎凉。火是热的，也是冷的。“雨村虽则心里狐疑，究竟是名利关心的人，那肯回去看视，便叫那人：‘你在这里等火灭了，进去瞧那老道在与不在，即来回禀。’”他过河后，仍自去干他的差事了。

火是怎么点燃的？在曹雪芹笔下“葫芦庙中炸供，那和尚不小心，油锅火逸，便烧着窗纸”，殃及周围。高鹗没有实写，留下的是一个谜。谁引起的火灾，是村民，还是道士，书中没有答案。贾雨村当年的朋友甄士隐，一时生死不明，无影无踪。一切都化为了灰烬。

首尾呼应。曹雪芹的第一回“甄士隐梦幻识通灵　贾雨村风尘怀闺秀”，与高鹗的第一百二十回“甄士隐详说太虚情　贾雨村归结红楼梦”。一甄一贾，亦真亦假，虚虚实实的故事，被娓娓道来。他们难分难舍，在庙堂与江湖、闻达与隐逸之间穿梭，他们是亲历者、见证者。

“贾雨村犯了婪索的案件，审明定罪，今遇大赦，递籍为民。”在途中，“来到急流津觉迷渡口”，还是那地方，甄士隐又像当初的甄士隐，只是庙已不再，唯有茅庵。“一念之间，尘凡顿易。”

贾雨村存疑，甄士隐解惑。前者终为俗人，后者修成达人。

“士隐道：‘福善祸淫，古今定理。现今荣宁两府，善者修缘，恶者悔祸，将来兰桂齐芳，家道复初，也是自然的道理。’”梦是好的，希望是有的。

七

人只要做事，只要管人，褒也罢，贬也罢；出于公心也罢，出于私情也罢，是再自然不过的事了。

贾雨村的原型并不重要，影射谁也不重要，重要的是他的象征性。人性的悖论，无所适从的焦虑，方向的迷失，摇摆中的困窘。一个人要改变环境很难，被环境改变却很容易。

包勇在衙上听那人说：“他本沾过两府的好处，怕人说他回护一家，他便狠狠的踢了一脚，所以两府里才到底抄了。你道如今的世情还了得吗！”那人是谁，在第一百七回，高鹗没有具体写，仗义的包勇趁着酒兴，看见贾雨村的轿子经过，骂道："没良心的男女！怎么忘了我们贾家的恩了？"

贾政忍着，贾政懂得贾雨村的处境。在这之前，就曾感慨，"想起亲戚来，用过我们的，如今都穷了；没有用过我们的，又不肯照应了"。人生的困境，躲过了风暴又遇上了雨。

人的处境不同，思考的事情也不同。前后对比，人时刻都在转变中。贾雨村的命运，最终应验了"成则公侯败则贼"的古训。

曹雪芹一开始就让贾宝玉不喜欢贾雨村这种人，其实是自己不喜欢吧。

薛蟠 因果报应的谜团

一

人始终在变化。无法预测的因素，改变着生命的走向。

写作犹如一个谜团。有时清晰，有时模糊，想完整地把握一个人是困难的。并不是每一件事都有前因后果。

在《红楼梦》中，贾宝玉走的是一条心灵的拯救与被拯救之路；贾雨村走的是另一条仕途沉浮之路；薛蟠走的是一条迥然不同的路，除了经商发财，这条路上还有冲动的罪与罚。

陀思妥耶夫斯基说：“切莫做人的裁判者，要爱人；不要怕人们的罪，要爱罪人。”从这种价值观出发，去认识薛蟠，会发现一种奇特的现象。他其实富有爱心，对母亲孝顺；对妹妹关心。他又何尝不希望生活得好一些，是任性、逞强、霸道，是家族的优越感，最终害了他。优势随时可能转化为弱势，弱势也会转化为优势。人啊，得势时不要忘乎所以，失势时也不要破罐子破摔。

每一条路都是曲折的，都会有磕磕绊绊。在或漫长或短暂的一生中，各有各的快乐，各有各的烦恼。他的经营之道，也有风险。一个过早失去父亲的人，意味着失去了一道安全屏障，需要自己打拼，既然不愿读书学习，那么便选择经商做买卖，总比坐吃山空的纨绔公子强。

他没读几本书，他的知识是从实践中得来的。很实用，也很功利。他有自己的见识，却过于注重眼前的利益。如果拿他与王熙凤比，甚至可以说，他是男人中的凤姐，凤姐是女人中的薛蟠。两人都有一股狠劲儿，有煞气，敢作敢为。他们属于一类人。既有可爱的一面，也有可怜的一面。

二

薛蟠生来是个惹事的主，是叛逆的，不知道安分守己，也不会息事宁人。而是争风吃醋，好勇斗狠。

是否有西门庆这个人物的影子？他有西门庆的经营手段，却没有西门庆驾驭女人的本事。薛蟠毕竟出身豪门，有母亲和妹妹。有的路数使不出来，他有顾忌。西门庆是个孤儿，是赤裸裸的暴发户。

他一出场，就没有什么好事。因为与他人抢香菱，他成为一起人命案子的被告。虽然，案子在第四回被贾雨村压下了，却也埋下了后患。英莲变香菱的过程，是一次蜕变。也是命吧，英莲与薛蟠的苦与乐，紧密连在一起。

读柳如是的诗，了解其为人。疑心曹雪芹写英莲是受了柳如是的启发。柳如是，浙江嘉兴人，原名杨爱，号影怜。“英莲”与“影怜”，是不谋而合，还是有意为之，也无从考证了。又说她姓柳，名隐。由此，想到柳湘莲和甄士隐，前者打过薛蟠，也救过薛蟠；后者是英莲的父亲。明末清初的秦淮名妓，一代才女柳如是，也曾有过被掠卖的经历。

那么柳如是的丈夫钱谦益与薛蟠有无可比性呢？贞与不贞，洁与不洁。青楼也是红楼，红楼也是青楼。六朝粉都，南京往事。

“杨柳岸，晓风残月。”“我见青山多妩媚，料青山见我应如是。”——柳如是的名字本身如同词牌。

曹雪芹最喜借题发挥，借名字讲故事。“且说那买了英莲、打死冯渊的薛公子，亦系金陵人氏，本是书香继世之家，只是如今这薛公子幼年丧父，寡母又怜他是个独根孤种，未免溺爱纵容些，遂至老大无成；且家中有百万之富，现领着内帑钱粮，采办杂料。这薛公子学名薛蟠，表字文起，性情奢侈，言语傲慢；虽也上过学，不过略识几个字，终日惟有斗鸡走马，游山玩景而已。”年轻时，他不谙世事，家产落在他的手里，被周围的小人拐骗，也是再自然不过的事。

三

愤怒会降低人的智商。有多少祸患，从愤怒而来？如果说，冲动是魔鬼，那么愤怒更是。吴三桂“冲冠一怒为红颜”关系到政权的更替，薛蟠为英莲这一怒，关系到家族的兴衰，也是天性使然。

从虚构的西门庆，到真实的吴三桂，再到虚构的薛蟠，说穿了，不论地位高低，也不论财富多少，他们的品行如出一辙。前有形，后有影。曹雪芹也罢，高鹗也罢，对他们这类人，都见得多了。写他们信手拈来，如探囊取物。

屈死一条人命，在他眼里算不上什么，不就是一个小乡宦，竟也敢和他争丫头。

那一年，他的母亲薛姨妈四十岁上下，他的妹妹薛宝钗比他小两岁，那么他也就是十七八岁吧，正是“天不怕，地不怕”的年龄。没有父亲，母亲又是和善的；舅舅王子腾升了九省统制，更何况还有贾家这座靠山，他活得更加无所顾忌。

自从陪母亲和妹妹从金陵来到京城，住进贾府的梨香院，他更是如鱼得水了。“那些纨绔气习，莫不喜与他来往，今日会酒，明日观花，甚至聚赌嫖娼，无所不至，引诱的薛蟠比当日更坏了十倍。”引诱他的是谁？自然是贾珍、贾琏之流了。贾政也是睁一只眼，闭一只眼，毕竟贾珍是宁府长孙，是侄子，当叔叔的管多了也不好。

薛蟠骄纵、蛮横的性格，除了先天的，也有后天造就的。他“虽是皇商，一应经纪世事，全然不知，不过赖祖父旧日的情分，户部挂个虚名，支领钱粮，其余事体，自有伙计老家人等措办”。他还是个玩主，青春还没有挥霍够，还没有玩够。像他这种暴躁、易怒的主，谁能管他，谁敢管他。只有自作自受了。

培根曾引塞涅卡的话：“怒气有如重物，将破碎于它所坠落之处。”“《圣经》则教导我们：忍耐能使灵魂宁静。无论是谁，假如丧失忍耐，也将丧失灵魂。人决不可像蜜蜂那样，‘把整个生命拼在对敌手的一蛰中’。”

四

人多口杂，是非也多。有过的易于替人受过，有错的易于代人担错。谁让你是那种没多少心眼的人！

第三十三回，宝玉遭父亲贾政的毒打，连袭人都以为是薛蟠挑弄的，却不知是贾环造的谣。宝玉心软，他谁也不怨，也不愿看到宝钗难过，他说“薛大哥从来不这样的，你们别混猜度”。如果将薛蟠和贾环比，那么薛蟠是罪，明着的，摆到桌面上，有什么是什么；贾环是恶，阴着的，尽干见不得人的勾当。薛蟠是面对面的斗；贾环是背后捅刀子。薛蟠不论怎么说，身上不失贵族气；贾环作践自己又卑鄙。

罪不一定是恶，恶却一定是罪。罪恶这个词，为什么罪在前，恶在后？原罪是与生俱来的，是动物的一种本能。恶则是后天染上的习性，由恶而来的是毒。薛蟠的罪，不是有意为之，是任性，是冲动，是愤怒带来的；贾环的恶，是有意做的，是嫉妒，是阴险，是歹毒诱发的。薛蟠的罪，遭到了惩罚；贾环的恶呢？是不是还可以说，罪是罪，恶是恶；恶到了一定的量，便是罪恶了。

一旦给他人留下了一种坏印象，是很难改的。薛蟠给人的印象不好。宝钗最了解他“素日恣心纵欲、毫无防范的那种心性？”，劝他“少在外头胡闹，少管别人的事。天天一处大家胡觥，你是个不防头的人，过后没事就罢了，倘或有事，不是你干的，人人都也疑惑说是你干的”。但这一次，的确冤枉了他。而他不是省油的灯，哪里受得了这种不公。他急眼了，放狠话：“谁这么编派我？我把那囚攮的牙敲了。”他同时提到有一次宝玉挨打，贾母认定是贾珍治的，最后贾珍被骂了一顿。这样说来，他和贾珍被划为一类了。

大家族中，总会出他们这种人的。“家事消亡首罪宁”的宁府，有个贾珍；荣府的两支中，与其同代的人，一支有个贾琏，另一支有个贾环；薛家有个薛蟠；王家则出了个王仁，也即凤姐的哥哥。没有一个安稳的，都是些败家子。

为什么说“富不过三代”？一个家族中，只要出一个孬种，一个纨绔子弟，结局就不好说了。家族的没落，注定是从内部动摇开始的。

五

人的出身，人的血统，是命中注定的。谁也无法改变。认也要认，不认也要认。

人生有几个关键的节点：选择学业，选择朋友，选择爱人。男人也罢，女人也罢，能否过得幸福，得看你选择一个什么样的伴侣。选对了，活得很滋润；选错了，后患无穷。

像薛蟠这样的人，既有钱，又有势，可谓要什么有什么了。可惜一物降一物。曹雪芹在第七十九回“薛文龙悔娶河东吼　贾迎春误嫁中山狼”中，表达了他的观点：婚姻的不幸，是人生最大的不幸。薛蟠娶夏金桂，也算是门当户对。夏家是个富贵人家，就那么一个娇生惯养的女儿，跟了薛蟠，表面上是强强联手了，其实，家里的内讧从此拉开了序幕。“若论心里的丘壑泾渭，颇步熙凤的后尘。”

薛蟠与贾琏比，薛蟠曾强抱香菱，贾琏是偷娶尤二姐。一个明着来，一个暗着做。一个直来直去，口无遮拦；一个绕来绕去，花花肠子。夏金桂与王熙凤比，心狠手辣相近，但金桂却没有凤姐的心计。金桂是目空一切，唯我独尊，谁也不放在眼里；看着谁不顺眼，就跟谁斗。凤姐脑子里有根弦，分得出上下尊卑，懂得迎合贾母、王夫人。金桂对薛蝌用“美人计”，却不好使唤，因为薛蝌看不上她那做派；金桂对香菱，用了最拙劣的法子——投毒进行伤害，不仅没有毒死香菱，反而毒死了自己。凤姐对贾瑞用的是“美人计”，以此教训不知深浅、没有数的男人；凤姐对尤二姐是欲抑先扬，欲擒故纵，将他们玩于股掌之间。

金桂管不住薛蟠，死搅蛮缠，薛蟠烦了，躲开她而已；凤姐能驾驭贾琏，软硬兼施，贾琏只好听着。他们都经商，薛蟠出手大方，贾琏不无吝啬。薛蟠狐朋狗友多，贾琏的社交圈子围绕着凤姐转。薛蟠是阳刚的，贾琏游移在阳刚与阴柔中。他们都耍过酒疯，薛蟠一动怒，出了人命；贾琏一发威，仅仅是吓唬吓唬人罢了。

六

小说中的人物，相互依赖，相互衬托。

倘若说憨直的薛蟠是呆霸王，那么悍妇夏金桂则是母夜叉。问题是他们凑在一起，像水火一样不相容。他们都霸气十足，谁也不服谁，谁也压制不住谁。打也打了，闹也闹了，在家里使气，气出不来，薛蟠自然要出去找茬了。

第八十六回“受私贿老官翻案牍　寄闲情淑女解琴书”，薛蟠——一个心烦意乱、情绪不稳的男人，只因上酒的张三慢了半拍，张口就骂；张三也不是善茬，不依不饶。暴怒的薛蟠顺手拿碗砸在张三头上，想不到竟要了张三的小命。薛蟠才不管张三还是李四，出了气再说。

薛蟠的“蟠”，有盘曲的意思。他直不起来，盘根错节，枝节交错。看得见看不见的人情网、关系网，纷繁复杂，相互交织。剪不断，理还乱。他的错，不是一个人的错；他的罪，也不是一个人的罪。他从来就不是孤立的存在。拿他和宝玉比，他是在俗世中混，宝玉是在风雅中玩。要么围绕着金钱，要么围绕着女人。故事离开了这两个主题，也就无话可说了。薛蟠首先是商人，以盘踞为目的，然后再是其他；宝玉骨子里是诗人，有情怀，有雅兴。商人重利，诗人重情。

曹雪芹有倾向性，高鹗也一样。一高一低，一雅一俗，一正一反，正是有薛蟠的衬托，更彰显了宝玉的神采飞扬。薛蟠再有钱，一样很贪，一样很贱；宝玉不在乎钱，也不缺钱，是真正的高贵、富有。在宝玉面前，薛蟠不无自卑，宝玉配得上黛玉的爱，配得上宝钗的爱，也配得上史湘云的爱。薛蟠只配金桂、只配宝蟾，甚至连香菱都配不上。他自惭形秽，也就不往上追了。

薛蟠活得不如贾琏。凤姐是迷人的，有女人的妩媚；更不用说平儿。即使是尤二姐，也有一种温柔的美。薛蟠只有一个英莲，蛮可怜的，化为香菱，还在受苦受虐；有一个金桂，是歹毒的，她的毁灭是自找的；再加上那个宝蟾，也和金桂一样。

七

“说一个假的意向，以使了解一个真情。”这是西班牙人的一句谚语。

一部小说有多少假的意向，又有多少真情？薛蟠不仅仅代表一个薛蟠，历朝历代，从来不乏他这样的人。他财大气粗，他胡作非为，他精力过剩，他无法无天，他作茧自缚。

人不论在哪一种境遇，都不能没有敬畏之心。敬畏天，敬畏地，敬畏人。自由是相对的，时光是飞速的。当有一天老了，回首往事，才发现虚掷了多少光阴。年华易逝，青春不再。年轻时的谁会变为年老时的谁？这是读《红楼梦》时的思索。像贾母这样的人，经历过荣华富贵，也经历了人世沧桑，以年迈的目光，看年轻人的作为，她会想些什么？

薛蟠的命运，是他自己造成的。人要懂得约束自己，限制自己。青春是挥霍不起的，还需要积累，需要学习，需要更新自我。

人生充满了谜团，功名利禄的谜团，生老病死的谜团……写作也一直处在谜团中，就这么着了，就写这些了。

傻大姐
她像谁，谁又像她

一

精明的反面是傻。即使是最精明的人，像凤姐，也有犯傻的时候。所谓的精明与傻是比较出来的。

傻大姐是贾母身边做粗活的丫鬟。她质朴、善良，没有一点儿歪歪心眼子，直来直去，活得很简单、很恳切。除了干好活，既不懂得男女之间的事，也不会什么多愁善感。她的幸福源于无知，懵懵懂懂，没有开化，日子过得简简单单，不存在丝毫过分的奢求。

也许是曹雪芹在不经意中的神来之笔，一部《红楼梦》，倘若缺少了傻大姐这一典型形象，不亚于少了一个刘姥姥。在底层社会中，不乏她们这类的人；在上流社会，也同样有她们的身影。刘姥姥的“傻”是表演出来的，是聪明人玩的把戏，有一定的功利性。傻大姐的傻是表里如一，是浑然天成的傻。她只是做了，从不问为什么做，做得很自然、很本色。她也并不知道她的傻，却是傻得可爱，傻得可怜，傻得可悲。

第七十三回“痴丫头误拾绣春囊　懦小姐不问累金凤”，她拾到那件绣春囊，一如拾到了一枚炸弹。那上面绣的一男一女，赤裸着身子。

至于谁丢在那里的，是故意的还是无意的，都不重要了，重要的是由它引发的内乱——抄检大观园。大观园的败落，看上去由它点燃导火索，实质早已积重难返。人才的缺失，金钱的透支，靠山的丧失等问题，已经找不到修补的方法了。

即使没有绣春囊事件，也会有别的事件；即使没有傻大姐，也会有别的什么“大姐”。作为天才小说家的曹雪芹，以傻大姐的“傻”，以绣春囊的“色”，写活了人性的精与傻，虚伪与真实，色与空。

谁心中没有一个大观园，谁身上没有“傻大姐”的影子，谁没有捡到过“绣春囊”？

二

在贾府，贾母是至高无上的。不论是出身，还是资历，贾母的地位无人可比。

从丫鬟的配置，也能看出门道。贾母的身边，为什么只有鸳鸯和傻大姐？她俩的搭配，是细致与粗陋、刚烈与和善、里与外、精明与憨厚、贴心与放心的互补型搭配。宝玉为什么有那么多丫鬟？这首先取决于贾母对宝玉的爱。温柔的袭人，俊美的晴雯，就是贾母指派给宝玉的，她们原是跟着贾母的。贾母知道她们好，才会给宝玉使唤。也只有宝玉才配了那么多丫鬟，优越感不言而喻。

贾赦和邢夫人，没有弄明白贾母的心思，一个相中了鸳鸯，一个奉承丈夫主动牵线。即使鸳鸯愿意，贾母到哪里能再找到像鸳鸯那么忠诚、贴心的人呢？如果只有一个傻大姐，那么贾母还是贾母吗？一个聪明一点儿，一个笨一点儿；一个干细活，一个做粗活，贾母也就舒心了。聪明得恰到好处，是一种趣味；傻得不多不少，又何尝不是一种趣味。有趣味的生活，使贾母延年益寿。

什么样的人有什么样的命。贾母的两个丫鬟，为什么一直离不开贾赦与邢夫人的视线。从第四十六回“尴尬人难免尴尬事　鸳鸯女誓绝鸳鸯偶”，到第七十三回“痴丫头误拾绣春囊　懦小姐不问累金凤”，前后两件发生在贾母丫鬟身上的大事，为什么都和邢夫人有着密切的关系？之前是一种尴尬，之后让邢夫人碰上，同样是一种尴尬。问题是鸳鸯有独立意识，有辨别能力，懂取舍，能决断；而傻大姐糊里糊涂的，什么也不懂。她的误拾，为什么偏偏被邢夫人看见？

一切与傻大姐无关。她的在场，是偶然，还是必然？大观园是谁的大观园？贾母在上，长子贾赦、长媳邢夫人，次子贾政、次媳王夫人。贾母为什么不住在长子家里，而住在次子家里？贾赦和邢夫人为什么总爱打贾母丫鬟的主意？

三

傻，这个字，不全是贬义的。像“傻子精神”，就是褒义。

人的一生中，谁没有做过几件傻事？傻乎乎地、晕乎乎地，就那么过来了。“我真傻！”重复的次数多了，就是鲁迅笔下的祥林嫂了。“傻瓜！”那是年轻时爱的口吻。“傻帽！”却是一种嘲讽了。

傻大姐的傻，是一种朴素的傻，无知的傻，善意的傻。曹雪芹恰恰以她的傻气烘托邢夫人的邪气。

“邢夫人在王夫人处坐了一回，也要到园内走走。刚至园门前，只见贾母房内的小丫头子名唤傻大姐的，笑嘻嘻走来，手内拿着个花红柳绿的东西，低头瞧着只管走，不防迎头撞见邢夫人，抬头看见，方才站住。邢夫人因说：‘这傻丫头，又得个什么爱巴物儿，这样欢喜？拿来我瞧瞧。’”

邢夫人又像知道傻大姐手里拿着什么东西，又像是巧合。不论怎么说，是曹雪芹安排一老一少，一个精得有点邪乎，一个傻得十分直白，在大观园相遇了。故事由此愈加精彩。

“原来这傻大姐年方十四五岁，是新挑上来的，与贾母这边专做粗活。因他生得体肥面阔，两只大脚，做粗活爽利简捷，且心性愚顽，一无知识，出言可以发笑，贾母欢喜，便起名为‘傻大姐’。若有错失，也不苛责她。无事时，便入园内来玩耍。正往山石背后掏促织去，忽见一个五彩绣春囊，上面绣的并非花鸟等物，一面却是两个人，赤条条的相抱，一面是几个大字。这痴丫头原不认得是春意儿，心下打量：‘敢是两个妖精打架？不就是两口子打架呢。’左右猜解不来，正要拿去与贾母看呢，所以笑嘻嘻走回。忽见邢夫人如此说，便笑道：‘太太真个说的巧，真是个爱巴物儿！太太瞧一瞧。’”

好玩就好玩在这里，一个“傻”得天真无邪，一个“精”得居心叵测。假设邢夫人不将绣春囊转给王夫人，而是息事宁人，那么小说将走向另一种结局。假设傻大姐没撞上邢夫人，而是笑嘻嘻地给了贾母，以贾母的大度、开明，也不会刻意地追究。游戏的归于游戏，爱巴物儿归于爱巴物儿。没有那么严重，没有那么多是非，没有什么大不了的。贾母很有可能一笑了之。

四

绣春囊是遗失在那里的，还是被有意放在那里的，因为曹雪芹没有写出来，自然成了一个谜。也给阅读留下了想象的空间。为什么说傻大姐捡到它最适合小说的生发？丫鬟和丫鬟不一样，小姐和小姐不一样，媳妇和媳妇不一样，归根结底，女人和女人不一样。

假如不是曹雪芹，换成高鹗，他又该如何创作？傻大姐的出现，无疑是作者灵感火花的闪现，是点睛之笔。

展开想象，先从丫鬟说起。要是袭人捡到绣春囊，她会看看，却当没看见；要是晴雯呢，她看见就看见了，会流露出鄙夷和不屑；要是鸳鸯呢，她也许会拿给贾母看，也许会拿给平儿看；要是司棋呢，她也许会自己留着。

大观园中的小姐们，她们面对绣春囊，又会有哪些表现？林黛玉是读过《西厢记》的，懂得禁书中的事，只要没有外人，她也许会不以为然；薛宝钗呢，她之前有可能见过，也不排除绣春囊是属于她的，她给人一种曾经沧海难为水的印象，那又算得了什么，不值得大惊小怪；史湘云呢，她能拿得起，也能放得下，无所谓，她活得很超然，很洒脱；假如是探春呢，她会探究前因后果，是谁的，为什么在那里，搞明白了再决定下一步的行动；倘若是薛宝琴呢，她虽然年龄小，毕竟见过大世面，比起西洋的玩意儿，绣春囊太小儿科了。

人的局限性，在于自己的阅历，自己的见识。也只有像邢夫人那种人，心眼小，眼界窄，才会那么煞有介事。而王夫人呢，也明白不到哪里去，一来二去，较起劲儿来了。自己人抄检自己人，由此，不满和愤恨的情绪，转移到无辜者的身上，丫鬟们被驱逐和羞辱，导致了命运的悲剧。

绣春囊已经不仅仅是绣春囊了。它已成为一起事件的诱因。

五

傻大姐被曹雪芹写尽了，后四十回，高鹗没能怎么写了。只是在第九十六回，在宝玉与宝钗的婚事前，傻大姐说了实话，又给宝玉的伤口上撒了一大把盐。谁像傻大姐，傻大姐像谁？

《萧红选集》的序，是聂绀弩写的。其中，记录了他们的一次对话。萧红问他："你猜，我是《红楼梦》里的谁？"聂绀弩答："你是谁，你是傻大姐。"为什么在他眼里萧红是傻大姐？

这要从两个人的背景说起，聂绀弩是湖北京山人，做过教员、编辑，曾留学莫斯科中山大学，后加入"左联"。萧红是黑龙江呼兰人，比他小八岁。短暂的一生，处在流离和漂泊中。爱无根基，家无定所。聂绀弩居高临下的玩笑话，却透出一种辛酸。人爱到一定的热度，难免犯傻；人的才情达到一定的高度，也难免癫狂。萧红爱萧军，萧红爱端木蕻良，萧红爱文学。爱得很傻，爱得很真切，爱得很无奈。

聂绀弩，一个南方的知识分子，看到了一个北方女性傻的一面，却是傻得很可爱，傻得很动人。其实，萧红更像

《红楼梦》中的香菱，吃了那么多的苦，为了什么？

在民国的才女当中，林徽因像林黛玉，却是比林黛玉幸福得多；冰心像薛宝钗，明哲保身，却是幸运得多；丁玲像探春，有勇气，有胆略，有豁出去的劲头；张充和像薛宝琴，知道自己需要什么，不需要什么，擅长琴棋书画，活得天真烂漫，天马行空，逍遥自在；杨绛一半像林黛玉，一半像薛宝钗，兼有黛玉的才情和宝钗的智慧；那么谁像史湘云呢？张爱玲像吗？冯沅君像吗？苏青像不像尤二姐？陆小曼像不像秦可卿？

这样比来比去，有意思吗？如果知道有人在这样比较，她们认可吗？只是每个人都能透过他人看自己，认识自己。

被认为是傻大姐的萧红，仅仅活了三十年。她在弥留之际，曾吃力地在一张纸上写道："我将与蓝天碧水永处，留得那半部'红楼'给别人写了。"

六

读书读进去了，是很有意思的事。随意拿书中的人物，与现实生活中的人物比，与其他书中的人物比，在比较阅读和欣赏中，将隔阂拆除，将远的拉近；将大的缩小，将小的放大；还原人性的本质。

女人与女人比固然好，男人与女人比，也没什么不可。比如傻大姐这个人，女人中有，男人中也有；再比如阿Q这个人，男人中有，女人中也大有人在。经典的形象，无所谓男女，性别已被打通了。

还是说说清末民国的文人吧！他们那么喜欢《红楼梦》，

一定少不了内心的共鸣。

读王国维的《〈红楼梦〉评论》，莫名其妙地认为，在精神层面，王国维即林黛玉。“同者唯同者知之。”美到了极致，爱到了绝境，这个世界永恒的悖论：“可爱者不可信，可信者不可爱。”林黛玉依然是一个唯美主义的象征符号。

读蔡元培的《〈石头记〉索隐》，也不知道为什么，由蔡元培而想到贾母。贾母之于大观园，蔡元培之于北大，“春风化雨，兼容并包”。有没有可比性，有多大可比性，也是仁者见仁，智者见智了。

读胡适的《〈红楼梦〉考证》，怎么会联想到薛宝钗？他们的思维模式相对接近。胡适是务实的，是注重实用的。他主张“大胆的假设，小心的求证”，“容忍比自由更重要”。对照着去读薛宝钗吧。

由此，在泛读的过程中，胡思乱想，林语堂像薛宝琴，徐志摩像秦可卿，郁达夫像妙玉，以此类推，还有许多。

读俞平伯的《〈红楼梦〉研究》，想到史湘云；读《启功给你讲红楼》，想到贾元春；也说不上为什么！

而说到傻大姐呢，就不能不提萧军了。他的蛮劲儿，他的傻劲儿，他爱的劲头，是萧红的另一种翻版，傻大姐的男性形象。在其他人身上也一样，谁能说自己没有傻大姐的影子？

七

也许跑题了，也许扯远了，也许还能回到正题上来。

扪心自问，人这一辈子，谁没做过几件傻事？为什么会觉今是而昨非，为什么会傻笑？笨人有笨人的傻，聪明人有聪明人的傻；有人傻得有趣，有人傻得无聊。

像傻大姐的傻，挺有意味的。傻人有傻福，聪明反被聪明误。所谓的傻和精明，也会相互转换的。人生需要找到支撑点，平衡得失，平衡利弊，平衡幸福与痛苦。

有先天的傻，有后天的傻；有真傻，有假傻，有装疯卖傻。

一部《红楼梦》，谁没有傻的经历？受了贾琏刺激的王熙凤，傻不傻？经历爱的挫折后，贾宝玉傻不傻？独自葬花的林黛玉，傻不傻？“醉眠芍药茵”的史湘云，傻不傻？终身守寡的李纨，傻不傻？

不论是男人，还是女人，聪明一点儿固然好，傻一点儿也没什么不好。

在一定的背景下，在一定的前提下，在一定的环境中，傻大姐，像你，像我，也像他。你，我，他，也像傻大姐。

焦大

留多少清醒，留多少醉

一

每个人都会老的，这是规律。老了，靠什么养活自己，照顾自己？

焦大似乎无儿无女，好像也没有沾亲带故的人，至少书中没有提到。他从年轻时就是贾家的仆人，忠心耿耿，追随太爷出生入死，还曾救过太爷的命。他是有功于贾家的，贾家却有对不住他的地方。

历史已经过去了，但他仿佛还生活在过去的光辉中。那时候，多么年轻威猛；那时候，跟在主子的身边，俨然是半个主子了；那时候，不会没有女人喜欢他，他也有自己喜欢的女人吧。

他一定错过了什么，有没有过完整的家？是一度有过，又失去了，还是压根就没有？小说没有写到，只有想象了。像他那样的老人，那样曾经辉煌过的老人，过去有，现在有，将来还会有。他的命大，与他同时代的人，所剩无几。他送走了一个又一个，最终谁会为他送终？

寄居在贾府中，资格再老，始终还是一个仆人。他什么都明白，他像一块活化石，见证了贾家的历史。他看着贾府一代不如一代，心里也替主人难过。他借酒浇愁，发泄心中的不满。他倚老卖老，无所顾忌。他是一个被忽略了的老人，没有人在乎他的过去，他自己在乎；没有人尊重他，他也不需要别人尊重了。

他不买年轻主子的账，他们也不买他的账。假如他不醉骂主子，不揭隐私，不传递似是而非的流言，不宣泄自己内心的压抑，也许会相安无事。管好自己的生活，酒后能保持沉默，那么也就没有焦大了。焦大之所以是焦大，就因为敢不留情面地用真话骂主子。他看不惯年轻主子的做派，他爱管闲事，能管得了吗？好汉不提当年勇，主子已换了新主子，贾府也不是以前的贾府了。

醉骂是痛快淋漓的。他醉给谁看，骂给谁听？他想达到什么目的？有愤青，也有愤老吧。

二

焦大是有怨气的。究竟是什么引起他的醉骂？一定有不公。他老了，还有人指使他干这干那，而且，虽然他曾立下汗马功劳，但早不被人放在眼里。他心烦意乱，借酒发疯，指桑骂槐，得罪的已不是哪一个人了。

第七回“送宫花贾琏戏熙凤　宴宁府宝玉会秦钟”，曹雪芹叫凤姐问，让尤氏答。说出了焦大的底细，也显现出二人各自的性格。“凤姐道：‘成日家说，你太软弱了，纵得家里人这样，还了得呢！’尤氏道：‘你难道不知这焦大的？连老爷都不理他，你珍大哥哥也不理他。因他从小儿跟着太爷出过二四回兵，从死人堆里把太爷背了出来，得了命；自己挨着饿，却偷了东西给主子吃；两日没水，得了半碗水，给主子喝，他自己喝马溺。不过仗着这些功劳情分，有祖宗时，都另眼相待。如今谁肯难为他？他自己又老了，又不顾体面，一味的好酒，喝醉了无人不骂。’”尤氏是贾珍的继配，在宁府也没什么作为，她哪里有凤姐的魄力！“到底是你们没主意。何不远远的打发他到庄子上去就完了。”

从凤姐对焦大的态度，就能理解鲁迅在《言论自由的界限》中说的：“看《红楼梦》，觉得贾府上是言论颇不自由的地方。焦大以奴才的身分，仗着酒醉，从主子骂起，直到别的一切奴才，说只有两个石狮子干净。结果怎样呢？结果是主子深恶，奴才痛嫉，给他塞了一嘴马粪。”

说不合时宜的话，揭人隐私，触及了主子的底线，自讨没趣。鲁迅的文字，在嬉笑怒骂中，戳到了要害处：“其实是，焦大的骂，并非要打倒贾府，倒是要贾府好，不过说主奴如此，贾府就要弄不下去罢了。然而得到的报酬是马粪。所以这焦大，实在是贾府的屈原，假使他能做文章，我想，恐怕也会有一篇《离骚》之类。”也只有鲁迅会这样写。大俗大雅，他们的初心那是惊人的相似。“荃不察余之中情兮”，焦大也是一肚子苦水。最艰难的时候，为了主子自愿喝马尿；等老了，不但享不了清福，还因为醉骂而被主子的后人、也即新主子往嘴里硬塞马粪。这是什么世道！

三

刻画焦大，曹雪芹花费的笔墨并不多。关于焦大却是永恒的话题，说也说不尽，道也道不完。

矛盾的焦点，在于大总管赖二安排焦大夜晚去送秦钟，偏偏他又喝了酒，觉得不公，便趁着贾珍不在家，借着酒劲儿，耍起酒疯来了。第七回，围绕着他展开的人物，有尤氏，有秦可卿，还有凤姐，以及贾蓉和宝玉。层层深入，揭示出各自的心态。

焦大骂得兴起，骂得起劲儿，骂得心潮澎湃。先骂管奴才的奴才赖二："不公道，欺软怕硬，有好差使派了别人；这样黑更半夜送人，就派我，没良心的忘八羔子！瞎充管家！你也不想想焦大太爷跷起一只腿，比你的头还高些。二十年头里的焦大太爷眼里有谁？别说你们这一把子的杂种们！"焦大倚老卖老，愤愤不平的个性，跃然纸上。话如其人，什么人说什么话。这粗中有细、不中听的话，也只能出自焦大的嘴。他是自然流露，所谓酒后吐真言，是他的心里话。

焦大的骂，是曹雪芹在骂。这赖二是典型的势利小人，该骂。《红楼梦》中有几个名为"二"的小人物。像倪二，第一百四回"醉金刚小鳅生大浪，痴公子余痛触前情"，高鹗让他上标题了。还有鲍二，又是一个"二"。

佚名氏在《〈红楼梦〉随笔》中评论道："赖尚荣一奴才秧子，蒙贾府放出，又求恩选得县官，真是赖上之荣，非分之福。赖嬷嬷说他若不孝敬主子，只怕天地不容。所谓鳌戴三山，深知其重，岂知后来贾政急难相呼，赖尚荣竟只送银五十两，真狗彘之奴。"

焦大骂赖二，骂出了怒火。对焦大这样有恩于贾府的人，适当的照顾，也是合情合理的事。赖二不仅不这样做，而且还变本加厉，越是不好的差事，越叫焦大去干。不知道他老了吗？不知道他不容易吗？这就是恶人的做派，怎么让人不舒服，就偏怎么做，管你过去怎么样。只要换了新主子，就落井下石了，唯新主子的马首是瞻了。

四

骂人也能骂出水平，骂人也能骂出品位，骂人也能骂出格调。

粗野的话、侮辱人的话，从一个醉酒的人嘴里吐出，也无所谓真、无所谓假了。焦大的醉骂，因为骂出了主子的隐私，骂出了奴才的委屈，所以骂出了名声。

骂得一针见血，骂得热血沸腾。谁管他就骂谁，是豁出去了。“众人喝他不住，贾蓉忍不得便骂了几句，叫人：‘捆起来！等明日酒醒了，问他还寻死不寻死！’”贾蓉在凤姐的面前，也想表现表现。贾蓉和凤姐的关系，有些许暧昧，不知那一层窗户纸，有没有被戳破。贾蓉的妻子秦可卿，与凤姐是莫逆之交，情同手足。第十二回“王熙凤毒设相思局　贾天祥正照风月鉴”，凤姐捉弄贾瑞，贾蓉、贾蔷是马前卒。第六十八回“苦尤娘赚入大观园　酸凤姐大闹宁国府”中，为什么会“凤姐见了贾蓉这般，心里早软了”，也许是因为想到了早逝的秦可卿，也许想到了别的。

贾蓉的骂，激怒了焦大。“那焦大那里有贾蓉在眼里？反大叫起来，赶着贾蓉叫：‘蓉哥儿，你别在焦大跟前使主子性儿。别说你这样儿的，就是你爹、你爷爷，也不敢和焦大挺腰子呢！不是焦大一个人，你们做官儿，享荣华，受富贵？你祖宗九死一生挣下这个家业，到如今不报我的恩，反和我充起主子来了。不和我说别的还可，再说别的，咱们白刀子进去，红刀子出来！'" 焦大急眼了，焦大当年是条好汉，提起当年的勇敢，恰恰显现出如今的衰微了。今不如昔，今是昨非。

贾蓉想逞逞能，却被焦大的醉骂、当头棒喝，给压下去了。还是凤姐有主意，"在车上说与贾蓉：'还不早些打发了没王法的东西！留在家里，岂不是害？亲友知道，岂非笑话咱们这样的人家，连个规矩都没有。'贾蓉答应'是了'"。

贾蓉是个什么人？涂瀛在《红楼梦论赞》中写道："贾蓉绝好皮囊，而性情爱好每每与宝玉相反。宝玉怜香，贾蓉专能蹂香；宝玉惜玉，贾蓉专能碎玉。花柳之蟊贼也！凤姐错识人矣。然小意动人，颇能忘恨，故凤姐终爱之。啜茗传神，良有以也。"凤姐是一个眼光很高的女人，她看上眼的男人不多。宝玉算一个，贾蓉也算一个。

五

人为什么要骂人，又为什么被骂？骂来骂去，最终能骂出个什么结果？

鬼使神差，焦大骂赖二，焦大骂贾蓉，看上去是焦大在骂，谁知道他有没有被贾家的先辈们灵魂附体。也许是宁国公贾演在骂，也许是贾代化在骂，也许是贾敷、贾敬在骂。他们看不惯后代的所作所为。

不喝酒的时候、喝酒喝不到一定量的时候，焦大就是一个普普通通的老仆人。当他醉了，他就不是那个老仆人焦大了。他是谁？也许年轻时的焦大就降临了，血气方刚，勇气十足，浑身有使不完的劲儿，守在太爷的身边，威风八面。

一切都成了过眼云烟。在当下，越来越不像话了。“众人见他太撒野，只得上来了几个，揪翻捆倒，拖往马圈里去。”年老体弱，心有余而力不足了。他自己也想不到，怎么落到这种地步，他不想活了。

“焦大益发连贾珍都说出来，乱嚷乱叫，说：‘要往祠堂里哭太爷去，那里承望到如今生下这些畜生来！每日偷狗戏鸡，爬灰的爬灰，养小叔子的养小叔子，我什么不知道？咱们“胳膊折了往袖子里藏”！’”

这一段话，焦大是歇斯底里说出来的，效果也是很震撼的。他想说给谁听？是亲眼所见，还是道听途说？谁在偷狗戏鸡？谁在爬灰？谁在养小叔子？

这其中明写的只有贾珍，其他脱不了干系的，自然有秦可卿，有贾蓉，有王熙凤，有贾琏，有尤二姐、尤三姐，还有宝玉吗？真假难辨。

那遭遇可想而知。“众小厮见他说出来的话有天没日的，唬得魂飞魄丧，便把他捆起来，用土和马粪满满的填了他一嘴。”谁叫你胡说八道，谁叫你耍酒疯？

“凤姐和贾蓉也遥遥听得，都装作没听见。”他们是过来人，什么都懂得。只有宝玉还处在懵懂中，傻傻地问：“姐姐，你听他说‘爬灰的爬灰’，是什么？”宝玉还没有开窍，不懂得话里的玄机，被凤姐止住了。

六

曹雪芹写前八十回，高鹗后续的四十回，前呼后应，在文学上，是继承的关系。

创作焦大这一形象，曹雪芹用了一千余字，在第七回。当高鹗续至第一百五回，写到焦大时，仅用了几百字。前者写他醉骂，是善意的劝告；后者写他醒时的诉说，是悲伤的感喟。

焦大在锦衣府的人抄家时，从宁府跑到荣府，恰巧遇上贾政，问起他来，他哭诉道："我天天劝这些不长进的爷们，倒拿我当作冤家！爷还不知道焦大跟着太爷受的苦！今朝弄到这个田地，珍大爷蓉哥儿都叫什么王爷拿了去了，里头女主儿们都被什么府里衙役抢得披头散发，撂在一处空房里，那些不成材料的狗男女却像猪狗似的拦起来了。所有的都抄出来搁着，木器钉得破烂，磁器打得粉碎。他们还要把我拴起来，我活了八九十岁，只有跟着太爷捆人的，那里倒叫人捆起来！"焦大的语言很形象，又很老到，富有感染力。当初醉骂归醉骂，他的思路很清醒；多年后，他思路依然很清晰、很敏捷。三言两语，就将贾府的衰败说明白了。

又在第一百七回，同样是写义仆，高鹗还写到了包勇的醉骂。矛头直指贾雨村的忘恩负义。在贾家被查抄时，贾雨村不仅不帮一把，还狠狠地踢了一脚。包勇像年轻时的焦大，焦大是年老时的包勇，总之，他们仗义执言，重情重义，是仆人中的好人，好人中的勇士。

焦大因醉骂，被塞了一嘴马粪。包勇的醉骂，贾雨村听见装作没听见，灰溜溜地乘轿离开了，却被贾政责骂。"他也不敢再辩，只得收拾行李，往园中看守浇灌去了。”焦大与包勇，属于一类人。一个在宁府，一个在荣府，他们是忠实的仆人，赤心护主，他们见证了贾府的兴衰荣辱。

七

焦大是《红楼梦》中的一个焦点，刘姥姥也是，还有贾母。三位老人虽地位不同，他们的长寿，与他们豁达的性格有关。

刻画老人形象，没有哪一本书像《红楼梦》那样，能同时写出贾母之高明，刘姥姥之机巧，焦大之爽快。

凡事看得清，凡事说得透，凡事想得开。乐观的个性，聪明的头脑，喜欢热闹，自己给自己找开心，自己不把自己当回事。该说就说，想骂就骂，心里敞亮，正气浩然，邪气也就无法入侵了。这是他们长寿的秘诀。他们吃过苦，他们享过乐。他们有健康的心态，有明智的选择，他们活着是一种修行，他们积累了丰富的人生经验，他们的智商和情商一样高。

焦大有焦大的归宿，为焦大的暮年担心，是杞人忧天了。焦大认识别人那么明白，认识自己也没有问题。焦大无疑是《红楼梦》中最清醒的人之一，醉时也是清醒的一部分。

为什么写《红楼夜话》

一

写作像一个谜团。写之前，胸中没有成竹；写作时，既有灵性的妙笔生花，也有懵懵懂懂的钝感；写成后，自知甘苦，终究是勤勉的结果。

写一部书，像独自走夜路。看见星光，在空中闪烁；想象灯火，在内心点亮。每天一行一行地写，一步一步地走，摸索着前行。自我的激励，如影相随。

写作像植物的生长，有自己的周期。该萌芽时萌芽，该开花时开花，该结果时结果，该衰败时衰败。种子的品质很关键，适宜的土壤、普照的阳光、滋润的雨露，也很关键。

为什么要写这一部书？哪一阵风，吹来这念想的种子，在此落地生根。一部书有多少感召力，能给予多少爱、勇气和信心？读书是为了学习，写作是为了更好地学习。

二十年前，鲁迅逝世六十周年，做过一个梦，想写与鲁迅有关的书，然后，写了《鲁迅肖像》；二十年后，曹雪芹诞辰三百周年，有过一个梦，然后，写了《红楼夜话》。

二

书的命运，像人的命运。这其中有诠释不清的、无法破译的密码。

十来岁时，也即二十世纪七十年代中期。我听母亲的同事提起《红楼梦》，如闻天书，只是好奇，连书的影子都没见过。少年时代，书籍是匮乏的，没读过几本像样的书。

二十岁时，我买了一部《红楼梦》。恰好同名的电视剧热播，对照着看，最关注的还是爱情故事。一个结了婚的朋友说，他喜欢薛宝钗，不喜欢林黛玉。我以为不可思议，而且与他争得面红耳赤。现在想来，不值得。喜欢谁，不喜欢谁，是个人的自由。没有必要说服谁，也没有必要勉强谁。

八十年代后期，在济南历城，山东大学老校的近处，有个洪楼，还有一座教堂。有多少个夜晚，从那里走过来，又走过去。人在年轻时，不可能没有梦。只是那个洪楼，不同于这个红楼；现在的梦，也不同于那时的梦了。

三十岁时，读《红楼梦》。每天读一回，读了一百多天才读完。像当初读《堂吉诃德》一样，读进去，读出味道来了。首要的是养家糊口，然后才是其他的爱好。懂得约束自己，懂得感情不能透支，懂得家庭很重要。书，不可不信，也不能全信；幸福，就是尽可能缩短现实与梦想的距离，平衡物质与精神的落差。

一部书像一座迷宫，怎么走进去的，还要怎么走出来。可学的，不可学的；可比的，不可比的；可流连的，不可流连的。为自己定准位：你从哪里来，你是谁，你到哪里去。

四十岁后，读《红楼梦》，百感交集，悲欣交集。看见几道门，以及几扇窗，向你关着，还是向你打开了？前有因，疑与不疑；后有果，通与不通。世事洞明的学问，需要一生去学；人情练达的文章，需要一世去做。能不能学好，能不能做好，那要看自己的造化了。

从二十世纪末到二十一世纪初，一个人读书和写作的过程，犹如在沙漠中赶路，缓慢的骆驼最终超越了奔驰的骏马。

五十岁后，读《红楼梦》，从渐悟到顿悟，最有意义的事，是收获了这部《红楼夜话》：一部因爱而衍生的爱之书，一部有悲天悯人情怀的书。

三

欣赏原著，这是写作的一种源泉。反复揣测，寻找作家创作的脉络，发现小说背后的逸事。自己有话要说，至于说没说到点子上，写没写到心里去，一切都在书中了。

青春易老，韶华不再。曾经感动过，曾经爱慕过，曾经寻找过……

写作，不仅需要投入感情，还需要积累经验。歌德有句话："只有不充足的知识才是创造性的。"我清楚自己没有读过多少"红学"研究的书，我仅仅是一个"红学"爱好者而已。我只能写有缘的，写诗性的，写绕不开的，写最有感触的人和事。与看不见的人聊天，与看得见的人对话。因为爱好读《红楼梦》，因为是喜欢做白日梦的人，因为喜欢在夜深人静时翻书，因为动笔写第一页时在午夜，便起名叫《红楼夜话》。

“说一个假的意向，以便了解一个真的实情。”人都不容易，同情之心是写作的前提，保持一种初创的感觉。而一部书最终有无存在的价值，还取决于思想性和艺术性能否有机地结合。

写一部好书，像做一场好梦。醒来以后，可企及的，不可企及的。曾经发生过什么，曾经爱过什么，曾经拥有过什么，曾经失去了什么？一切是真实的吗？假如底稿丢失，还能找回当初写作的激情吗？

曹雪芹说：“市井俗人喜看理论之书者甚少，爱看适趣闲文者特多。”《红楼梦》像不像一只魔幻的大口袋，里面装的东西，应有尽有。如果让你去拿，你会拿什么？这也意味着你是什么人。

春暖花开的时节，写就了一部书，还了一个心愿。

郝永勃

2016年3月31日